外国文学名著名译
化境文库

罗生门

Rashomon

[日] 芥川龙之介 著

高慧勤 译

天津出版传媒集团
天津人民出版社

本书保留原版习惯用字、通假字和标点用法。人名地名等亦保留原译法。

目 录

罗生门

某日傍晚，一名家丁在罗生门[1]下面避雨。

宽大的门下，除他以外别无他人，唯有一只蟋蟀趴在朱漆斑驳的大圆柱子下。罗生门正对着朱雀大街，本该有三两戴女笠或软纱帽的行人来此避雨，可现在确实只他一人。

此话从何说起？其实这几年来，京城不是地震、台风，就是火灾、饥荒，灾连祸接，此起彼伏。洛中[2]一带之凄凉，约略可见一斑。据往昔记载，时有人打碎佛像、供具，将涂有朱漆、金箔的木头，堆在路旁，当柴火卖。洛中尚且如此，像修缮罗生门等事，则更无人过问了。可这片荒芜，却也另有一番光景，方便了狐狸、小偷在此栖息，就此安居。末了，连无主尸体也纷纷被扔到这里，丢在一旁，习以为常。于是，日落时分，这一带便有点儿令人毛骨悚然，再没人敢在附近转悠了。

反过来，倒是乌鸦成群结队，总是集结于此。白天，一群一群地在高高翘起的门楼顶上啼叫盘旋。尤其当夕阳染红门楼上空的时候，黑黢黢的乌鸦更是如同散落一地的黑芝麻，历历可见。不用说，鸦群

---

1 罗生门，位于京都中央大道的朱雀路南端。原址在东寺的西侧。译者注，下同。
2 洛中，京都的街市中心。

来门楼上面，是想来啄死尸美餐一顿的。——然而今天，不知是否因天色已晚，却一只也看不到。只见石缝里长出长长的杂草，坍塌的石阶上，尚可看见白色的乌鸦屎，斑斑点点，牢牢巴在上面。家丁用洗褪了色的藏青夹衣后襟垫着，坐在七级台阶的最高一级上，一边摸着右脸上又红又大的脓疮，一边茫然望着外面飘落的雨丝。

此处说到的家丁，是来此避雨的。可雨停之后，他并无可去之处。若在平时，自然是回主人家了。然而，就在四五天前，他被东家辞退了。上文提到，当时京城内外一片萧条，连这样一个服侍主人多年的家丁都遭辞退，不能不说是大萧条下小小的余波。那么，与其说是家丁在避雨，不如更确切地说成“家丁被雨水浇得湿淋淋的，徘徊街头，走投无路”。而且今天的天气，更加重了这个平安朝[1]家丁sentimentalism（忧郁的心情）。申时[2]下起的雨，到现在还没点儿要停的意思。家丁反复寻思明天的日子怎么过——其实怎么说也都是没法子。该做点什么呢？思来想去，总是围着这问题绕圈子。他就这么似听非听地听着朱雀大街上的雨声。

雨丝包围着罗生门，由远及近，尽是哗哗的雨声。黄昏的到来，更压低了天空。抬头望去，门柱顶端斜出的飞檐上，挑起一片浓重的乌云。

本就没辙的事，非要想个办法，也就顾不得什么手段了。要是再挑三拣四，只有饿倒在路边，像野狗一样，给扔在罗生门下。可倘若不择手段呢——家丁左思右想，不觉走到这一步。不管怎么想，结果终归还是绕不过跳不出这个框框。虽说决意不择手段，加上这么一个

1 平安朝（794—1192），都城建于平安京（即京都），在日本古代，为政治、文化极其辉煌的一个历史时代。

2 下午四五点钟。

“倘若”，结果自然就是“除当强盗，别无生路”。可勇气，又从哪儿来？

家丁大大地打了个喷嚏，有气无力地站了起来。京都夜凉，该围着火钵烤烤火才好。冷风穿行在门柱间，毫不客气地同暗夜一起侵潜进来。朱漆柱边的蟋蟀，已经不知去向。

家丁身穿藏青袄，内衬杏黄衫，缩脖耸肩，门里门外，四处张望。要是能找到一处，既能避风躲雨，又能遮人耳目，可以舒舒坦坦睡上一觉，那就挨到次日清晨也不妨。恰巧目光落到通往门楼的那宽大的朱漆楼梯上。楼上就算有人，也不过是些死人。于是乎，家丁一面留意着别让腰刀滑出鞘来，一面抬起穿着草鞋的脚，踏上了第一级台阶。

过了一会儿，罗生门的门楼上，在宽楼梯的半中间，有一个男人猫着腰，屏息静气地窥探着上面的动静。楼上透出的火光，隐约照见男人的右颊，短短的胡子碴里，可巧看见那个红肿的疖子。起初，家丁估摸着上头也就是些死人，可上了两三级台阶，发觉上面不知谁点着火，而且火光还在到处游移。浑浊的火光，摇曳在布满蜘蛛网的顶棚上。如此雨夜，能在罗生门上把火点着，定是不凡之辈。

家丁像壁虎一样，高抬腿轻迈步，好不容易爬上陡急的楼梯，上到最上一级。他尽量伏下身体，伸长脖子，小心翼翼往门楼内窥视。

一看之下，果如耳闻，楼内尸骸遍地，但因火光所及范围有限，到底有多少倒是不详，只依稀分辨出有的赤身裸体，有的穿有衣物，其中当然有男有女。这些尸体看上去，真难以想象他们曾是有血有肉的人，简直就如同用黏土捏出的泥人，有的张大着嘴巴，有的伸长着胳膊，横七竖八，躺了一地。凡肩膀、胸脯凸出的地方，有昏黄的火光照去，凹下去处，则黑漆漆一片，宛如哑巴一样只有永远的沉默。

强烈的腐尸味，让家丁一下捂住了鼻子。可紧接着，另一种更强的冲击漫过了他的嗅觉，连捂鼻子都忘了。

原来家丁注意到，尸骸中蹲着一个小老太。她一身树皮色的衣服，又矮又瘦，满脑袋白毛儿，简直就像只猴子。她右手擎着松明，死死地盯着一具尸体的脸。看那一头的长发，死者分明是个女的。

家丁带着七分恐惧三分好奇，正如老话说的，感到“毛骨悚然”，一时倒忘了呼吸，老婆子把松明插在地板缝里，两手扶着尸体的脑袋，像母猴给小猴子抓虱子一样，一根根去拔长长的头发。发丝好像随手就可拔得。

长发一根根拔下来，家丁的恐惧也一点点减去，相反，对老婆子的憎恶倒一丝丝强烈起来。——其实也不然。对老婆子的憎恶一说，或许是语病，倒不如说，对一切罪恶的反感越来越强烈。此时，要是谁重新提起他刚才在门楼下委决不下的问题——饿死还是做强盗，恐怕他会义无反顾地选择饿死。他那愤愤不平之心，也正如老婆子地上插的松明一样，正熊熊燃烧起来。

家丁不明白老婆子为何要拔死人的头发，自然也不能明断此事的是非。但趁这样的雨夜，在楼门上拔死人的头发，凭这一点，就已然不可饶恕。可他似乎已忘了刚才自己还打算去当强盗呢。

这时，家丁脚下使劲，一跃而上楼梯，手握刀柄，直冲到老婆子面前。老婆子吃那一惊，自然不在话下。

看到面前出现的家丁，她像弹弓一样跳了起来。

“老东西，往哪儿走？”

老婆子在尸骸中慌慌张张想寻去路，家丁一声吆喝，便挡在她面前。小老太还想把家丁扒开，家丁怎能容她逃脱，一把把她拽了回来，两人在死尸堆里只顾揪打，一言不发。但胜负早成定局，家丁抓住老婆子手腕，将她扭倒在地，那手腕简直如同鸡爪，瘦骨嶙峋。

“干什么？说，不说就宰了你。”

家丁一把摔开老婆子，抽出刀来，明晃晃地晃了一晃。可老婆子闭口不言，两手直哆嗦，气喘吁吁地耸耸肩膀。她瞪着眼一眨不眨，眼珠子瞪得快要蹦出来。可就这样，依旧固执如哑巴，一声不吭。看这架势，家丁明白，老婆子的生死全攥在自己手里，怒火也不知不觉平息了下来，感觉就像事成之后的一种满足。于是，低头看着老婆子，放缓了声音：

“我不是捕厅差役，只是刚巧路过这里，别怕，不会捉你到官里去的。只消告诉我，这么晚了，你在这门上干什么。”

老婆子眼睛瞪得更大了。红红的眼睑，鸷鸟一般锐利的目光，死死盯住家丁的脸。而后，就像嚼什么东西似的，嚅动着几乎和鼻子皱在一起的嘴巴，尖声尖气，把老鸹似的老腔老调送进家丁的耳朵。

“这些头发，拔下来后，去做假发。”

回答竟如此简单，让家丁大失所望。失望之余，刚才的怒气和冷冷的轻蔑，又油然而生。老婆子看他的神情，手里捏着刚从死人头上拽下的长发，用鬼魅似的声音，结结巴巴地说：

“当然，拔死人头发也许不对，可这些人虽死，在世的时候也没少干这档事。这个女人，我现在拔她头发，她生前就把蛇肉切成一段段，晒干后拿到兵营当鱼干儿卖。要不是得瘟疫死了，说不定现在还在干这营生呢。听说她卖的鱼干儿，味道不错，兵营里的厨师还少不了拿来做佐料呢。她这么做，我不觉得就怎么坏。不这么干，还不得饿死，这也是穷得没办法呀。而我现在干这事儿，多坏也不觉得。不干，就得饿死，没办法呀。既然都没办法，我想她也就能体谅了。”

老婆子把这意思大概讲了讲。

家丁把刀插回鞘里，左手握着刀柄，冷冷地听她说话，右手又去抚弄脸上的脓疖疮，听着听着，家丁渐渐鼓起了勇气，那种刚才在门楼下所缺的勇气。此豪勇，完全不同于片刻前上来逮老婆子的果决。饿死还是当强盗，对这个问题，家丁已不再犹疑，甚至根本不去考量还有饿死这一说。

"说得也对。"

老婆子话音一落，家丁嘲讽似的说了一声，似乎主意已定。他跨前一步，右手从脸部的脓疮上挪开，揪住老婆子的脖领，狠巴巴地说道：

"这么说来，我扒你的衣服，你也不会怪我吧。此实乃不得已，不然就得饿死。"

家丁麻利地扒下老婆子的衣服，一脚把抱住他腿的小老太踹倒在地。三步并两步，跨到了楼梯口。他把那身树皮色的衣服夹在腋下，一闪身下了楼梯，消失在夜色里。

过了一会儿，缓过神来的老婆子，从死人堆里赤身裸体爬了起来，嘴里哼唧着，借着松明的光，爬到楼梯口。她披散着一头蓬乱的白发，往门楼下张望。外面唯见黑洞洞的夜色。

家丁的下落，更无人知晓。

大正四年（1915）九月

鼻子

说起禅智内供[1]的鼻子，池尾一带谁个不知，哪个不晓。那鼻子足有五六寸长，从上唇一直垂到下巴。上下一般粗；像根细细长长的香肠，悬在脸当中。

内供年过半百，打做小沙弥起，直到如今升为内道场的供奉，内心始终为这鼻子苦恼不已。当然，表面上看似没事儿一样，倒不是因为作为专修来世的出家人，不该老为鼻子犯嘀咕，而是他不愿意别人知道，鼻子乃他心病。平日言谈之中，也顶忌讳提“鼻子”这个词儿。

内供为鼻子伤脑筋，原因有二。其一，鼻子过长，极其不便。首先，连饭都不能自己吃。要不然，鼻尖儿就会杵到铁碗里的饭上去。内供只好叫徒弟坐在食案对面，吃饭时，用根一寸宽两尺长的板条替自己掀着鼻子。可一顿饭下来，无论是掀鼻子的徒弟，还是鼻子给掀起来的内供，都不是件轻省事儿。有一回，一个中童子[2]来替那个徒弟，正巧打个喷嚏，手一抖，鼻子便杵进粥里。当时，这事儿都传到了京城。不过，这还不是内供为鼻子发愁的主要原因。实话说，内供

1 内供奉僧的简称，是在宫里内道场供职的有道高僧。
2 寺内做杂役的童子。按年龄，分为大中小。

苦恼的是，这鼻子甚伤他的自尊。

池尾一带的人倒都挺体谅禅智内供的，说他幸好不是俗家人，要不然，单凭那只鼻子，谁家闺女肯嫁给他呢。其中也有人议论说，八成是因这鼻子才出家的吧。可内供不认为当了和尚，鼻子的烦恼就少了多少。娶得上娶不上媳妇，这事儿足以影响他的自尊，故变得格外敏感、脆弱。于是，内供从积极与消极两面，竭力来恢复受伤的自尊心。

内供先是想，这长鼻子怎么才能显得短一些。他趁周围没人时，对着镜子左照右照，细心琢磨。有时，脸变个角度还觉不够，时而手扶腮帮，时而手托下巴，对镜揣摩，不厌其烦。即使鼻子看上去显得短了，他还是没一次感到满意。有时越是殚精竭虑，鼻子反越显得长。每逢这时，内供便叹口气，把镜子收入匣里，怏怏回到经台前，继续诵他的《观音经》。

此外，内供还不断留意别人的鼻子。池尾寺里，常有僧供讲经说法。寺内僧房一间挨一间，浴室每日都烧水洗澡。所以，这里进进出出的僧俗人众，为数最多。内供耐着性儿端详他们的面孔。老想找个鼻子跟自己相仿佛的人，哪怕有一个也好，聊可自慰。因此，蓝绸衫或白单褂之流，压根儿不在他眼里。更不消说那些橘黄的帽子和赭黑的僧袍，平日司空见惯，早已视若无睹。内供不看人，只看鼻子。——要说呢，鹰钩鼻倒是有，可是鼻长像他那样的，却绝无仅有。找来找去，总也找不到，心中不免郁闷。哪怕和别人说话的工夫，也会禁不住去捏捏垂下来的鼻头儿，不顾自家已是这个年岁，也会臊得脸红耳赤，这一切都要怪心中的隐痛作祟。

最后，内供竟想从内典外籍中，寻得一个和自己鼻子一样的人物，以期得到些许宽慰。然而，不论目犍连还是舍利弗，哪本经里都没有关于他们鼻长的记载。就连龙树和马鸣这两位菩萨，鼻子也都与常人无异。内供听人讲震旦[1]的事，说是蜀汉的刘玄德耳大超长，不禁喟叹：长的若是鼻子，自己不知该多宽心呢。

内供一方面消极地苦寻自遣良策，另一方面还积极地遍试缩鼻灵方，恕不一一赘述。总之是千方百计，尽其所能。熬土瓜汤喝，往鼻子上抹老鼠尿，等等。可是，不管用什么办法，鼻子照旧五六寸长，晃晃悠悠，垂在嘴上。

一年秋天，内供的徒弟进京办事，有位相熟的大夫教他一个偏方，能让长鼻子缩短。那大夫乃震旦人士，在长乐寺[2]为僧。

内供照旧摆出一副对鼻子毫不在意之态，故意不提马上就试这偏方。可另一方面，却又说轻巧话：顿顿饭都要麻烦徒弟，心中甚是过意不去啦。其实他心里，正巴不得徒弟来劝自己试试。内供的心思，徒弟并非不明白。不过，也没多大反感。非但如此，内供耍的这点小心眼儿，反倒引起徒弟的同情。于是，苦口婆心，极力劝说，结果正中内供下怀——顺水推舟，听从了徒弟的劝告。

这偏方说来也十分简单，只是先将鼻子泡在热水里，然后让别人双脚去踩。

寺里的澡堂每天都烧水，水烫得连指头都伸不进。徒弟当即去澡堂打回一桶。然而，要是马上把鼻子伸进去，怕叫热气嘘着，烫伤面皮。于是就在桶上盖个方盘儿，盘上开一孔，鼻子从孔中伸进桶内。单把鼻子泡进热水，丝毫不觉得烫。稍顷，徒弟问：

“烫好了吗？”

内供不禁苦笑。心想：单听这话，恐怕谁都想不到，说的竟是鼻

---

1 古代外国人，最初是印度人对中国的称呼。

2 位于京都市东山区圆山公园内。

子。经热水这么一烫，鼻官痒嗖嗖的，像叫跳蚤叮了似的。

等内供把鼻官从孔中一抽出来，徒弟马上脚下用力，使劲去踩还在冒热气的鼻子。内供侧身而卧，把鼻子搁在地板上，看着徒弟的双脚在眼前一上一下地踩。徒弟脸上不时露出歉意，低头望着内供的秃头，问道：

“疼不疼呀？大夫说得使劲儿踩。挺疼的吧？”

内供本打算摇摇头，以示不疼，无奈鼻子叫人踩着，脑袋哪儿动弹得了。只能翻翻眼皮，瞅着徒弟皴裂的脚，气哼哼地说：“不疼。”其实，鼻官痒嗖嗖的，正踩到痒处，别说疼了，舒服还来不及呢。

踩了一会儿，鼻官里开始溢出小米粒儿似的东西，形状宛如拔了毛的烤全鸟儿。徒弟见状停下脚，自言自语地嘀咕着：

“说是得用镊子镊出来。”

内供似意犹未尽，鼓起腮帮子，一声不吭，听凭徒弟摆布。当然，徒弟的一番好意，他不是不明白，只是眼见自己的鼻子，给人当个物件儿似的摆弄来摆弄去，实在觉得很不爽。那神情就像让一个信不过的医生来做手术，不情愿地瞧着徒弟用镊子从鼻官的汗毛孔里镊出脂肪来。脂肪的形状如同鸟毛的根，拔出来竟有四分长。

镊了一通，徒弟长舒一口气说：“再烫一次就行了。”

内供依旧紧皱眉头，不置可否，任由徒弟去摆布。

第二次烫过，再一端详，果不其然，鼻子比先前短了许多，跟一般的鹰钩鼻没两样。内供摸着变短的鼻子，腼腆地接过徒弟递上的镜子，怯生生地往里瞧去。

鼻子——原先那根从上唇一直垂到下颏的鼻子，就像变戏法儿似的萎缩收敛了，如今蔫蔫儿地待在上唇上面。鼻上那些点点红斑，怕是刚才脚踩过的痕迹吧。这样一来，看他们谁还敢乐！——镜中的内供得意扬扬地瞧着镜外的内供，眨巴着眼睛，可谓心满意足。

可是那一整天，他没少担心，生怕鼻子又长长。于是，无论是诵经还是吃饭，只要得便，就会伸出手，轻轻摸摸鼻尖儿。而鼻子仍好端端地待在嘴唇上面，没有一点要耷拉下来的迹象。睡了一宿，第二天早晨一睁开眼，头一件事就是摸摸自己的鼻子。鼻子依然是短的。内供就像抄毕《法华经》，功德圆满一般，心里有年头没那么畅快了。

然而，过了两三天，内供发现一件意想不到的事儿。有个武士来池尾办事儿，两只眼睛活里活络，一个劲儿在内供的鼻子上转悠，说话也有一搭没一搭的，脸上的神情似乎暗示内供比从前更加可笑。不光如此，那个曾经把内供的鼻子掉进粥碗里的中童子，在经堂外碰到上人时，开始还低着头强忍住笑，后来大概实在憋不住，扑哧一声笑了出来。就连给僧役们派活儿时，当着他面，一个个都毕恭毕敬，唯命是从，一旦内供背过身去，立马就哧哧地笑开了，这事儿已不止一次两次了。

起先内供以为是自己面相改变的缘故，可又好像说不通——无疑，中童子和僧役们是为此而窃笑。虽说同样是笑，跟当初鼻长时的笑法毕竟不大一样。要说呢，短鼻子没看惯，比看惯了的长鼻子更可笑，那倒也罢了，但是，其中似乎还有点儿别的缘故。

——以前笑得可没这么放肆呀。

内供常常刚开头念经，便停了下来，歪着秃头，时不时心里嘀咕着。每逢这种时候，这位可敬的内供，准是呆呆地望着旁边挂着的普贤菩萨像，回想起四五天前尚是长鼻子的光景，不禁心中郁闷，颇有"好一似今朝沦落人，且回首往昔荣华日"之慨。——可惜，内供缺乏睿智，参不透其中道理。

——人的心中，自具两种矛盾的感情。见人不幸，无人会不同情。然而，此不幸者，一旦摆脱困境，不知怎的，反让人觉得怅然若失。说得过分点儿，心里巴不得他重陷不幸中去。虽非有意，不知不觉中竟生出一种敌意来。——内供尽管不明其中缘由，却总感快快不乐，无非因为从池尾僧众的态度中，隐约察觉出这种旁观者的利己主义。

这样，内供的心情越来越糟。不论对谁，说不上两句话，便会恶声恶气，横加训斥。最后，连帮他治鼻子的徒弟也在背后说："内供犯这嗔恚，要遭报应的。"那个小淘气中童子，尤其叫内供恼火。一日，内供听见狗叫连连，无心地出去看看，只见中童子手里挥舞着一根二尺来长的木条，追赶一只瘦骨嶙峋的长毛狮子狗。仅只追，倒也罢了，还边追边嚷："看我不抽你鼻子！嘿，看我不抽你鼻子！"内供从中童子手中一把夺过木条，朝他脸上狠抽了过去。原来是当初用来托鼻子的那根木条。

内供悔不该长鼻变短，因此愤恨不已。

然而，就在一天晚上，暮色渐浓之时，突然风起，直吹枕旁，塔上的风铃，令人心烦。加之寒气袭人，让年迈的内供欲睡不得。正当辗转反侧之际，忽觉鼻官奇痒难耐。用手摸摸，好似肿了起来，还有点发烫。——该不会硬是弄短，落下了什么病吧？

内供按着鼻子，手势就像奉佛烧香供花般虔诚，自言自语道。次日清晨，内供照旧老早就醒了，睁眼一看，寺内的银杏和七叶树，一夜之间便落叶满庭，金黄一片，光灿耀人。兴许是塔顶挂了霜的缘故，熹微的晨曦中，九轮熠熠生辉。窗板已经挂起，禅智内供站在廊下，深深吸了口气。

恰在此时，那种几乎忘却的感觉，在内供身上重又复苏。内供慌忙用手去摸鼻子。摸到的已非昨日的短物，分明是昔日那条五六寸长、从上唇一直垂到下颏的长鼻子。内供明白了，鼻子一夜之间又恢复了原样。与此同时，如同鼻子缩短时一样，他那舒畅的心情不觉重又来复。

——这样一来，看他们谁还敢笑话我！

内供心里这么喃喃自语，长鼻子径自颤悠在黎明的秋风中。

大正五年（1916）一月

山药粥

八成是元庆末年、仁和初年的事吧。不管哪朝哪代，好歹跟这个故事无甚关系。看官只当是很久以前平安朝[1]的事就成。——话说当时藤原基经摄政，手下侍卫中，有某位五品。

在下本不愿写成“某位”，蛮想弄清是何方人士，姓甚名谁。偏巧那名儿竟没能流传下来。想必是个凡夫俗子，没资格留名青史吧。看来终究是史书作者，对凡人凡事，没甚兴趣使然。这一点倒同日本的自然派作家大相径庭。须知，王朝时代的小说家，并非有闲之人。——总而言之，藤原摄政王的侍卫中，有某位五品的武士，是这故事中的主人公。

且说这位五品，实在其貌不扬。首先，身材矮小。其次，红鼻头，八字眼。嘴上的胡须，不必说，稀稀拉拉。瘦瘦的两颊，显得下巴格外的尖。嘴唇嘛……要一一细说起来，真个是说也说不尽的。我们的这位五品，天生就如此邋遢，不同凡响。

五品是何时何以来侍奉基经的呢？这谁也不晓得。反正，很久以来，总是穿着同一件褪了色的短褂子，戴着同一顶瘪塌塌的京式乌

---

1 元庆（877—885）、仁和（885—889）两朝，约当平安（794—1192）前期。

帽，天天尽同一职守而不厌其烦，这倒是确凿无疑的。结果呢，谁见了也不会想到，这家伙居然也有过青春年少的时光，五品已经四十开外。相反，甚至觉得，凭他这寒碜通红的鼻子，徒有其名的几根胡子，生来就该在朱雀大路上让风吹雨打。上自主人基经，下至放牛娃儿，不知不觉，谁都这么认为，无人怀疑。

一个人有了这样一副尊容，所受到的待遇，恐怕无须在下多费笔墨。在班房里，五品甚至不如一只苍蝇，一干武士对他也带搭不理。连那些有品无品的下属侍卫，总共二十来号人，对他的进出也冷淡得出奇。五品吩咐什么事的当口，一伙人绝不会停止闲聊。对他们来说，五品的存在，好比空气一样无影无形，眼里就没有他这个人。底下人尚且如此，更不消说上面的头儿脑儿了，压根儿不把他当回事，说来也是他命该如此。他们对待五品，冷冷的表情背后，藏着类似小孩子家无聊的恶意，要想说什么，便打个手势。人之有语言实非偶然，手势也常有不足以达意之时。可是，他们却认为是五品悟性不高。手势一旦行不通，他们便从五品头上那顶瘪塌塌走了样的京式乌帽，一直到脚下那双快要磨破的草屐，仔仔细细上上下下打量一番，嗤鼻一笑，陡地别转身去。尽管如此，五品却从不动气。这等不平事儿，他全然不往心里去，为人之窝囊怯懦竟到如斯地步。

可是，那些武士同僚，倒要来寻他开心。年长的拿他丑相取笑，总说些老掉牙的打趣话；年轻的学样儿，也借机耍嘴皮子逗哏取乐。他们当着五品的面，对他的鼻子、胡子、纱帽、短褂，大肆品评而不知底止。不仅此也。他，以及他那个五六年前就分了手的地包天婆娘，连同跟那婆娘相好的酒鬼和尚，也都常常成为他们插科打诨的笑料。更有甚者，他们还不时弄些恶作剧，多得无法一一列举。譬如，将他竹筒中的酒给喝了，而将尿液灌将进去。姑举此一端，其余则概可想见。

然而，五品对这些嘲弄，全然无动于衷。至少别人看来如此。不论人家说他什么，五品连脸色也都不变。一声不吭，捋着那几根胡子，做他该做的事。只是他们的恶作剧，诸如把纸条别在他顶髻上，或把草屐插在刀鞘上，让他过于难堪时，他才脸上堆着笑——是哭还是笑也分不清，说道：“莫如此呀，各位仁兄！”凡是看见他这表情，听见他这声音的人，一时之间，竟会油然生出怜悯之情（人生中受欺侮的，何止是红鼻五品一人。还有许许多多不相识的人，都会借五品的表情和声音，谴责嘲弄者的无情无义。）——这份体恤虽然淡薄，刹那间却浸透他们的心田。只是这种心情，始终能保持住的人，却是微乎其微。就在这微乎其微的人中，话说有个五品的侍卫，乃丹波国人士，一个嘴上绒毛刚刚长成胡子的年轻后生。当然，这后生起初也和众人一样，没来由地轻蔑红鼻五品。可是有一日，凑巧听见“莫如此呀，各位仁兄”！这央告声，竟在脑中盘旋不去。此后，唯有在这后生眼里，五品才变成一个人。因为，从五品那张营养不良、面带菜色、木讷迟钝的脸上，透露出这是一个饱受尘世煎逼的“人”。这位五品侍卫，每每想起红鼻五品的遭遇，便不能不感到人世间的一切，昭然显露出本性的卑劣一面。而与此同时，那只冻红的鼻子，可数的几茎胡须，仿佛是一丝安慰，直透心底……

不过，也仅限于这位后生一人而已。除此以外，五品依旧像狗一般生活在周围的轻蔑之中。首先，他连一件像样的衣服都没有，只有一件海昌蓝的短褂和一条同样颜色的裙裤，已经旧得泛白，变成蓝不蓝青不青的。短褂还凑合，就肩膀处略微瘪塌，圆纽带和菊花襻褪些色而已，至于裙裤的裤脚管却是破得不成样子。里面没有衬裤，露出两条细腿，真好比瘦牛拉瘦官，一步一颤悠。同僚中即使嘴上不损他，见了也都觉得寒碜不过。再说，身上的佩刀也很不济，刀柄上的贴金早已变色，刀鞘上的黑漆也斑驳剥落。他却照旧腆着红鼻子，拖着草履，踢踢踏踏，本来就驼背，数九寒天下，腰越发猫了起来。他迈着细碎的步子，眼馋地东张张西望望，难怪连街上的商贩都要欺他一下。眼下就有这样一桩事。

一日，五品去神泉苑，经过三条城门，见六七个孩子聚在路边，不知在做什么。心想，是在玩“陀螺”吗？便凑到背后去瞧了瞧。原来他们在抽打一条跑丢的狮子狗，它颈上还拴着绳子。胆小怕事的五品，虽有同情心，却因为怕事，从来不敢挺身而出。唯独这一次，见对方是几个毛头孩子，便鼓起几分勇气来。于是，脸上堆着笑，对一个像是孩子头的，拍拍他肩说：“就饶了它吧。狗挨打也痛呀。”那孩子转过身来，翻起白眼，藐视地盯着五品。那神情就跟班房里，侍卫长见他没领会自己意思，瞧他时的那副表情一模一样。“你甭多管闲事！”那孩子退后一步，撇着嘴说，“你个酒糟鼻子！算个什么东西！”五品听了这话，宛似脸上挨了一记耳光。倒不是因为遭人辱骂，才生气光火，而是自家多嘴，自讨没趣，觉得实在窝囊。只好用苦笑遮掩难堪，继续朝神泉苑默默走去。身后，那六七个孩子挤作一堆，有的做鬼脸，有的伸舌头。五品当然不知道。即使知道，这对不争气的五品来说，又能怎样？

且说这故事中的主人公，倘若生来就专给作践，活着没一点盼头，那倒也不尽然。自打五六年前，五品就对山药粥迷嗜起来。说起这粥，乃是将山药切碎，用甜葛汁煮熬而成。当时，作为无上的珍馐美味，其身价之高，甚至摆到万乘之君的御膳里。因此，像我们五品这种人，只有一年一度，贵客临门时，才能沾光尝尝。即使那时，能喝到嘴的，也少得仅够润喉而已。于是，很久以来，将山药粥饱餐一顿，便成了他唯一的愿望。当然，此事他从未告诉过人。不但如此，甚至连他自己都还不清楚，此乃他平生之宏愿。也不妨说，他事实上就是为这盼头而活着。为一个不知能否实现的愿望，人有时会豁出一辈子去。笑别人愚蠢，并不高明，谁不是人生中的过客？

不料，五品“将山药粥饱餐一顿”的梦想，居然轻而易举变成了现实。道出个中始末，正是在下写本篇的旨归。

话说有一年，正月初二，正是基经府贵客临门之日，与皇后和太子的两宫之宴乃在同日，而宴请王公大臣方面，摄政关白府比起两宫之宴毫不逊色。五品也挤在侍卫之间，面对满桌的残羹剩肴。那时尚无弃剩肴与饥民的做法，而是聚家臣于一堂，共同食之。虽说可同两宫之宴媲美，终究是在古时，品类纵多，美味鲜有。无非煮年糕、炸年糕、炸大虾、蒸鲍鱼、烤章鱼、鲷鱼干、风干鸡、近江鲫鱼、宇治小香鱼、鲑鱼镶鱼子、大酸橙、小酸橙、柑橘、柿饼之类。其中便有话说的这山药粥。五品年年盼着这山药粥。可是，人杂嘴多，每次自己能吃到的，却多乎不多。今年的粥又格外少。这么一来，兴许是五品心里作怪，觉得那粥，较往昔尤胜。于是，他盯着一只喝光的空碗，将稀稀拉拉的胡子上沾的粥星儿，用巴掌抹了一把，自言自语地说道：“几时才能称心喝个够哟！”

话音未落，便有人戏谑地问：“您大夫连山药粥竟也没有称心如意喝过个够？”

俨然一介武夫的声音，低沉而威严。五品从驼背上抬起头，怯生生地朝那人看过去。声音的主人是民部卿时长的公子藤原利仁，那时也在基经府内当差，是个膀阔腰圆、身量超群的伟男子，一面嚼着烤栗子，一面一杯复一杯地喝着黑酒。人已喝得半酣。

“好可怜哟。”利仁见五品抬起头，声音半轻蔑半怜悯的，接着说道，“愿意的话，我利仁可让阁下称心如意喝个够。”

即便一条狗，终日受虐待，偶尔给块肉，也不会轻易凑上去的。五品照例挤出那副不知是笑还是哭的笑脸，看看利仁的面孔，又看看手上的空碗。

“不愿意？”

“怎么样？”

这时，五品感到众人的目光都猬集在自己身上。一言之差，笃定又要招来一通嘲弄。他甚而觉得，回答什么都照旧会受人戏耍。真是左右为难。这时，要不是对方声音不耐烦起来：“不愿意，也不强求。”五品说不定会把空碗和利仁，一直比来比去，看个没完。

听见这话，五品慌不迭地答道：

“岂敢……不胜感谢。”

凡听见这段对话的人，一时都失声笑了出来。“岂敢，不胜感谢。”——甚至还有人这样学舌。在盛着黄橙绿橘的槲叶盘和高脚漆盘之上，众多软筒硬筒京式乌帽，便一齐随着笑声，如同波浪般摇晃起来，其中笑得最响、最为开心的，当数利仁。

“那就改日奉请尊驾。”说话之间，贵公子蹙起眉头来。是涌上来的笑声和酒气一起噎在喉咙里的缘故，“……不知意下如何？”

“不胜感谢。”

五品红着脸，把方才的话结结巴巴又重复了一遍。不用说，这回又引起哄堂大笑。至于利仁本人，正是要叫五品再说一遍，才故意叮问一句，所以，觉得比方才还可乐，更笑得前仰后合。这个来自朔北的粗汉，生活里向来只知两事，一是豪饮，一是狂笑。

幸而，话题不久即离开他俩。哪怕是打趣逗笑，如一味盯着这位红鼻五品，也许会令人厌烦。总之，话题一个接一个，直到酒菜将尽，一个见习侍卫讲笑话，说有个人骑马，两脚却套在同一只皮护腿里，才又引动一座人的兴头。可是，唯独五品，浑然充耳不闻。想必山药粥这三字，已占了他全部心思。即令面前摆着烤山鸡，筷子都不会去碰一碰；尽管杯里有黑酒，嘴唇也不会去沾一沾。两手自管放在膝上，宛如大闺女相亲，憨厚地红着脸，连花白的两鬓都红了起来，始终盯着空空如也的黑漆碗，傻乎乎地笑着……

过了四五天，一个上午，有两个骑马人，沿着加茂川畔，径朝粟田口，缓辔而行。其中一人，上穿深蓝色猎衣，下着同色裙裤，佩了一把镶金包银的大刀，是个"须黑鬓美"的男子。另一人则在海昌蓝的短褂上加了一件薄薄的绵衣，是个四十来岁的武士，看他那情景，无论是马马虎虎系着的腰带，还是沾满鼻涕的红鼻头，浑身上下，无处不显得寒酸破落。至于坐骑，倒都是骐骥，前面一匹是桃花马，后面一匹是菊花青，三岁的牙口，气势神骏得连路上的小贩和武士都要回头来看。他们后面，还拼命跟着两人，自然是持弓背矢的亲随和牵马执镫的马夫。——这一行人，毋庸赘言，正是利仁和五品。

虽说尚在隆冬，倒恰逢天气晴和，没有一丝儿风，白花花的河石间，清潺潺的溪水中，蓬草枯立，纹丝不动。临河低垂的柳树间，落叶飘尽的树枝上，洒满柔滑如饴的阳光。蹲在枝头的鸟儿，尾巴动一动，影子都会鲜明地投射在地面上。东山一片暗绿，上方露出圆陀陀的山头，犹如霜打的天鹅绒，想必是比睿山吧。鞍鞯上的螺钿在阳光下晶光闪亮，两人不着一鞭，径朝粟田口徐徐前进。

"大公子，要带在下出去，究竟去哪里呢？"五品两手生分地拉着缰绳问道。

"就在前面。不像阁下担心的那么远。"

"这么说，是粟田口那里吗？"

“暂且先这样想吧。”

今早，利仁来邀五品，说东山附近有处温泉，想去一趟，两人便出了门。红鼻五品信以为真，恰值久未洗澡，这一向身上刺痒难熬，若美餐过山药粥，再洗个温泉澡，真是天幸其便。这样一盘算，便跨上利仁事先牵来的菊花青。不料，并辔来到此处，利仁的目的地，似乎不在这附近。现在，不知不觉已过了粟田口。

“原来不是去粟田口啊？”

“不错，再往前走一点。”

利仁面带笑容，故意不看五品，静静地策马前行。两旁的人家渐渐稀少。此刻，冬日广漠的田野上，只见觅食的乌鸦；山阴的残雪，也隐隐地笼上一层青烟。虽然天晴日朗，但野漆树的树梢头，尖棱棱地指向天空，看来刺眼，不禁生寒。

“那么，是在山科一带啦？”

“山科，这儿就是。还要往前哩。”

果然，说话之间已过了山科。何止如此。不大会儿工夫，关山也已掠在身后。终于，晌午将过时，来到三井寺。三井寺内，有个僧人与利仁交情颇厚。两人前去拜访，叨扰了一顿午饭。饭后又骑马赶路。一路上，较方才的来路，人烟更加稀少。尤其当年，盗贼四处横行，世道甚不太平。——五品把背驼得愈发低，弓了起来，仰面看着利仁的面孔，问道：

“还在前面吧？”

利仁不觉微笑起来。仿佛小孩子家的勾当，被人察觉，冲着大人笑笑。鼻尖上的皱纹，眼角旁的鱼尾纹，像是在犹豫，要不要笑将出来。于是，忍不住这样说道：

“其实呢，是要请阁下前往敦贺。”利仁一面笑着，一面举鞭遥指天际。鞭子下，一片银光闪烁，湖水正辉映着夕阳。

五品惊慌起来。

“敦贺？敢是越前那个敦贺吗？越前那个……”

利仁自从入赘作了藤原有仁的女婿之后，多半住在敦贺，这事平素不是没听说过。可是，直到此刻五品都没有想到，利仁居然要把自己带到大老远的敦贺去。别的不说，跑到山重水隔的越前国去，仅仅带这么两个随从，怎么能保得路上平安呢？何况这一向传言四起，说有过往行人为强盗所杀。——五品望着利仁，慨叹道：

“您又戏言了。原以为是东山，岂知是山科。以为是山科，谁料是三井寺。结果，是越前，究竟是怎么回事呢？倘使开头便直说，哪怕是下人呢，也该多带几个。——去敦贺，这如何使得！”

五品几乎带着哭腔，嗫嚅着。若是没有“饱餐一顿山药粥”这念头，鼓起他的勇气，恐怕他当即便会作别而去，独自回京都了。

“尽管想开，有我利仁在，足可一以当千。路上无须担心。”

见五品如此惊慌，利仁不禁皱皱眉头，嘲笑地说。然后叫过随从，将带来的箭筒背在身上，又接过一张黑漆弯弓，横放在鞍上，旋即一马当先，向前奔去。事已至此，怯懦的五品，唯以利仁的意志是从。犹胆战心惊，东张西望，环顾周遭荒凉的原野，口中喃喃祷告，念诵依稀记得的几句观音经。那只红鼻子几乎蹭到马鞍的前轿上，依旧有气无力地催动着快慢不匀的马步。

原野上，嘚嘚的马蹄声喧。遍地黄茅，茫茫一片。一处处水洼，冷冰冰地映着蓝天，不由得令人暗想：这冬日的午后，怕是终究会给凝住吧？原野的尽头，是一带连山，光景是背阴的缘故，本该熠熠生辉的残雪，竟没有一丝光芒，唯见长长一道浓暗中略带紫苍。就连这些也为几丛萧瑟的枯茅遮断，许多横亘的景物，是两个步行随从所无法看到的。——这时，利仁蓦然回过头，向五品开口道：

“请看！好一个使者来了。可给敦贺报信去。”五品不大明白利仁的意思，战战兢兢顺着弓的方向望去。那儿本是望不到人影的所在。唯见一只狐狸，于落日下，披一身暖融融的皮毛，慢吞吞地走在不知是野葡萄藤还是什么攀缠植物丛中。——霎时，狐狸慌忙纵身奔逃。利仁猛挥一鞭，急忙纵马追去。五品也忘却自身，紧随其后。不用说，两个随从也不落后。马蹄踢石的嘚嘚声，冲破旷野的寂静，响了好一阵儿。俄顷，见利仁勒马停住，狐狸不知何时已经被捉住，于鞍侧倒提着两只后腿。想必是逼得狐狸走投无路，将其制服于马下，才手到擒来的。红鼻五品连连揩去胡须上的汗水，好不容易才赶到跟前。

“喂，狐狸，好生听着！”利仁将狐狸高高提至眼前，煞有介事地说，“去告诉他们，敦贺的利仁，今夜将打道回府。就说‘利仁陪同一位稀客，正在途中。明日巳时时分，派人来高岛迎候，同时再备上两匹好马。’明白了吗？切不可忘记！”

说毕，一挥手，将狐狸远远抛进草丛。

“哎呀，跑啦！跑啦！”

刚刚赶上来的两名随从，望着狐狸逃跑的身影，拍掌嚷道。夕阳下，脊背毛色似落叶，不辨树根与石块，一溜烟没命逃去。一行人从所立处望去，尽收眼底。在追逐狐狸的当儿，不知什么工夫，他们已来到旷野的高处，那里是一面缓坡，低处与干涸的河床相连。

“好个宽宏大量的使主！”

仿佛刚认识一般，五品肃然起敬，衷心赞叹，仰视着这位连狐狸都使唤得了的草莽英雄。而自己同利仁之间，究竟有何差别，也顾不得去思量了。他感铭良深，只觉得利仁势力有多大，自己跟着也能沾溉得多大。——低处境下，恐怕最容易去阿谀奉承。然而，列位看官，此后倘从红鼻五品的态度中，看出有什么逢迎拍马之举，切不可对他的人格妄加怀疑。

狐狸给抛了出去，骨碌碌跑下斜坡，从干河床的石头间，轻捷地蹦蹿跳跃，又一鼓作气，斜着跑上对面的斜坡。一面跑，一面回头望，捕获自己的武士一行，犹自并辔鹄立在远远的高坡上，看起来只有巴掌大小。尤其是桃花马和菊花青，沐浴着落日余晖，衬托在寒霜凝露的空气中，真比画的还鲜明。

狐狸一扭头，又在枯茅丛中，如疾风一般飞驰而去。

一行人照准于翌日巳时时分来到高岛。这是个小小的村落，地处琵琶湖畔，与昨日大异其趣。阴霾的天空下，只有疏疏落落的几椽茅屋。岸边的松林间，呈露出一泓湖水，意态清寒，水面上灰蒙蒙的涟漪，仿佛是一面忘了打磨的镜子。到了这里，利仁方回头望着五品道：

“请看！一众人已前来迎候。”

果不其然，只见湖畔松林间，二三十人，有的骑马，有的行走，牵着两匹备好鞍鞯的马，短褂宽大的袖子在寒风中翻飞，正朝他们急急赶来。转眼之间，便到了跟前，骑马的慌忙滚鞍下马，赶路的赶紧跪在路旁，一个个敬候利仁的到来。

“看来那狐狸果真报了信呢。”

“畜类天生变化多端。这点区区小事，何足道哉。”

利仁和五品说话的工夫，已来到众家臣迎候之处。利仁道了声：“辛苦了。”一干跪着的人，才连忙站起，接过两人的马。顿时人人轻松起来。

“昨夜，有件稀奇之事。”

两人下马之后，刚要在皮褥子上落座，有个白发苍苍的家臣，穿了件红褐色短褂，走到利仁面前禀告。

“什么事？”利仁一面将家臣等端来的酒馔，给五品斟上，一面大模大样地问。

“是这样一回事。昨晚刚刚戌时，夫人忽然失去神智，开言道：‘吾乃阪本之狐是也。今日特来传达主公命令。请仔细听令！’于是我等走上前去，但听夫人说出这样一番话来：‘主公陪同一位稀客，此刻正在途中。明日巳时时分，派人前往高岛迎候，同时再备上两匹好马。’”

“这事确是稀奇。”五品着意瞧瞧利仁又瞧瞧家臣，评断一句，讨得两方都满意。

“这样说还不算。还战战兢兢，浑身发抖：‘万万不得迟误。如有迟误，吾将被主公赶出家门矣。’说着大哭不止。”

“那么，现在如何了？”

“后来便一下子昏睡过去。我们出来时，似乎还没醒。”

“如何？”听完家臣禀报，利仁得意地瞧着五品说，“看！连畜类都听命于我利仁！”

“真叫人不胜惊讶。”五品搔着红鼻子，低了低头，然后，张嘴结舌，故意显出吃惊的样子。胡子上还沾了一滴方才喝的酒。

当天夜里，五品在利仁府的一间屋内，茫然瞧着方角座灯，竟难以入睡。漫漫长夜，眼睁睁直挨到天明。傍晚到达此地之前，一路上，同利仁及其随从谈笑风生，经过松山、岩石、小溪、枯野，以及荒草、落叶、野火、青烟——这些景物，一件件又在五品的心头浮现出来。尤当黄昏时分，暮霭沉沉之际，终于来到这府邸，看见长钵里炭火熊熊，不觉长长松了一口气——此刻，躺在此处，回想起来，仿佛是遥远的往事。棉花有四五寸厚的被下，五品惬意地伸直了腿，情不自禁地呆呆看起了自家的睡姿。

被下，穿了两件浅黄色的厚棉衣，是利仁借与的，足以让他暖得出汗。加之晚饭时，几杯老酒下肚，醉意更使他身上热烘烘的。枕畔，格子板窗外面，就是寒霜委地的大院子。他是这样的陶陶然，没有一丝苦寒之感。这一切，与自己在京都的衙房相比，简直有云泥之别。尽管如此，我们的五品，心里七上八下，总有那么一抹不安。首先，时间慢得令人望眼欲穿。但同时又希望，天亮——也就是说，喝山药粥的时刻，不要来得太快。这种矛盾的心情，之所以相生相克，盖因境况变化之剧，就如今日的天气一样，陡然变得冷飕飕的。凡此种种都是迷障，难得暖和如斯，竟也不能安然入睡。

这时，听见外面院子里，有人高声说话。听声音，像是白天中途接他们的那位白发家臣，似乎在吩咐什么事情。声音干涩，许是满地霜华上传过来的缘故？凛然如同寒风，甚至觉得句句穿透他的骨髓。

“这边的下人听着！奉主公之命：明晨卯时前，每人须各交长五尺、粗三寸的山药一根。万万不可忘记，务必于卯时前交来。”

这话反复叮嘱了两三遍。俄顷，人声寂然，周遭随即一如方才，恢复冬夜的宁静。静寂中，只有灯油嗞嗞作响。火苗像条红丝绵，摇曳不定。五品把个哈欠硬是忍了回去，旋又沉入胡思乱想。既然提到山药，准是要做山药粥才叫拿来的。这么一想，刚才只顾注意听外面而暂时忘却的不安，不知什么工夫，竟又潜入心头。而且，比方才尤为强烈的，是他不愿过早就把山药粥吃个够。这念头偏生跟他作对，总在脑中盘旋不去。“饱尝山药粥”的夙愿，要是这样轻而易举就能实现，几年来好不容易忍到今天，盼到今天，岂不枉费力气了吗？倘办得到，但愿事情能这样：突然来个什么意外，山药粥暂时喝不成，等费尽九牛二虎之力，麻烦尽除，再喝他个够。五品的心思，就像“陀螺”一样，滴溜溜总围着一处转。想着想着，因鞍马劳顿，不知不觉酣然睡去。

翌日清晨，五品一睁开眼，便惦记起昨夜嘱交山药一事，所以什么都不顾，只管先打开格子板窗。这才发觉自己睡得人事不知，怕是已过了卯时吧。院子里摊着四五张长席子，上面堆了两三千根圆木似的物事，像座小山，竟有那斜伸出去的桧皮房檐一般高。定睛一瞧，五尺长三寸粗，齐刷刷的尽是大得出奇的山药。

五品揉着惺忪的睡眼，四下看过来，简直目瞪口呆。偌大的院子里，好似新打的桩子上，接连安了五六口能盛五石米的大锅；穿白布褂子的年轻使女，不下几十人，围着大锅忙乎。烧火的，掏灰的，将白木桶中的“甜葛汁”舀到锅里去，人人为熬山药粥，忙得不可开交。锅下冒出的青烟，锅内升腾的热气，同尚未消尽的晓霭融成一片，开阔的庭院整个儿笼罩在灰蒙蒙的氛围之中，甚至辨不清物象，唯有锅下熊熊燃烧的烈焰，发出红彤彤的亮光。所见所闻，乱乱哄哄，就像着了火开了战似的。五品这时才想到，熬粥竟用这样大个儿的山药，在这样大家伙的锅里煮！而自己，就为喝这口粥，才巴巴儿地从京都跋涉到越前的敦贺来。这一切他越想越觉得玄。我们五品那值得同情的胃口，其实，这时早已倒了一半。

一小时之后，五品同利仁，同利仁的岳丈有仁，共进早膳。面前，一个带梁的大银锅里，漫然如海水般装了满满一锅的，就是那可怕的山药粥。五品方才已看见几十个年轻后生，灵巧地使着薄刃刀，将堆得房檐高的山药，从一头麻利地切碎。然后，众使女跑东跑西，你来我往，把切好的山药拾掇起来，放进一口口大锅里，再拾掇起来，再放进锅去。最后，等到长席上的山药一根不剩，便见几团热气，混合着山药味，甜葛味，从锅中冉冉升腾到晴朗的晨空。目睹这一切的五品，此刻面对着银锅里的山药粥，不等品尝，就已觉得腹满肚胀，这么说恐怕一点儿也不夸张。——五品面对银锅，情何以堪，唯频频抹着额上的汗水。

“这山药粥，您一生从未喝个够。现在不用客气，尽管喝吧。”岳丈有仁吩咐童儿们，在桌上又摆了几只银锅。每锅的山药粥，都满得几乎溢出来。五品本来就红通通的鼻子，现在越发红了。童儿们将锅里的粥，盛出一半，倒入大土钵，五品闭着眼睛，硬着头皮喝了下去。

“家父也说，请务必不要客气。”

利仁一脸坏笑，劝他再喝一锅。吃不消的，只有五品。说得不客气，这山药粥，打一开始就一碗都不想喝。如今，他捏着鼻子，勉勉强强才喝掉半锅。若再多喝一口，恐怕不等咽下去就会吐出来。话又说回来，倘若不喝，岂不辜负利仁和有仁的一片厚意。于是，他又闭上眼睛，把余下的半锅喝掉了三成。最后，连一口都难以下咽了。

“实在感谢不尽。足矣足矣。——哎呀呀，实在感谢不尽。”

五品说得语无伦次，显然已十分尴尬。胡子上，鼻尖下，淌着豆大的汗珠子，简直不像在寒冬腊月。

“吃得太少啦，客人显然客气哩。喂喂！你们在干什么呢？”

童儿们随着有仁的吩咐，又要从银锅往土钵里盛粥。五品拼命挥动双手，像赶苍蝇一样，表示坚辞不受。

“不能要了，够了够了……太失礼了，足矣足矣。”若不是利仁这时指着对面屋檐说“瞧那边”，有仁说不定还会劝个不停。幸好，利仁一语，把众人的注意力引到那座房子上。朝阳正洒在桧皮葺的屋檐上。炫目耀眼的阳光下，老老实实坐着一只毛色润泽的畜类。一看，正是前日利仁在荒郊枯野捉住的那只阪本野狐。

“狐狸也要吃山药粥哩。来人哪！赏些吃的下去！”

利仁的吩咐，当即照办。狐狸从屋檐上跳将下来，直奔院子去吃山药粥了。

五品瞧着狐狸吃山药粥，回想起此前的自己，心中充满依依之情。那是受诸多武士愚弄的他，是挨京都娃儿辱骂“你个酒糟鼻子！算什么东西”的他，是穿着褪了色的短褂和裙裤、像丧家之犬、彷徨在朱雀大路上、可怜而孤独的他。但同时又是将饱餐一顿山药粥的夙愿，独自珍藏在心底的幸福的他。——他放心了，可以不必再喝山药粥了，同时觉出，满头的大汗，渐渐从鼻尖上干了起来。虽说天气晴朗，敦贺的早晨，依然寒风刺骨。五品忙不迭刚捂住鼻子，便冲着银锅，打了好大一个喷嚏。

大正五年（1916）八月

黄粱梦

卢生自忖已经死去。眼前一片漆黑，子孙的啜泣声也渐远渐逝。脚上仿佛拴着无形的秤砣，身子愈发觉得下沉。蓦地，矍然而惊，睁开眼来。

道士吕翁依然坐于枕畔，店家蒸的黄米饭亦尚未熟。卢生揉揉眼睛，大大打个哈欠，从青瓷枕上坐起。太阳照在木叶尽脱的枝条上，邯郸的秋日傍晚，毕竟有些凉意。

“醒啦？”吕翁咬着胡须，忍笑问道。

“嗯。”

“可得好梦？”

“得了一梦。”

“梦中何所见？”

“甚多，梦甚长。先是娶清河崔氏女为妇。似乎是个姿容端庄的小姐。翌年，举进士，任渭南尉。而后，历迁监察御史、起居舍人知制诰，步步高升，直至中书门下平章事。因遭谗言，险些被杀，仅留得一命，放逐至驩州。此后蹭蹬五六年。不久洗冤昭雪，应召还京，官拜中书令，爵封燕国公。不过，此时已迈入老境，子孙满堂。”

“后来如何？”

“下世了。仿佛得年八十有余。”

吕翁得意地捋了捋胡须。

“夫宠辱之道，穷达之运，个中滋味，可说遍尝殆尽。妙哉。人生与子之所梦，并无二致。据此，子对人生之执着与热情，该可减却几分吧？既知得失之理，死生之情，人生诚无意义耳。然否？”

听吕翁语，卢生颇不耐，在其谆谆叮嘱之际，卢生扬起年轻的面庞，目光炯炯，朗朗答道：

“唯因虚梦，尤须真活。彼梦会醒，此梦亦终有醒来之时。人生在世，活到回首往事之际，能无愧于说：此生确曾活出个名堂来。先生以为然乎？”

吕翁一脸无奈，却也道不出一个不字来。

大正六年（1917）十月

英雄之器

“项羽其人，终究非英雄之器。”

汉大将军吕马通，将一张马脸拉得愈发之长，捋着几茎稀疏的胡须说道。他身旁有十余人，中间一盏灯火，映红一张张面孔，衬托在夜晚的营帐上。每张脸上，都浮现出难得一见的笑容。想必是今日一仗，战西楚霸王而取其首级，得胜的喜悦尚未消失之故吧。

“是吗？”

其中一张面孔，鼻梁笔挺，目光锐利，唇角浮出不屑的笑容，盯着吕马通的眉心应了一声。不知何故，吕马通似有些狼狈。

“当然，项羽力大盖世。听说连涂山禹王庙的石鼎都能折弯。今日一仗，也是如此。一时之间，在下以为要性命不保。李佐被杀，王恒被杀，那气势，真个无敌。确实力大盖世。”

“呵呵。”

对方脸上依然不屑地笑着，威武地点了点头。营帐外，阒然无声。远处，响起两三声号角，此外就连马的鼻息都听不到一丝。这时，不知何处飘来枯叶气味。

“然而，”吕马通环视所有面孔，煞有介事地眨了一下眼，“然而，确非英雄之器。证据，便是今日之战。楚军败退至乌江畔，仅剩二十八骑。面对敌军如林，虽战，亦无济于事。据闻乌江亭长曾驾舟前去接应，本可退至江东。倘项羽确为英雄之器，当忍辱渡江，待他日卷土重来。岂可因小失大，为区区面子而耿耿于怀！”

“照此说，英雄之器者，乃工于算计之谓乎？”

众人随即哄笑起来。然而，吕马通毫不气馁。手松开胡须，略挺一挺胸脯，不时睃一眼那张鼻高眼利的面孔，指手画脚，振振有词。

“非也。非此意也。——曾闻项羽其人，于今日战前，对二十八名部将说过：‘此天之亡我，非人力之不足也。以现有兵力，必三胜汉军，当令诸君知之。’诚然，岂止三胜，实为九战九胜。但依在下之见，此乃怯懦之言。将自家之败，归咎于天——老天岂不困惑至极！项羽此话，倘系渡过乌江，纠集江东健儿，再度逐鹿中原之后说，则又当别论。然而，事情恰恰相反。本可活得轰轰烈烈，却自蹈死路。在下谓项羽非英雄之器者，非唯因其不工于算计。将成败委诸天命，以为搪塞，则万万不可。萧丞相等饱学之士如何评说，在下虽然不知，但窃以为，英雄者，绝非此等人物。”

吕马通面带得色，环顾左右，一时缄口。众人也许认为言之有理，彼此轻轻点了点头，默然不语。不料，唯有那张隆鼻面孔，眼中突然现出感动的神情。黑眸子灼热地闪闪发亮。

“当真？项羽说过此话？”

“据闻说过。”

吕马通将一张马脸，上上下下，大大点了两下。

“岂非怯懦？至少，非大丈夫之所为。窃以为，英雄者，乃敢于与天斗之人也。”

“不错。”

“知天命，犹与天斗，方为英雄。”

“不错。”

“如此说来，项羽……”

刘邦抬起锐利的目光，凝神望着秋风中闪烁不定的灯火。隔了一会儿，自语似的徐徐道出：

“真乃一世之雄也！”

戏作三昧[1]

1

天保二年（1831）九月的一天上午，神田同朋町的松汤澡堂，照例从一清早，浴客便熙熙攘攘。式亭三马[2]几年前出版的滑稽本里曾写道："那浮世澡堂，简直便是神、释、色与无常的大杂烩。"如今这澡堂中的光景，实与那时毫无二致。但见澡堂里热气蒸腾，透过窗户射进来的日光，影影绰绰能瞧见一个个湿淋淋、光溜溜的身子，晃来晃去，挤在狭窄的冲澡处。一个梳老婆髻[3]的，泡在池子里哼"俗曲"；有个梳本多髻的，站在穿衣处拧手巾；还有个奔儿头上绾个大银杏髻的，正让人搓他那刺青的后脊梁；另一个梳由兵卫髻的家伙，方才就一个劲儿地洗脸；有个秃子坐在水槽前，不停地冲澡；再就是留着娃娃头的小小子，一心在玩小竹桶和瓷金鱼。真个是热闹非凡。先是哗哗的浇水声和木桶的碰撞声，其次便是侃大山哼小调的，另外，从账房那边还不时传来木铎声。总之，澡堂的入口处，人称"石

---

1 戏作，系日本江户中期流行的一种俗文学，特指小说一类作品，分读本、黄表纸、洒落本、滑稽本、人情本等类。多反映市井小民的喜怒哀乐，世态人情。本篇主人公曲亭马琴（1767—1848），本名泷泽兴邦，系戏作代表作家，其主要作品有《椿说弓张月》《八犬传》等。《八犬传》，我国有李树果译本。

2 式亭三马（1776—1822），亦为戏作家之一，其代表作《浮世澡堂》，有周作人译本。

3 明治维新前，日本男子梳发髻，下文提到的"本多髻""大银杏髻""由兵卫髻"等，均为不同的发型。

榴口”，里里外外一片嘈杂，就跟打仗一样。且不说商贩乞丐之流会随时掀开帘子闯进来，洗澡客进进出出，更是不在话下。

就在这片喧闹之中，有个年过六旬的老者，斯斯文文地挨在一角，静静地搓着身上的污垢。两鬓的头发黄得挺寒碜，眼睛好像也有些毛病。人虽瘦，身子骨倒还结实，可以说挺硬朗。手面脚上的皮肤已经松了，不过，却透着股不服老的劲头。脸盘也如此，宽宽的腮帮子，嫌略大的嘴巴周围，显得精力旺盛，有股子野劲儿，几乎不减当年。

老人仔仔细细洗完上身，也不用存放在澡堂里的自留桶冲一冲，便洗起下身来。黑色的搓澡巾不论搓多少遍，他那又干又皱的皮肤上也没搓出什么污垢来。八成是勾起了迟暮之感. 老人只洗了一条腿，忽然泄气似的，拿澡巾的那只手竟停了下来。望着桶中混浊的水面，分明映出窗外的天空，红红的柿子稀稀拉拉挂在枝头上，枝下露出瓦屋顶的一角。

这时，老人的心头投下一道“死亡”的阴影，倒也不是那种如重病要过他命、令人忌讳的死亡。说起来，不过像这桶中的天空一样宁静可人，是一种解脱烦恼、安然寂灭之感罢了。要是能摆脱一切尘劳，长眠不起——像个无知无识的孩童，梦都不做一个，就那样睡过去，该是何等快意！想我非但得为谋生疲于奔命，劳瘁于写作，几十年不辍，弄得身心疲惫不堪……

老人不禁怃然。抬起眼睛，周遭的谈笑依旧好不热闹。与此同时，一个个浴客赤条条的，在水蒸气里晃来动去，令人眼花缭乱。石榴口那儿的俗曲声中，这会儿又夹杂着别的小调。他心头的疑惑如艺事长存之类的问题，此时此刻当然丝毫见不到踪影。

“哎哟，先生！想不到此地得遇您老。曲亭先生一清早就来洗澡，在下真是做梦也想不到。”

老人冷不防给人一招呼，这才回过神来。一看，身旁有个人红光满面，中等个儿，梳着细银杏髻，面前摆着自留桶，肩上搭块湿手巾，笑得甚是开心。看样子是刚从池子出来，正要用干净水冲身。

“你照旧好兴致，好得很嘛。”

曲亭马琴微微笑着，略带挖苦地答道。

2

“哪儿的话，好兴致谈不上。要说好，先生的《八犬传》，才越写越出彩，越发有奇趣，写得棒极了！”

细银杏髻说着，把肩上的手巾放到桶里，抬高嗓门儿，高谈阔论起来。

“想那船虫[1]装成盲女，要杀小文吾。小文吾给抓起来，遭到严刑拷打，幸给庄介救了出来。这一安排，实在妙不可言。于是乎庄介与小文吾才有重逢的机缘。不才我，近江屋平吉，虽说是区区小杂货店主，但对小说，自信还懂行。而先生的《八犬传》，就连在下也无可挑剔。令人佩服之至。”

马琴一声不响，又洗起脚来。当然，对爱看他小说的读者，一向颇有好感。不过，也不会因有好感就改变对那人的看法。像他这种聪明人，这么做，本是顺理成章的事。反过来说，即使对某人有看法，也从不会影响他对其人的好感，这确也有点怪。所以，有的场合，对同一个人，他既瞧不起，又抱有好感。像这位近江屋平吉，便是这样一位读者。

---

1 船虫及下面出现的小文吾、庄介等，均为《八犬传》中的人物。

“能写出那样的杰作，花的心血，想必也非同寻常。在当今，先生可谓日本的罗贯中哩——哎呀，这话说得冒失啦，得罪，得罪。”

平吉放开嗓门儿大笑起来。八成让他的声音吓了一跳，旁边有个矮个子正在冲澡，皮肤黑黢黢的，绾个小银杏髻，长了一对斜眼，回头瞅瞅马琴和平吉，做了个怪相，朝地上唾了一口痰。

“你还热衷于写俳句吗？”马琴巧妙地换了个话题，并不是在乎斜眼的表情。以他衰退的视力哪能看得清，这倒是他不幸中的大幸。

“承先生垂询，惶恐之至。在下虽好此道，笔下却不听话。尽管腆着脸到处现眼，今儿参加个诗会，明儿又去赴个诗社，却不知为什么，总不见长进。先生如何？对写和歌、俳句，是不是也饶有兴趣？”

“不，不大擅长此道。原先倒也写过。”

“您这是说笑话。”

“哪里，看来是与性情不合，至今都没入门儿呢。”

马琴说到“与性情不合”，格外加重了语气。他并不认为自己作不来和歌、俳句。而且，在这些事上，也自认并不缺少才气。只不过这类艺术，他一向都瞧不起。因为，和歌也罢，俳句也罢，形制实在过于微小，容纳不下他的全部构思。一首和歌，一句俳句，无论叙景抒情有多精彩，所表现的内容，较之他汪洋恣肆的作品，充其量只抵得数行而已。在马琴眼里，那是二流艺术。

3

马琴加重语气，说“与性情不合”，就包含了这层轻蔑。不幸的是，这位近江屋平吉，压根儿没听出其中的弦外之音。

“噢，原来是这么回事啊。在下还以为，像先生这样的大作家，写什么都能得心应手。咳，俗话不也说，人无全才。”

平吉拿着拧干的手巾，吭哧吭哧地把皮都搓红了，带点儿客套地这样说道。马琴原是自谦之辞，平吉竟照字面去领会。自尊心甚强的马琴，听了怫然不悦。尤其平吉客套的口吻，更叫他不痛快，便把手巾和搓澡巾往地上一扔，坐直身子，板起了脸，盛气凌人地说道：

“话又说回来，像时下的和歌诗人，或是俳句宗匠，他们那点儿能耐，自信还及得上。”

话一出口，顿时难为情起来，觉得自己的自尊心，简直像个小孩子家。方才平吉对《八犬传》大加赞赏，自己也没觉得有多高兴，这会儿，给人家看成不会写和歌、俳句，反倒不满起来，这矛盾心理，不是明摆着的吗？马琴猛醒过来，慌忙拿起桶，从肩膀一直浇下去，像是要把心里的愧悔给冲掉似的。

“就是嘛。要不然，您老也写不出那样的杰作呀。这么说来，和歌、俳句，先生亦擅此道，在下能看出，实在是好眼力呀。哎哟，怎么自吹自擂起来啦。”

平吉又放开嗓门儿，大笑起来。方才那个斜眼已经不在跟前了。吐的那口痰，也让马琴的冲澡水冲掉了。可是，马琴倒比刚才更感惶恐。“哎呀，尽顾了说话，我也该到池里泡泡了。”

马琴有说不出的狼狈，一面打着招呼，慢慢站起身来，一面又生自己的气，感到这位好心的读者宜赶紧离开为好。见马琴神气十足，平吉作为读者，觉得脸上都增光似的。便朝马琴的后背说道：“那么，请先生改天作首和歌或俳句，好吗？您老答应啦？可千万别忘喽。在下就在此别过了。知道您老忙，不过，路过舍下的时候，务必请进来坐坐。在下也欲去府上叨扰。”

说完，平吉又涮起手巾来，眼睛望着马琴的背影走向石榴口，心里琢磨着，遇见曲亭老先生这事，回家后，该怎么讲给老婆听才好呢。

4

石榴口里暗得像傍晚一样。热气蒸腾，比雾还浓。马琴眼力不好，跌跌撞撞地扒拉开浴客，好歹摸索到澡堂的一角，总算把满是皱纹的身子泡了进去。

水有点热。感到热气连指甲都浸透了，他不禁长长吁了口气，慢悠悠朝四下里打量着。昏暗中，好像露出有七八个脑袋。有说话的，有唱小曲的。热水融化了人身上的油腻，滑不唧溜，水面上反射着从石榴口照进来的昏暗光线，悠悠地晃荡着。令人恶心的“澡堂子味儿”，直冲鼻子。

马琴的想象，向来带点浪漫色彩。就在这澡堂的热气里，无意中，眼前浮现出的一景，他正打算写进小说里。一艘沉甸甸的乌篷船。船外，海面上似乎正日暮风起。浪打船舷，听来沉重滞浊，像是油在晃动。与此同时，乌篷船也呼啦呼啦作响，八成是蝙蝠在拍打翅膀。这声音让有个船夫放心不下，悄悄从船舷探出头去察看。海面上雾蒙蒙的，只有红红的月牙儿，阴沉沉地挂在天上。于是……

正想到这儿，陡然给打断了。因为忽听见石榴口那边，有人对他的小说在说长论短。声调也好，语气也好，分明是故意说给他听的。马琴本想从水池里出来，却又打消了念头，便一动不动，听那人数落。

“什么曲亭先生、著作堂主人的，净说大话，马琴写的那玩意儿，全是炒人家的冷饭。说白了吧，他那本《八犬传》，还不是现成抄的《水浒传》！话又说回来，咳，要是不挑剔，有些故事真还有点意思。好歹有人家中国小说打底儿不是？所以呀，他那本书，光是看一遍，觉得乖乖不得了。可是，这回干脆又抄起京传[1]的来了。我简直傻了眼，气都生不出来了。”

马琴老眼昏花，眯缝着眼去看那个嚼舌头的人。因为热气挡着，看不大清，像是方才身边那个绾小银杏髻的斜眼儿。要真是他，没准是平吉刚才夸《八犬传》，惹他憋了一肚子火，才故意说两句出出气。

“头一点，马琴那写法，全靠耍笔杆子，肚里没一点货色。就算有，也像个教私塾的冬烘先生，不过讲一通‘四书’‘五经’罢了。因为他对当今世事，一窍不通。证据就是，除了陈年旧事儿，他压根儿没写过别的。要把阿染和久松[2]这两人写活，他还没那本事。所以，才写得一本《松染情史秋七草》[3]。而照马琴大人的口气说，此类例子已多得数不胜数。”

要是一方真的高出对方，你就是想恨也恨不起来。对方这么损自己，马琴尽管恼火，却也怪，竟恨他不起来。相反，倒是极想表示一下自己的轻蔑之情。而之所以没如此做去，恐怕是上了年纪，火气压得住的缘故。

“要讲写小说，一九[4]和三马才了不起呢。人家写的人物，浑然天成，活灵活现，绝不靠耍小聪明，卖弄半吊子学问，胡编乱造。这一点上，跟蓑笠轩隐者[5]之流，不可同日而语。”

凭马琴的经验，一旦听到别人贬自己的作品，非但当时不高兴，还会深受其害。要说呢，倒不是因为人家说得对而感到沮丧，失掉勇

1 即山东京传（1761—1816），江户后期的戏作家，所著“读本”“洒落本”，自成一家。
2 阿染与久松实有其人，因双双情死，成为江户时代歌舞伎、木偶净琉璃脚本的题材。
3 《松染情史秋七草》（1808）系马琴根据阿染和久松情死事件改编的小说。
4 即十返舍一九（1765—1831），江户后期的戏作家，以《东海道徒步游记》等滑稽小说而知名。
5 马琴的别号。

气。其实，他的本意是，为要反证人家说得不对，往后下笔，动机反倒会变得不纯。动机一不纯，其结果，写出来的往往就不成样子，怕就怕在这里。媚俗的作者自然又当别论，但凡有点骨气的，格外容易陷入这种险境。所以，别人对自己小说的恶评，直到如今，马琴尽量不去看。不过，想归想，却又禁不住想看看究竟是怎样个评法。此刻，在澡堂里之所以去听小银杏髻信口雌黄，多半也是受了这念头的蛊惑。

他觉察到这一点，立马责备自己，竟然还泡在池汤里虚度时光，真是愚不可及。于是，不再理会小银杏髻的尖嗓门儿，一脚跨出石榴口。隔着热气，看得见窗外的蓝天，还看见蓝天下沐浴着温煦阳光的枝头柿子。马琴走到水槽前面，平心静气地用清水冲身。“反正马琴欺世盗名。亏他号称日本的罗贯中呢。”

澡堂里，那人大概以为马琴还在场，照旧痛斥腓力[1]，骂不绝口。偏巧是个斜眼儿，兴许没看见马琴早已跨出石榴口去也。

5

然而，马琴出了澡堂，心情阴沉沉的。斜眼儿倒是得计了，那番刻薄话，起码在这点上，还真奏了效。马琴走在秋高气爽的江户街头，对方才在澡堂听到的恶言恶语，以自己的眼光，一一审视，严加品评。他当即就弄清一件事：不论从哪一点上来看，这些谬论都不值一顾。话虽如此，心情一给扰乱，轻易就平静不下来。

他抬起怏怏不乐的眼睛，望着两旁的店家。店里的人，与他的心

1 此处芥川用的是英文“Philippics”一词的日文外来语，借雅典演说家Demosthenes抨击腓力王一事，喻指小银杏髻之批评马琴。

境了不相涉，个个都为当日的营生忙活。土黄布上印着“各地名烟”的布帘子，梳子形的“正宗黄杨木”的黄招牌，写有“轿灯”字样的挂灯，还有上书“卜筮”二字的算卦招子——这些东西杂乱无章的排了一溜，乱糟糟地从他眼前掠过。

“这些恶言恶语，我压根儿不放在眼里，可心里为什么这样烦躁呢？”

马琴接着又想：

“让自己不痛快的，首先是那个斜眼儿对自己的心怀恶意。不拘什么理由，只要别人怀有恶意，心里就会别扭。这有什么法子！”

想到此处，对自己的怯弱，不免有些羞愧。其实，像他那样目空一切的人，固然不多，而对别人的恶意敏感到这地步的，也着实少有。从行为上说，虽说结果相异，原因实乃相同：即神经相同，作用不同之故也。这一点他当然早就有所察觉。

“不过，让我不快活的，还另有缘故。那就是，自己竟落到这样的地步，成了斜眼儿的对头。我一向不愿跟人交恶，所以从来不去争强斗胜。”

寻思至此，还想再深究一步，不料心情起了变化。抿紧的嘴巴，忽然咧了开来，从这一点上也可看出端倪。

“最后，搅乱自己心情的，居然是那个斜眼儿。这事儿真让人不痛快。要是个高明的对手，自己准不甘示弱，将这不痛快回敬过去。可是，跟那么个斜眼儿叫阵，再怎么着，也总觉得不屑。”

马琴一面苦笑，一面仰望高空。老鹰欢快的叫声，同阳光一起雨点般落了下来。一直郁闷不舒的心情，渐渐轻快起来。

“总之，不管斜眼儿如何恶意中伤，顶多让我不自在罢了。老鹰叫得再响，太阳也不会停止旋转。我的《八犬传》，必能完成。到那时，日本就有了从古到今无与伦比的一大传奇！”

他安抚着自己，恢复了自信。在窄巷中拐了个弯，静静地朝家走去。

6

到家一看，暗乎乎的门厅里，脱鞋石上摆了一双麻花襻的雪屐，挺眼熟。想起来了，来客那张平板单调的脸，立刻浮在眼前。又来耽误工夫，心里不免生厌。

“今儿上午算又白糟蹋了，唉！”一边想，一边上了木板地，女佣阿杉慌忙出来迎接，手拄地上，跪在那儿，仰头看着他脸说道：

“和泉屋老板正在屋里等您回来哪。”

马琴点了点头，把湿手巾交给阿杉。可他不想马上进书房。

“太太呢？”

“朝香去了。”

“少奶奶也去了？”

“是。带了小少爷一起去的。”

“少爷呢？”

“去了山本老爷家。”

家里人全出门了。他有点儿扫兴。不得已，只好拉开挨着门厅的书房门。

一看，客人端坐在屋子中间，正抽着一管细细的银烟袋，白脸膛上油光光的，拿捏着一股子劲儿。马琴书房里，除了裱着拓本的屏风，挂在壁龛里的“红梅黄菊”条幅外，再没一件像样的饰物。挨着墙，清一色摆了一排桐木书箱，有五十几只，倒也古色古香。窗户纸恐怕过了年还没换过。白纸东一块西一块补在窟窿上，在秋阳的照射下，斜映出硕大的芭蕉残叶在婆娑弄影。正因此，客人的华丽服饰，同书房的氛围就越发显得不协调。

“哟，先生，您回来啦。”

隔扇一拉开，客人就圆滑地打招呼，还毕恭毕敬低头行了个礼。他就是书铺老板和泉屋市兵卫。当时《新编金瓶梅》声誉甚隆，仅次于《八犬传》，便是由他承印的。

“等了不少工夫吧？偏巧今儿一早去洗了个澡。”

马琴不经意地皱了下眉头，依旧彬彬有礼地坐下来。

“哎呀，一清早去洗澡？真是不错呢。”

市兵卫一声感叹，好似不胜羡慕的样子。事儿不论多么小，他都能信口恭维，表示钦佩，这种人很少见。何况那钦佩又是装出来的，就更加少见。马琴慢条斯理地抽着烟，照例赶紧把话题转到正事上。他尤其不喜欢和泉屋老板钦佩人的做作劲儿。

“不知今儿有何贵干？”

“哎，那个，又来请您赐稿哟。”

市兵卫指尖捏着烟袋转了一下，说话一副娘娘腔。这家伙性格有些怪。多数场合，表里不一。而且，何止是不一，经常是适得其反。一旦执意要做一件事，说起话来，准是拿出一副娘娘腔来。

马琴一听这声音，不由得又皱起眉头。

“要稿子，那可不成。”

“哦，有什么为难吗？”

“何止为难！今年我接了几部小说，压根儿腾不出手弄长篇。”

“难怪。真是大忙人呀。”

说完，他用烟灰筒磕了磕烟袋上的灰，刚才的话仿佛全忘了，脸上像没事人似的，冷不丁提起鼠小僧次郎太夫的事来。

7

鼠小僧次郎太夫原是有名的大盗，今年五月上旬被捕，八月中被枭首示众。他专偷大名[1]府，盗来的钱财全施舍给穷人，所以得个“侠盗”的美名，所到之处备受称赞。

“先生，听说被盗的大名府有七十六家，盗走的钱财共有三千一百八十三两二钱之多，真令人吃惊。虽说是个强盗，亦非常人所能及。”马琴不禁动了好奇心。市兵卫这时，意下甚感得意，因为是他在给作者提供素材。他这一得意，不用说，常惹得马琴很恼火。恼火归恼火，好奇心照旧给吊了起来。马琴相当有艺术天赋，这方面就格外容易上钩。

“嗯，是了不起。我也听到种种传说，没想到真如此厉害。”

“反正算得是盗中豪杰吧。听说从前当过荒尾但马守的随从，所以大名府内的情形才这么轻车熟路的。行刑前游街示众，据看光景的人说，人长得胖墩墩的，还挺招人喜欢，身穿一件越后产的蓝绉绸褂子，里面衬的是白绸子单和服。这号人物，不恰好该在先生的小说里出场嘛！”

马琴含糊其辞地应了一声，又点上一袋烟。而市兵卫可不是含糊其辞就能打发走的。

“您看怎么样？能不能把这个次郎太夫写进《新编金瓶梅》里？您忙，这再清楚不过。就请勉为其难，答应下来吧。”

说到这里，从鼠小僧一下又回到催稿的事上。他这套把戏，马琴早已见惯，仍是不肯应承。非但如此，比方才越发不痛快。虽说是一

1 日本明治维新前，各地的封建诸侯称为“大名”。

时中计，上了市兵卫的当，自己居然动了几分好奇，真是愚蠢透顶。烟抽得寡淡无味，一面说出这样一番道理来：

“首先，勉强去写，总归也写不好。不用说，那会影响销路。你们也会觉得没意思，不是？所以呀，照我的意思办，对双方都好。”

“话虽如此，可还是想请您勉力而为，行不行？”

市兵卫一边说，一边用视线“抚摩”马琴的脸（这原是马琴形容和泉屋老板某种眼神的话），鼻孔里不时喷出烟来。

“无论如何也写不出来。就是想写，也没工夫。没法子。”

“那可难倒我了。”

说着，突然把话锋转到作家同行之间的事上来。两片薄薄的嘴唇，依旧叼着细细的银烟袋。

8

“听说种彦[1]又有新书要出版了。无非是丽辞华藻、哀感悲戚的故事罢了。种彦写的东西，自有他种彦才有的独特之处，别人是写不来的。”

不知市兵卫是什么心思，凡提到作家名儿，不管对谁，从不加尊称。马琴每回听他这么直呼姓名，心里就想：背后提到我恐怕也是直呼“马琴”的吧。这种浅薄小人，把作家当成雇来的伙计，称名道姓的，自己凭什么要给他写稿子？——逢到肝火旺的时候，就越想越来气，这是常有的事。本来就没好脸色，这会儿一听提到种彦的名儿，就越发难看起来。市兵卫却好像满不在乎。

---

1 柳亭种彦（1783—1842），江户后期的戏作家，《伪紫田舍源氏》为其代表作。

“我们还琢磨着，往后要不要出春水[1]的小说。先生讨厌他，可他倒挺投合那班俗人的趣味呢。”

“嗯，是吗？”

记得几时曾见过春水来着，眼前浮现出他那张脸，显得格外的猥琐。春水直言不讳，曾说过：“我算不上作家。不过是为赚钱，投读者之所好，写些艳情小说供他们消遣罢了。”这话马琴早就有所耳闻。不用说，他从心里瞧不起这号不像作家的作家。尽管如此，此刻听市兵卫不加尊称，直呼其名，仍不禁感到不快。

“总之，要说写那类色情故事，他最拿手啦。而且，笔头上是出名的快手。”

说着，市兵卫睃了马琴一眼，然后赶紧又盯住衔在口中的银烟袋杆。一时里，他的表情显得非常下流。至少马琴这么觉得。

“他写得极快，据说是走笔如神，不连写三两章，就不能罢手。先生有时，下笔是不是也很快呀？”

马琴心里不仅不痛快，还觉得受了胁迫。以他的自尊，不愿别人拿他和春水、种彦之流比，看究竟谁的笔头快。马琴其实是属于出活慢的一类。认为那是自己没能耐，也常有泄气的时候。可是话又说回来，他又时时把笔头的快慢，当作衡量艺术良心的尺度，而且深以为贵。可是，自己心里怎么想是一回事，听任那班俗物来妄加訾议，则断断不容许。于是，朝壁龛的红梅黄菊望过去，一吐心中块垒道：

“那得看时间和场合。有时快，有时慢。”

“哦，哦，得看时间和场合。原来如此。”

市兵卫第三次表示叹服。不过，他绝不会仅止于叹服的。紧接

1 为永春水（1790—1843），江户后期的戏作小说家。以人情本小说《春色梅儿誉美》著称。

着，劈面就问：

“那么，一再提到的那部稿子，您是不是已承应下来了？像春水他……”

“我跟春水先生不一样。”

马琴有个毛病，生起气来，下嘴唇爱朝左撇。这工夫，猛一下朝左撇了过去。

“恕不从命。——阿杉，阿杉！和泉屋老板的鞋子，摆好了吗？”

9

将和泉屋市兵卫撵走后，马琴一个人靠着廊柱，望着小院里的景致，肚里的火还没消，想法儿极力压下去。

阳光洒满一院子，叶子残破的芭蕉，快要光秃的梧桐，青青的罗汉松和绿绿的竹子，暖洋洋地一起领受这只有几坪[1]大的秋色。这边，净手钵旁的芙蓉花，七零八落，只剩了寥寥几朵。对面，种在袖篱[2]外的桂花，却依旧香气袭人。老鹰的叫声，清脆如笛音，时不时自蓝天远远飘落下来。

面对自然，他不由想起人间的卑劣来。人之所以不幸，就缘于置身这卑劣的人世间，为卑劣所恼，连自己的言行也随之变得卑劣起来。就在方才，自己不是把和泉屋给撵走了。撵走人这种事，当然不是什么高尚之举。可是，对方实在卑劣，自己是给逼到那一步上的，

1 坪为日本土地或建筑面积单位，一坪约合3.3平方米。
2 植于房屋或大门两侧的矮篱，谓之“袖篱”。

非那么做不可。结果，就那么做了。那么做，只能说明自己也变得卑劣起来，跟市兵卫是半斤八两。换句话说，自己身不由己，已然堕落到这个份儿上了。

想到这里，记起前不久发生的同样一件事。去年春天，有个叫长岛政兵卫的人，住在相州朽木上新田一带，写信给马琴，要拜他为师。信上称，我自二十一岁耳聋，便决心要以文章扬名天下，直到二十四岁的今天，始终潜心于写作。不用说，我是《八犬传》和《巡岛记》的忠实读者。不过，待在乡野，对修业习艺，总归多有不便。因此，能否到府上来，收留我权当门客？另外，我还有够出六本书的小说原稿。敬请斧正，并代觅合适的书局出版。——信的大意如此。在马琴看来，对方这些要求，全是一厢情愿的如意算盘。马琴苦于视力不好，知道对方耳聋，便生出几分同情。于是，回信说，所求之事，碍难接受。马琴如此着笔，按说是够郑重的了。岂料对方回信，从头到尾，除了谩骂，就没别的。

信的开头是这么写的：你的《八犬传》也罢，《巡岛记》也罢，写得又长又臭，我是耐着性儿才看完的，而你，对我的小说，仅有六册，却连看都不肯看一眼。你人格之低，不是明摆着的事吗？结尾更大肆攻击：身为前辈，竟不肯容纳晚辈当门客，真真是个吝啬鬼。马琴一怒之下，当即去信，还写了这样一句话：我的小说，竟为足下这种浅薄之徒所读，实乃我终生之耻。从那以后，就杳无音信。那个政兵卫如今是不是还在写小说？是不是还在梦想，有朝一日，他的小说风行日本……

想起这件事，不禁觉得政兵卫很可怜，自己也很可怜。于是，又引发马琴一种说不出的寂寥之感。太阳无忧无虑地照着桂花，香气四溢。芭蕉和梧桐悄然无声，叶子连动都不动一下。老鹰也和原先一样，叫得还是那么欢快。这大自然，还有这人世间……马琴像做梦似的，在廊柱上发呆，直到十分钟后，女佣阿杉来禀告，午饭已经做得了。

10

马琴独自无情无绪地吃完午饭，这才回到书房。心里有说不出的烦乱，很不痛快。为让自己平静下来，便翻开很久都未翻过的《水浒传》。一翻就翻到风雪夜，豹子头林冲在山神庙看到火烧草料场那段。戏剧性的场面，照例引起他的兴致来。可是看了一段，反倒有些不安起来。

家人去朝香，还没回来，屋里鸦雀无声。他打起精神，对着《水浒传》，百无聊赖地抽起烟来。烟雾中，脑子里又冒出向来就有的一个疑问。

身为道德家和艺术家，那个疑问，一直缠绕不去。对“先王之道”，他以前从没疑心过。就像他自己公开说的那样，他的小说就是“先王之道”在艺术上的表现。这倒没什么矛盾。可是，“先王之道”赋予艺术的价值，同他在感情上想赋予艺术的价值，想不到相去甚远。他心中道德家的一面，肯定前者，而艺术家那面，当然是认可后者。讨个巧，用妥协的办法来摆脱这矛盾，也不是没想过。其实，他就曾公开说过些模棱两可的话，想拿调和的论调，来掩饰他对艺术的含糊态度。

然而，骗得了人，却骗不了自己。他否定戏作的价值，称之为“劝善惩恶的工具”，可一旦碰上泉涌般的艺术灵感，心里立即会感到不安。《水浒传》中的一段，之所以出其不意，给他心情以这种影响，因由盖在于此。

在这点上，马琴心里是胆小的，他一声不响地抽着烟，硬把心思转到还没回家的亲人身上。然而，《水浒传》就摆在眼前。不安的念头始终围着《水浒传》兜圈子，怎么也赶不走。正在这工夫，好久没上门的华山渡边登[1]来了，来得恰是时候。华山穿着和服外褂和裙裤，腋下挟了个紫包袱，大概是来还书的。

马琴好高兴，特意走到门厅去迎接这位好友。

“今儿个来，一是还书，二来有件东西想请您看看。”

华山一进书房，果然就这样说道。再一看，除了包袱，还拿着一卷像是绢匭的东西，外面用纸裹着。

“要是有空，就请过过目。”

“噢，那就让我先睹为快吧。”

华山似乎有些兴奋，故意微微一笑，来掩饰自己的心情，一边打开卷在纸里的绢画。画上画着几株萧索、光秃的树，远远近近，稀稀落落，林间站着两个抚掌谈笑的男子。无论是散落在地的黄叶，还是麇集树梢的乱鸦，画面上无处不流露着微寒的秋意。

马琴凝视着这幅淡彩的寒山、拾得像，眼里渐渐闪动着柔和温润的光辉。

“你的画总这么出色。让我想起了王摩诘。是意在‘食随鸣磬巢乌下，行踏空林落叶声’吧？”

11

“这是昨天刚画的，还算满意。要是您老人家看得上，尽请留

---

1 华山渡边登（1793—1841），江户后期的画家，并精通汉学、兰学。因著书谴责幕府闭关自守政策，被迫自杀。

下，所以带来了。”

华山摸着刚刮过胡子的青乎乎的下巴，踌躇满志地说。

“当然，说是满意，不过是在至今所画的画里差强人意而已。作画总是不能得心应手呀。”

“那太谢谢了。一向承你厚赠，实在过意不去。”

马琴眼里看着画，嘴上喃喃道谢。不知怎的，心里蓦地闪过，自己工作还搁在那里没做完呢。而华山，好像依然在琢磨自己的画。

“每次看古人的画，总要想，怎么画得这么精妙！树是树，山石是山石，人物是人物，真是绘影绘神，把古人的心情画得悠悠然，简直呼之欲出。能画到这一步上，实在了不起。而我，说起来，水平还及不上个孩子。”

“不闻古人曾说过，后生可畏呀。”

马琴瞅着华山，见他一门心思在想自己的画，心里似乎有点忌妒，破例开了句玩笑。

“后生的确可畏。我们给夹在古人和后人之间，身不由己，任人推着赶着只有往前走的份儿。恐怕不光我们如此。古人大概也同样，后人想必也同出一途。”

“不错，不往前走，立即就会给推倒了。这样看来，最要紧的是，得先想法子如何往前走，哪怕走一步也好。”

“正是，这比什么都要紧。”

宾主各自为所说的话而动情，两人一时语塞，侧耳聆听秋日里那些微妙的声息。

“《八犬传》写得还顺手吧？”

隔了一会儿，华山转过话题问道。

“哪里，毫无进展，真没法子。这方面似乎也不及古人呢。”

“您老人家要这么说，我们就更惭愧了。”

“要说惭愧，我比谁都惭愧。不过，无论如何也得尽力而为，除此别无他法。最近，我准备豁出去，跟《八犬传》拼老命了。”

说着，马琴难为情似的苦笑了一下。

“虽然也想过，大不了是个戏作罢了，可是，做起来却没那么简单。”

“我画画儿也一样。既然画了，我就想，尽我所能，一直画到底。”

“彼此都在拼命哪。”

两人放声大笑起来。然而，那笑声里，充溢着只有他俩才知道的寂寞。与此同时，这寂寞，同样又使宾主二人感到一阵强烈的兴奋。

“不过，画画儿很叫人羡慕呀。至少不会受到公家指责，这比什么都强。”

这回马琴把话锋一转。

12

“那倒没有。您老人家写的东西，无须担这个心吧？”

“哪儿呀，多着呢。”

于是，马琴举了一个实例，说明书籍审查大人专横至极。因小说里有一段写到官府受贿，便责令要他改写。对这件事，马琴评论道：

“审查大人那班家伙，越是找碴儿，越露马脚，有趣得很。他自己受了贿，就嫌人家写受贿的事，非逼你改掉不可。因为他们自己下流，爱动邪念，只要涉及男女之情的，不管什么书，立马就说是淫书。而且，还自以为道德上比作者多高似的，真让人哭笑不得。俗话说，猴子照镜子——龇牙咧嘴。因为自知低人一等，有气。”

马琴一个劲儿地打着比方，华山不禁笑了起来。

“这类事大概挺多。不过，即使被迫改写，也碍不上您老人家的面子。管他审查大人说什么，好作品，总归是好作品。”

“话是这么说，蛮横无理的事，实在太多了。对了，还有一次，写到探监人去送吃的和穿的，也给删掉了五六行。”

马琴说着说着，和华山一起呵呵笑了起来。

“可是，过了五十年一百年，那些审查大人已成粪土，而《八犬传》则与世长存。”

“《八犬传》留下来也罢，留不下来也罢，反正我觉得，不管什么时候都会有审查大人。”

“是吗？我倒不那么认为。”

“就算审查大人没有了，审查大人那一号人，不管什么世道都不曾断过。以为焚书坑儒只有古时候才有，那就大错特错了。”

“近来，您老人家净说些灰心的话。”

“倒不是我灰心。是审查大人横行的世道让我灰心。”

“那就努力创作，岂不更好！”

“看来只好这样了。”

“那咱们就一道拼命吧。”

这回，两人谁都没笑。非但没笑，马琴还神情庄重地瞅着华山。华山这句像是玩笑的话，竟出奇地觉着刺耳。

“年轻人首先得明白，活下去才是正经。想拼命，什么时候都能拼。”

过了一会儿，马琴这么说道。他知道华山的政治见解，这时，忽然感到一丝不安，故而才这么说。华山只是淡淡一笑，不置可否。

13

华山走后，马琴趁这股兴奋劲儿还没退，正该接续写《八犬传》，便照常例对着桌子坐下来。他一向有个习惯，总是先把头天写好的通读一遍，然后再接着往下写。所以，今天也是先拿起行距又窄又密，朱笔改得满篇皆红的几页稿子，慢慢儿用心重读一遍。

不知何故，写的东西与自己的心意，一点都不贴切。字里行间，处处透着一种不纯的杂音，破坏通篇的浑融。起初，还以为是肝火太旺的缘故。

“得怪这会儿心情不好。这可是自己尽心尽力写的呀。”

想到这儿，又重读一遍。可是，同方才没什么两样，还是很糟。心里一下慌了起来，都不像持重的老人。

“先头儿写的怎么样呢？”

他又看先前写的那段。照样是信手涂鸦，行文散乱，词句粗糙，比比皆是。接着又往前看。再接着往前看。

一直往前看，展现在眼里的，竟是一篇结构拙劣、章法混乱的作品。写景，不能给人留下一点儿印象；抒情，引不起别人的共鸣；而议论，又没丝毫道理可循。花了好几天的心血，写出来的几章稿子，今儿让他一瞧，尽是些没用的饶舌。他顿时痛苦得像心上挨了一刀。

“只好从头再写了。”

马琴心里这样叫着，把稿子恨恨地一推，支起一只胳膊，侧身躺了下去。兴许还在惦记稿子的事，眼睛一直没离开书桌。就在这张书桌上，他写下了《弓张月》《南柯梦》，如今又在写《八犬传》。桌上的端砚，蹲螭形的镇纸，蛤蟆形的铜笔洗，雕有牡丹、狮子的青瓷砚屏，以及刻着兰花的孟宗竹根笔筒——所有这些文具，对他创作的艰辛，早已司空见惯了。看着这些文具，觉得目前的失败，给他毕生的劳作投下了阴影——他禁不住怀疑起自己真正的实力来，不免忧心忡忡，有种不祥之感。

“直到方才，还寻思着要写一部当今世上无与伦比的巨著来着。没准也跟别人一样，不过是种自负而已。”

这种忧心，益增他孤独落寞之感，最是叫人不堪忍受。他没忘，凡是他尊敬的日本和中国文豪，在他们面前，自己从来都堪称谦恭。但在同时代作家里，对那些庸碌之辈，则极是傲慢不逊。结果，自己的能耐竟同他们一般水平，而且还是个讨厌的辽东白豕[1]，这个事实他马琴怎能甘心承认呢！然而，他的“我执”太强，没法儿用“彻悟”和“断念”来解脱自己。

他躺在书桌前，瞧着这部失败的稿子，那眼神，就像遇难的船长，眼睁睁瞅着船往下沉。他闷声不响，一直在跟极度的绝望搏斗。这当口，他身后的隔扇哗啦一声给拉了开来，一声“爷爷，我回来啦！”接着，一双柔嫩的小手搂住他的脖子。不然的话，还不知要郁闷到什么时候呢。小孙子太郎拉开隔扇，一下子就跳到马琴的腿上，只有小孩子才会这么大胆，没有顾忌。

“爷爷，我回来啦！”

“噢，回来得好快呀。”

说着，《八犬传》作者那布满皱纹的脸上，顿时笑逐颜开，就像换了个人似的。

1 典出《后汉书·朱浮传》，往时辽东有豕，生子白头，异而献之，行至河东，见群豕皆白，怀惭而还。以喻少见多怪，自以为高。

14

起坐间里很热闹，听得见老伴儿阿百的尖嗓子，还有儿媳妇阿路羞怯的声音。不时还夹带着男人的粗嗓门儿，好像儿子宗伯这时也赶巧回来了。太郎骑在爷爷腿上，故意装出一本正经的神气，望着天花板，像是侧耳聆听大人说话。小脸蛋给外面的凉气吹得红扑扑的，小小的鼻翼，随着呼吸一翕一翕的。

“我说呀，爷爷。”

穿着土红色出门衣裳的太郎，忽然开口道。孩子在竭力想什么，又要拼命忍住笑，小酒窝儿一会儿露出来，一会儿又没了。那神情引得马琴直要笑。

“每天要好好儿地。”

“嗯，每天要好好儿地？”

“用功啊！”

马琴扑哧笑了出来。一边笑一边接过话头问道：

“还有呢？”

“还有……嗯……还有不要发脾气。”

“哦，哦，就这些吗？”

“还有哪。”

太郎说完，仰起梳着一绺髻的小脑袋，自己也笑了起来。他一笑，眼睛就眯成一条缝，露出白白的小牙，还有一对小酒窝儿。看他这小模小样，怎么也想象不出，将来长大会变得像世人一样可怜。马琴虽然沉浸在天伦之乐当中，心里却又这么嘀咕着。不过，却更忍不住想要逗他。

“还有什么？”

“还有哇，还有好多好多呢。”

“好多什么？”

“嗯——爷爷呀，以后会变得更了不起，所以……”

“变得更了不起，所以？”

“所以说呀，您要好好儿忍耐。”

“是在忍耐啊。”马琴不由得严肃起来，答道。

“说是还得好好儿、好好儿忍耐。”

“是谁这么说的？”

“是……”太郎调皮地瞅了爷爷一眼，笑了起来，“谁呀？”

“对了。你今儿个朝香去了。是听庙里老和尚说的吧？”

“不对。”

太郎马上摇摇头，从马琴腿上欠起半个身子，略微扬起下巴说：

“是……”

“谁？”

“浅草寺的观音菩萨这么说的。”

说着就快活地笑了起来，声音大得全家都听得见，大概怕给马琴逮住，赶紧跳到一旁。没费劲儿便让爷爷上了他的当，开心得直拍手，一溜烟朝起坐间逃去。

可是也恰在这一刻，马琴心里闪过一个再严肃不过的念头。他嘴上微微笑着，好不幸福。不知不觉，眼里噙满了泪水。这笑言，是太郎自己想出来的，还是他娘教的？马琴不想问。这节骨眼上，能从孙子口中听到这样的话，又觉得不可思议。

“是观音菩萨这么说的？用功吧！别发脾气！而且要好好儿忍耐！”

六十开外的老文艺家，含泪笑着，孩子气地点了点头。

15

当天夜里。

座灯上罩着圆纸罩，光线不大亮，马琴在灯下开始续写《八犬传》。每当他写作，家人谁都不得进书房。屋子里静悄悄的，只有灯芯儿的吸油声，和着蟋蟀的鸣叫，枉然絮叨着漫漫长夜的寂寥。

刚下笔的时候，脑子里隐隐闪过一道光。等写过十几行，这光竟一点一点亮了起来。凭经验，马琴心中有数，便兢兢业业提笔往下写。灵感之来，与生火一个道理。不懂得笼火，刚着了一下，马上又会熄掉……

“别急！尽量想得深一点！”

马琴几次提醒自己，不能由着一管笔，像脱缰的野马似的。方才脑子里那点光亮，微末如星，现在竟势同潮水，奔流直下。而且势头越来越猛，不容分说地把他推向前去。

不知什么工夫，已不闻蟋蟀声。这会儿，圆座灯的光线虽不大亮，眼睛倒也不觉得吃力。提起笔来，气势如虹，纵横纸上。那奋笔疾书的架势，像同神明较劲儿似的。

脑子里的洪流，恰像横空的银河，不知从什么地方滚滚而来。来势之猛，让他害怕。万一体力不胜，怎么办？他紧捏笔杆，一再对自己说：“只要有口气，就一直写下去。想写的东西，此刻不写，怕就永远写不出了。”

那股洪流像道朦胧的光，速度丝毫没有减缓，奔腾飞跃，让他应接不暇，淹没一切，汹汹然直袭而来。他完全给击垮了，把一切都抛诸脑后，顺着那股洪流，纵笔挥洒，势同狂风骤雨。

这时，他那有如帝王般威严的眼睛里，既不是利害得失，也非爱恨情仇，更看不到一丝一毫为毁誉所苦的心怀，而是充满不可思议的喜悦之情。或者说，那是一种感激之情，悲壮得让人神往。不懂得这种感激之情，怎么能咂摸到戏作三昧的甘美呢？又怎么能理解戏作家庄严的灵魂呢?这不正是“人生”吗？洗尽一切残渣污秽之后，仿佛一块崭新的矿石，光辉夺目地呈现在作者面前……

这时，起坐间里，阿百和阿路婆媳俩正对着灯，在做针线活儿。大概已经让太郎睡下了。身子瘦弱的宗伯，坐在一边，一直忙着搓药丸。

“你爹还没睡吧？”

阿百婆把针在油乎乎的头发上蹭了蹭，不大满意地嘟哝着。

“准是只顾写书，什么都忘了。”

媳妇阿路眼睛仍盯着针，低头答道。

“真拿他没办法。又赚不了多少钱。”

阿百婆说，看了看儿子和媳妇。宗伯装作没听见，不言语：阿路也一声不响，继续飞针走线。不论这儿还是书房里，倒都听得见蟋蟀的啾唧，叫得秋意越发的浓了。

大正六年（1917）十一月

蜘蛛之丝

1

一天，佛世尊独自在极乐净土的宝莲池畔闲步。池中莲花盛开，朵朵都晶白如玉。花心之中，金蕊送香，其香胜妙殊绝，普熏十方。极乐世界，大约时当清晨。

俄顷，世尊伫立池畔，从覆盖水面的莲叶间，偶见池下的情景。极乐莲池之下，正是十八地狱的最底层。透过澄明晶莹的池水，宛如戴上透视镜一般，把三恶道上的冥河与刀山剑树的诸般景象，尽收眼底。

这时，一名叫犍陀多的男子，同其他罪人在地狱底层挣扎的情景，映入世尊的慧眼。世尊记得，这犍陀多虽是个杀人放火、无恶不作的大盗，倒也有过一项善举。话说大盗犍陀多有一回走在密林中，见到路旁爬行一只小蜘蛛，抬起脚来，便要将蜘蛛踩死。忽转念一想："不可，不可，蜘蛛虽小，到底也是一条命。无端害死，无论如何总怪可怜的。"犍陀多终究没踩下去，放了蜘蛛一条生路。

世尊看着地狱中的景象，想起犍陀多放蜘蛛以生路这件善举。虽然微末如斯，世尊亦施以善报，尽量把他救出地狱。侧头一望，说来也巧，净土里有只蜘蛛，正在翠绿的莲叶上，攀牵美丽的银丝。世尊轻轻揽来一缕蛛丝，从莹洁如玉的白莲间，径直垂向杳渺幽邃的地狱底层。

2

这边厢犍陀多正和其他罪人，在地狱底层的血池里载沉载浮。不论朝哪儿望去，处处都是黑黢黢暗幽幽的，偶尔影影绰绰，暗中悬浮着什么，原来是可怕的刀山剑树，让人看了胆战心惊。尤其是四周一片死寂，如在墓中。间或听到的，也仅是罪人的叹息。凡落到这一步的人，都已受尽地狱的折磨，衰惫不堪，恐怕连哭出声的力气都没有了。所以，恁是大盗犍陀多，也像只濒死的青蛙，在血池里唯有一面咽着血水，一面苦苦挣扎而已。

偶然间，犍陀多无心一抬头，向血池上空望去，在阒然无声的黑暗中，但见一缕银色的蛛丝，正从天而降。仿佛怕人看到似的，细细一线，微光闪烁，恰在自己头上顺顺溜溜垂落下来。犍陀多一见，喜不自胜，拍手称快。倘抓住蛛丝，攀缘而上，准保能脱离苦海。不特此也，侥幸的话，兴许还能爬进极乐世界哩。如此，再不会驱之上刀山，也庶免沉沦下血池了。

这样一想，犍陀多赶紧伸出双手，死死攥住蛛丝，一把一把，拼命往上攀去。原本是大盗，手胼足胝，区区小事一桩而已。

可是，地狱与净土之间，何止千万里！不论犍陀多怎样心焦气躁，要想爬出地狱，真谈何容易。爬了一程，终于筋疲力尽，哪怕伸手往上再爬一段，也难以为继了。一筹莫展之下，只好暂停，先歇会儿喘口气，便吊在蛛丝上，悬在半空中，一面放眼向下望去。

方才是不顾死活往上攀，总算没白费力气，片刻前自己还沉沦其中的血池，不知何时，竟已隐没在黑暗的地底，那寒光闪闪，令人毛骨悚然的刀山剑树，也落在自己脚下。如果照此一直往上爬，要进出地狱，也许并非难事。犍陀多将两手绕在蛛丝上，开怀大笑起来：“这下好啦！我得救啦！”那吼声，是自打落进地狱以来，多年不曾得闻的。可是，蓦地留神一看，蛛丝的下端，有数不清的罪人，简直像一行蚂蚁，不正跟在自己后面，一心一意往上爬吗？见此情景，犍陀多又惊又怕，有好一忽儿傻不棱登张着嘴，眨巴着眼睛。这样细细一根蛛丝，承负自家一人尚且岌岌可危，何况那么多人，怎么禁受得住？万一中间断掉，就连好家伙我，千辛万苦才爬到这里，岂不也得大头朝下，掉回地狱去吗？那一来，可乖乖不得了！这工夫，成百上千的罪人蠢蠢欲动，从黑洞洞的血池底下爬将上来，一字儿沿着发出一缕微光的蜘蛛丝，不暇少停，拼命向上爬。不趁早想办法，蛛丝就会一断两截，自己势必又该掉进地狱去了。

于是，犍陀多暴喝一声：“嘿，你们这帮罪人！这根蛛丝可是咱家我的！谁让你们爬上来的？滚下去！快滚下去！”

说时迟，那时快，方才还好端端的蜘蛛丝，竟扑哧一声，从吊着犍陀多的地方突然断裂开来。这回有他好受的了。霎时间，犍陀多像个陀螺，滴溜溜翻滚着，一头又栽进黑暗的深渊。

此时，唯有极乐净土的蜘蛛丝，依然细细的，半短不长的，闪着一缕银光，飘垂在没有星月的半空中。

3

佛世尊伫立在宝莲池畔，始终凝视着事情的经过。当犍陀多倏忽之间便石头般沉入血池之底，世尊面露悲悯之色，重又踱起步来。犍陀多只顾一己脱离苦海，丝毫无慈悲之心，受到应得的报应，又落进原先的地狱。在世尊眼里，想必那作为是过于卑劣了。

不过，极乐莲池里的莲花，对这等事全不理会。那晶白如玉的花朵，掀动着花萼，在世尊足畔款摆。花心之中，金蕊送香，胜妙殊绝，普熏十方。极乐世界，大约已近正午时分。

大正七年（1918）四月十六日

基督徒之死

纵令人生三百岁，逸乐至极，较之恒久无尽之福乐，犹如梦幻耳。

——庆长译《向善书》

唯求道向善者，方知圣教之神妙至于不可思议。

——庆长译《教徒景行录》

1

话说古时日本长崎有座教堂，名圣露其亚，堂内有位本邦少年，叫罗连卓。这罗连卓原于某年圣诞之夜，饥寒交加，倒在教堂门口，经前来礼拜的会众救助，神父心怀悲悯，将其收留堂中。却不知何故，问其身世，答称家在天国，父名天主；总如此行若无事，一笑支吾过去，大家终不得其详。见彼腕上系着青玉念珠，谅其父辈当非异教徒。神父与合堂法众遂不视为歹人，悉心照料。说起此少年道心之坚，竟不似年少之人，令众长老惊叹不已，故而人人称之为神童转世。

却说罗连卓面若冠玉，声细若小女子，深得众人怜爱。就中有个叫奚美昂的修士，待罗连卓若声应气求的兄弟，进出教堂二人必携手相伴。这奚美昂，本出生于武士之家，世代侍奉诸侯，身材伟岸出众，性情勇猛刚烈。教堂每遇异教徒投石滋事，神父常令他挺身抵御，也非止一两次，如此一个奚美昂，与罗连卓友善相处，真可谓老鹰之伴乳鸽，或曰黎巴嫩山上葡蔓攀巨柏而绽放红花。

岁月如流，不觉三载有余，罗连卓也将及弱冠。此时，忽起流言，说是离圣露其亚教堂不远，城里有家伞铺，其女同罗连卓相好。伞铺老爹笃信天主，常携女儿来教堂礼拜。祈祷时，那女娘目不转睛，只管觑定手执香炉的罗连卓。每入教堂必打扮得花枝招展，频频向罗连卓眉目传情。这些事情尽数落在教众眼中。有人说，曾见女娘经过时，故意去踩罗连卓之足。更有人扬言，尝见二人暗递情简。

想是神父觉得此事不宜置若罔闻，一日，便将那罗连卓唤来，手捻白须，温言问道："近闻闲言碎语，事关你与伞铺女娘，想来未必是真吧？"罗连卓面带愁容，连连摇头，噙着泪珠，坚称："绝无此事。"神父也不禁心软，念其年幼，平素道心坚笃，见如此回答，谅无虚言，便未再深究。

神父所疑虽云消解，来圣露其亚礼拜的教众间，风言风语，却难平息。而那如同兄长般的奚美昂，比之别人尤为担心。起初对此事，也曾严加追问，可是，自家都深以为耻，不消说开口去问，连见他面都难以为情。一日，在教堂后园，拾得那女娘写给罗连卓的情简。趁屋内无人，掷与罗连卓，连吓带哄，百般套问。却说罗连卓，把个一张俊脸羞得通红，只说道："那小姐是一厢情愿。得收其信函是实，但从未与她交谈。"想世间之流言，无风不起浪，奚美昂硬是刨根问底。罗连卓眼含幽怨，痴痴望着奚美昂，不禁诘问道："难道我会骗你不成？视我为何人？"说毕，如同飞燕般掠出屋外。见他如此说话，奚美昂自知疑心太重，不免愧悔，正要怏怏离去，忽见罗连卓跑进屋来，一头扑向奚美昂，搂住他颈项，嗫嚅道："我不好，饶恕我。"奚美昂还未及开口，罗连卓猛地推开奚美昂，像是掩饰泪痕，旋又奔了出去。罗连卓所说"我不好"，莫非指他同女娘私通之事？

抑或自觉对奚美昂过于冷淡而心存歉疚？真令人捉摸不透。

随后不久，又出一桩乱子，说是伞铺女娘有了身孕。那女娘对老爹一口咬定，腹中子之父，乃是圣露其亚堂的罗连卓。伞铺老爹大怒，当即一五一十告到神父面前。事已至此，罗连卓是百口莫辩。当日，神父会同合堂修众裁决，应予革除教门。一旦逐出教堂，离开神父，眼见得就会无以为生。然而，若将这等罪人留在堂内，事关主的荣光，故而日夕与他相亲的众兄弟，不得不含泪将其逐出。

内中最为伤心的，莫过于亲如手足的奚美昂。把罗连卓逐出教堂固然痛心，受其欺诳，更让他格外气愤。那么一个让人心疼的少年，在料峭寒风里，黯然走到大门口，这时，奚美昂从一旁奔上前去，挥动老拳，重重打在那张俊脸儿上。罗连卓禁不住痛打，顿时倒伏在地，好半天才爬起来，一双泪眼望着长空，颤声祷告道："请主饶恕。奚美昂实不知其中隐情。"奚美昂见状也自是泄气，只是立于门首，朝天挥舞老拳，众修士百般劝解，奚美昂只得见机歇手，铁青着一张脸，就像暴雨之前的老天一样难看。罗连卓悄然走出教堂大门，奚美昂贪恋地望着他的背影。当时在场的教众说，寒风里，罗连卓垂首行去，迎面，夕阳瑟瑟，行将沉落在长崎西侧的天际；而那少年优雅的身影，宛如笼罩在满天的火焰之中，看得极是分明。

自此，罗连卓便栖身在城外的悲田院内，成了世上一个可怜的乞儿，已非昔日圣露其亚教堂内的提灯童子。更何况身为基督徒，原本便遭异教徒的忌恨，视他如屠夫一般下贱。现在街头行走，非但要受无知小儿之欺，还屡尝刀棍瓦石之苦。何止如此，罗连卓一度染上热病，卧倒长崎街头七个日夜，痛苦难当，呻吟不绝。幸有天主垂怜，以其无边无量之爱，救得他一命，即便得不到钱米施舍之日，也往往让他弄到山间的野果、海里的鱼虾果腹。虽然如此，罗连卓仍晨昏祈祷，不忘旧日在圣露其亚堂时的日课，腕上的念珠也不改其青玉本色。尤当夜闲人静之时，这少年便悄悄离开悲田院，踏着月光，前往那熟悉的圣露其亚教堂礼拜，求主耶稣基督的护佑。

且说同门教众，人人都疏远他，连神父都不怜恤，更不消说别人。却也难怪，革出教门当日，深以为是个无耻少年，谁能料到，竟会是个夜夜前来教堂祈祷、道心坚定之人。这也是缘于主之无量智慧使然。在罗连卓，虽说蒙冤，却也可叹。

话分两头，却说这边伞铺女娘，自罗连卓给逐出教堂不上一月，便产下一女婴。顽固如伞铺老爹，想必是初得外孙之故，早把气恼丢在一旁，同女儿悉心抚育。或抱或哄，当作玩偶，以为乐事。老爹如此，原也不足为奇，可怪的倒是那位修士奚美昂。这位连恶魔都能击退的大力士，自打女婴出世，暇时每每造访老爹，笨手笨脚抱着娃儿，哭出呜啦，噙着一包眼泪，想是心念罗连卓，忆起弱弟俊雅的面庞。罗连卓离开圣露其亚教堂之后，那女娘便再也没见他人影，故而心怀怨望，连奚美昂登门都不给好脸色看。

正如俗话所说，光阴似箭，转瞬又是一年多。不料想，发生一桩祸事。一场大火，一夜间便烧掉半个长崎城。当时景象之惨烈，好似最后审判的号声，冲破漫天的火光，响彻人间，真个是令人毛骨悚然。说来不幸，伞铺老爹家恰在下风口，眼见得给烈火吞没，一家老小慌慌张张逃了出来，一看，不见了婴儿。定是只顾逃命，忘了婴儿还睡在屋内。老爹顿足大骂，若无人拦阻，女娘会冲进火里去救。然而，风势愈刮愈猛，烈焰亦呼呼狂啸，似要将天上的星辰烧焦。前来救火的街坊也乱作一团，除了安抚发疯一般的女娘，也别无良策。正当此时，有人推开一干人众，奔向火海。原来是修士奚美昂。这位在枪林弹雨中如入无人之境的勇士，说时迟那时快，一头扑向烈焰。想必是火势太猛，令他逡巡不前。但见他几次三番冲进浓烟，却次次猫着腰落荒逃了出来。于是来到老爹和女娘面前道：“万事但听主的安排。此终非人力所能及，唯有认命而已。”这时，老爹身旁不知何人，高声喊道：“主啊，保佑我！”奚美昂觉得声音甚熟，扭过头寻声望去。一见那人，看官道是哪个？不是别人，正是罗连卓。清癯的面庞，映着火光，熠熠生辉；黑发及肩，在风中纷纷飘拂。其状虽然堪怜，眉目却依旧清秀，一眼便能认出。已成乞儿的罗连卓，立于众人之前，望着烈焰熊熊的房屋。一阵狂风吹过，煽得火焰愈烈，眨眼之间，罗连卓早已一纵身跃入火柱、火壁、火梁之中。奚美昂不禁遍体冒汗，当空高画十字，祷告说：“主啊，保佑他！”却不知是甚缘故，心中忽现：夕阳里，寒风瑟瑟，罗连卓逐离圣露其亚教堂时那清丽而悲戚的身影。

却说周围的教众，对罗连卓奋不顾身的壮举，虽感惊讶，终究难忘他昔日破戒之事。本已群情骚然，顿时议论纷纷，怪话连连：“毕竟不敌父女情！想那罗连卓，做出那等丑事，自家都羞于见人，在这一带连个面儿都不露。喏，为救亲生骨肉，这会儿倒肯往火里跳。”七嘴八舌，骂声不休。就连老爹也有同感，自打方才见了罗连卓，说来奇怪，心里已然乱成一片。许是拼命掩饰的结果，站也罢坐也罢，烦躁不堪，便高声大叫，把些蠢话一吐为快。唯有那女娘，发疯似的跪在地上，两手捂面，身子动也不动一下，一心不乱地祈祷。头上的火星如雨点般降落，地上的浓烟滚滚扑面而来。女娘依旧垂首不语，浑然忘记身家世事，进入祈祷之三昧境界。

不多时，大火前忽又人声鼎沸，只见罗连卓头发散乱，双手抱着幼儿，自乱窜的火舌中现出身来，仿佛从天而降。正在其时，一根燃尽的屋梁，突然断裂，伴着一声震天巨响，烟尘暴起，烈焰腾空，顿时失却了罗连卓的身影，眼前唯见珊瑚树般的冲天火柱。

当此千钧一发之际，奚美昂、老爹和在场的教众，早忘却前嫌，个个惊得目瞪口呆。那女娘只管号啕大哭，突然跳将起来，连小腿露出都不顾；忽而又好似遭了雷击，跪倒在地。且说不知何时，女娘手里竟紧抱着生死不明的幼儿。啊，主的无量智慧与无边法力，不知人间尚有何词可赞美。那是罗连卓压在烧塌的房梁下，拼着性命将幼儿扔了过来，正巧滚落在女娘脚下，居然毫发无伤。

女娘俯伏在地，喜极而泣；与此同时，老爹高举双手，口中赞美仁慈的主，声音里不由得透着庄严。真可谓庄严神圣之极！再说奚美昂，一心要救罗连卓于火海之中，便一个健步跳将进去。老爹的祷告，再度变得忧虑沉痛，高高地响彻夜空。岂止老爹一人，在场的教众无不哀泣，齐声祷告："求主保佑！"如此这般，圣母马利亚之圣子，人主耶稣基督，将人间之悲苦，视若已受，终于聆悉众人的祷告。且看罗连卓！已给烧得惨不忍睹，由奚美昂抱在怀里，于浓烟烈火中抢救了出来。

当夜之变故，不仅此也。众教友七手八脚抬起命若游丝的罗连卓，让他先卧于上风口的教堂门首。事情正发生在此时。一直将幼儿紧抱胸前的伞铺女娘，已自哭成个泪人儿，见神父从门内走出，扑通一下，跪在神父脚下，孰料，竟当着众人面忏悔道："怀中女娃并非罗连卓之骨肉。实是与邻家异教徒之子所私生。"那女娘声音发颤，不胜懊恼，一双泪眼闪闪发光，似不像有半点儿虚假。好个忏悔！只见众教徒挨肩叠背，吃惊得把个漫天大火都忘诸脑后，张口结舌，大气儿都不敢出一口。

女娘忍住泪水，接着说道："小女子先前倾慕罗连卓，因他道心坚笃，凛然峻拒，于是心生怨恨，佯称腹中子乃罗连卓之骨肉，好让他知晓小女子心中的苦楚和不平。谁知罗连卓心仁德高，对小女子此罪愆，竟毫无怨尤。今夜，承他忘怀自家的安危，甘冒地狱般的烈火，救了我儿一命。他的仁慈和德行，堪称天主再世。想到小女子的肆恶，哪怕有魔爪将小女子立马撕成寸断，也无怨无悔，”女娘不等忏悔完毕，便已哭倒在地。

恰在此时，围得水泄不通的教众中间，忽有人喊道：“这是殉教之举！”“此真殉教也！”喊声接二连三，此起彼伏。罗连卓以慈怜悲悯之心，奉行天主耶稣之圣迹，于艰难竭蹶之中，不惜沦落为乞儿。即便视同慈父般的神父，情同手足般的奚美昂，也未能解其心意。此非殉教，何以名之？

听到女娘忏悔，罗连卓仅微微颔首，浑身烧得发焦皮烂，手脚动弹不得，哪里还有张口说话的气力！老爹和奚美昂听后，心如刀绞，蹲在罗连卓身旁，虽想施救，无奈罗连卓气息愈来愈微，想是大限将近。唯有那双星眸一如平日，遥望天宇。

神父凝神细听女娘忏悔，夜风中白髯飘拂，背对圣露其亚教堂的大门，少顷，庄严宣布道：“能改悔者，终得福乐。想那祸福，岂是得自人间惩罚！不若将主之戒命深深铭刻于心，静待末日之审判方是。罗连卓遵我主耶稣之意旨，笃志励行，其德行在本邦教众中，诚为罕见。况且，他以少年之身……”咦，是何缘故？神父说到此处，突然噤口。仿佛瞥见天国的灵光，瞧着脚边罗连卓的身姿，不由得怔住了。神父神情恭谨，两手发颤，可见事情非同寻常。哦，干瘦的面颊上，老泪纵横。

奚美昂已看在眼里，伞铺老爹也瞧得分明！那名不虚传的美少年，静然无声，横卧在圣露其亚堂门首，一身映着火光，脸色红于我主耶稣之热血。胸衣焦破处，赫然露出如玉般的双乳。容貌虽已烧得面目全非，却仍不减其温婉。哟，罗连卓竟是个女子！罗连卓竟是个女子！众教徒背对猛火，环立如堵，也已一目了然。因破色戒而逐出教门的罗连卓，竟与伞铺女娘毫无分别．赫然是一明眸皓齿的本邦女郎！

霎时间，众人肃然起敬，如闻主之德音，自杳然不见星光的天外传来。圣露其亚教堂前的教众，好似风吹麦穗，一个个归心低首，齐刷刷跪在罗连卓的身旁。此时，但闻万丈火焰在空中呼啸。不，还有不知何人在哀哀啜泣。莫不是伞铺女娘？抑或自认为兄长的修士奚美昂？良久，神父于罗连卓头上高举双手，讽诵经文，声音一派庄严悲戚，打破周遭的静默。待等经声停下，人称罗连卓的这位如花少女，仰望暗夜彼岸天国的光明，安然含笑而逝。

却说这女子的生平，除其结局，别无所知。究竟是何道理？概而言之，人生刹那间的感铭，实难能可贵，至尊至贵。好有一比，人之烦恼心，如茫茫夜海，当一波兴起，值明月初升，揽清辉于波上，得悟生命之真谛。如此说来，知罗连卓之最终，亦足以知其一生耳。

2

在下藏有《圣徒金传》一书，系长崎耶稣会印行。乃IEGENDA AUREA[1]之翻译。其内容未必即为西方所谓的“黄金传说”。除记载该地圣徒言行，还收录本邦西教信众勇猛精进之事迹，以作福音布道之助。

书分上下两卷，以美浓纸印刷，草书中杂以平假名，甚不鲜明，亦不知是否为活字印刷。上卷扉页横排拉丁文书名，下首竖排两行汉字：“千五百九十六年，庆长二年三月上旬刻”。年代两侧有画像：

1 西方圣徒传说集之大成，原文为拉丁文，由意大利大主教 Jacobus de Borgine（1235—1298）所著。

天使吹喇叭图。技巧稚拙，颇有憨趣。下卷扉页，除“五月中旬刻”一句外，余均与上卷无二。

两卷各约六十页，所载“黄金传说”上卷八章，下卷十章。各卷卷首尚有无名氏所著序文及拉丁文目录。序文不甚通畅，间或有欧文直译之语句，一见之下即疑为出自西入神父之手笔。

以上所录《基督徒之死》，系据该书下卷第二篇，约为当时长崎某西教堂之遗事实录。所记大火曾否发生，经查《长崎港草》等书，均未得证实。事件之准确年代，亦无从推知。

且说《基督徒之死》，出于发表之需要，在下于文字上稍加修饰。倘于原文平易雅驯之笔致无损，则幸甚。

大正七年（1918）八月十二日

枯野抄

召丈草、去来，终夜未合目。忽生一念，遂命吞舟书录，各吟一首。

病卧羁旅中，梦萦枯野上。

——《花屋日记》

元禄七年（1694）十月十二日下午。大阪的商人一清早起来，犹自睡眼惺忪的，不由得朝着瓦屋顶的对面，远远儿望过去：本来满天红艳艳的朝霞，怎么又像昨日一样，难道要下阵雨不成？幸好柳条款摆，却也并非烟雨溟蒙的景象。虽说天阴，过一会儿，就又将是个微明而寂静的冬日。在一排排市房之间，缓缓流过的河水，也失却往日的光彩，变得白茫茫一片。水面上漂着葱叶，那青绿色，看着倒也没一丝寒意。何况岸上来往的行人，无论是包着圆头巾，还是脚穿皮袜子的，全忘了这寒风肆虐的天地，茫然不觉地赶路。门帘子的颜色也罢，络绎不绝的车辆也罢，还有打远处传来木偶戏的三弦声——都在暗自维系着这冬日的微明和寂静。桥上的栏杆尖，藻饰成宝珠形，宝珠上的尘埃班班可考……

这时，在御堂前南久太郎街上，花屋仁左卫里门家的后客厅里，当年受人景仰的一代俳谐大师——芭蕉庵主松尾桃青，虽有各地赶来的门人精心护理，到底年寿已五十有一，即将终其一生。“灰中火虽温，渐渐冷如灰”，正安详地要咽最后一口气。时辰大约将近申时中刻吧。——隔扇已经卸下，空荡荡的客厅里，只有枕头上方点着一炷香，青烟袅袅。虽说天地间的寒气给挡在院子里，新拉门的纸色也显得暗黝黝的，可屋里照旧冷得刺骨。枕头朝着拉门，芭蕉寂然不动，安卧在那里。围着他的，首先是大夫木节。他把手伸进被子里，一直把着脉，脉搏跳得极慢，木节锁着眉头，忧心忡忡。蜷缩在他身后的，准是这次从伊贺一路跟随芭蕉的老仆治郎兵卫，从方才起就喃喃念着佛号。挨着木节的，不论谁，一看便知，应当是彪形大汉晋子其角，和仪表堂堂的去来。去来穿着古铜色的捻绸衣裳，上面印着方形的小花纹，已经大腹便便，歪着肩膀。两人不眨眼地瞅着师傅的病情。其角的身后是丈草，像个出家人，手腕上挂着一串念珠，端坐着一动不动。坐在丈草身旁的是乙州，不停地抽鼻涕，必是忍不住涌动的悲哀吧。和尚打扮的矮个子惟然僧，正目不转睛地盯着乙州。惟然的僧袍，袖子补了又补，此刻正表情冷漠地撅着下巴，同皮肤浅黑、有点刚愎自用的支考，并排坐在木节的对面。其余几个弟子，有的在左，有的在右，静悄悄地守着病床，大气儿都不敢出一声。为这死别，每人都有无限的留恋与难舍。可是，只有一个人，趴在屋角落里，紧贴在席子上，放声痛哭，那该是正秀吧？尽管如此，后客厅里，笼罩着冷冰冰的沉默，鸦雀无声，就连缭绕在枕边的线香，都一丝不乱。

方才，芭蕉一阵痰喘，用嘶哑的声音留下的遗言，让人无从捉摸。然后，就那么半睁着眼，像是昏睡了过去。脸上有几粒麻子，瘦得只剩下颧骨。四周布满皱纹的嘴唇，早就没有一点儿血色。尤其叫人揪心的，是他那双眼睛，已经茫然无光，呆呆望着远处，仿佛望着屋顶对面一望无际、意态清寒的天空似的。“病卧羁旅中，梦萦枯野上。”——这辞世的俳句，是他三四天前写下的。此时，或许他就像自己所吟诵的那样，散乱的视线里，是荒郊枯野上的苍茫暮色，没有一星儿月光，如梦一般飘忽。

“水！”

半晌，木节回过头来，冲着一动不动坐在身后的治郎兵卫吩咐道。这位老仆，早就预备好了一盅水和一支羽毛做的牙签儿。他把两样东西小心翼翼地摆在主人的枕边，然后，又一心一意地急口念起佛号来。治郎兵卫是山里长大的，他以为芭蕉也好，恁谁也好，要想往生净土，一律得靠佛陀的慈悲。这种坚执的信念，在他朴实的心里，恐怕已经根深蒂固。

而另一方面，木节要水的一瞬间，忽然寻思道：身为大夫，自己果真想尽一切办法了吗？这疑问一向就有，此时又冒出头来。他随即在心里勉励自己，而后转过脸，默默地朝身旁的其角示意。也恰好在这当口，围着芭蕉病床的众弟子，心里猛然揪紧，越发感到不安。可是，在紧张之中，又有一种松口气的感觉——换句话说，要来的终于来了，如释重负一般。这个念头，谁心里都一闪而过，这是不争的事实。只不过这种如释重负的心情十分微妙，以至于谁都不愿意承认自己有过这心绪。在场的人里，数其角最讲实际，同木节面面相觑的刹那间，从对方眼神里，看出彼此一样的心思。这时，就连其角也没法儿不悚然一惊。他慌忙将视线移开，若无其事地拿起羽毛牙签：

“僭先了。”向身旁的去来打了声招呼。然后，一面拿牙签在茶盅里蘸水，一面将肥厚的大腿往前蹭了蹭，偷偷地凝视着师傅的容颜。说实在的，今生同师傅永诀，必定会很难过，他事先不是没想过。可是，真到要给师傅点送终水，自己的实际心情，简直是冷漠之极，较之原先设想的，像做戏似的，截然不同。非但如此，更想不到的是，师傅临终之际，真正瘦成了皮包骨，那瘆人的样子，让他生出一种强烈的嫌恶之情，甚至忍不住要背过脸去。不，强烈两字，还不足以达意。那种嫌恶，就同看不见的毒药一样，引起生理上的反感，最叫人受不了。此刻，难道想借这偶然的契机，把自己对丑恶的所有反感，统统发作到师傅的病体上去？抑或是，在他这个乐“生”的人看来，眼前所象征着的“死”，是自然的威胁，比什么都该诅咒不成？——总而言之，其角看着芭蕉垂死的面容，有说不出的腻味，几乎没有一点儿悲哀。他用羽毛牙签往那发紫的薄嘴唇上，点上一点水，便皱起眉头，马上退了下来。不过，在退下来之际，心里也曾掠过一丝自责，先前感到的那种嫌恶之情，在道德上理应有所忌惮，只是实在太强烈了。

其角之后，拿起羽毛牙签的是去来。方才木节示意的时候，去来心里就开始发慌。他素以谦恭有礼为人称道，这时向众人微微颔首，便凑近芭蕉的枕旁，望着老俳谐师恹恹无力的病容，心里出奇地乱：既得意又悔恨，两种感情交织在一起。虽不情愿，却不得不咂摸着所谓得意和悔恨，就好比一阴一阳，互为因果，不可分离。其实，从四五天前，谨小慎微的去来，心情就不断为这两种情绪所困扰。因为，他一接到师傅病重的消息，就从伏见乘船赶来，也不顾三更半夜，便敲开花屋家的大门，打那时起一直护理师傅，未尝有过一天懈怠。此外，还一再恳求之道，让他找人帮忙啦，打发人上住吉的大明神社求神保佑病人早日康复啦，又和花屋商量，添置要用的物品啦，所有这些千头万绪的事，全靠他一人张罗。当然，这是他自己揽过来的，压根儿就没想到要谁领他的情，这倒是不假。然而，等他意识到，是自己在尽心尽力照料师傅，一下子便在心底大大滋生出一种自得之情。只不过这种自得在意识到之前，不论做什么心里都美滋滋的：在行住坐卧上，没觉得有什么拘束。要不然，夜灯下看护病人，跟支考闲聊当中，就不会大谈什么孝道义理，抒发奉师如侍亲的抱负。可是当时，踌躇满志的他，一看出为人很差的支考面露苦笑，马上觉出一直平和的内心，陡然间乱了起来。他发现，心乱的原因，在于他刚刚意识到这种自得，以及对这自得的自责。师傅大病不起，朝不保夕，自己一面护理，一面用得意的眼光，打量自家辛劳的情景，俨然一副担心病情的样子。——正直如他，免不了会感到内疚。打那以后，自得和悔恨这两种情绪便相互抵触，去来也发觉，不论做什么事情，必受其掣肘。虽说是偶然，却偏巧看出支考眼里的笑意，倒更清楚地意识到了这种自得，结果常常是自怨自艾，觉得自己卑劣不堪。这样一连过了几天，直到今儿在师傅枕边点临终水的时候，有道德洁癖的他，想不到神经格外脆弱，心里七上八下，完全失去了镇静。说来可怜，却也难怪。所以，去来一拿起羽毛牙签，浑身就僵得出奇，亢奋得不得了，以致用白毛尖上蘸的水去抹师傅嘴唇时，手直发抖——幸好睫毛上噙满了眼泪，其他弟子见了，就连尖刻的支考，恐怕也以为，他那么亢奋，是悲痛的缘故。

不大会儿工夫，去来直起穿着古铜色衣裳的身子，畏首畏尾地退到座位上，把羽毛牙签递给身后的丈草。一向老实巴交的丈草，毕恭毕敬地低眉垂首，嘴里喃喃念叨着什么，轻轻儿把水沾到师傅嘴唇上。那样子，恐怕谁看在眼里，都是庄严虔敬的。可是，就在这庄严的时刻，蓦地听见客厅的角落里，发出一阵瘆人的笑声。或者说，至少当时觉得听见了笑声。那声音，简直像是从丹田发出来的大笑，经过嗓子眼儿和嘴巴时，想忍而没忍住，结果转从鼻孔断断续续迸发出来。当然，在这种场合，谁都不会放声大笑。声音其实是正秀发出来的，方才他就悲痛欲绝，忍了又忍，此刻终于撕心裂肺，恸哭起来。

他之恸哭，不用说，准是悲怆到了极点。在场的弟子，大概有不少人想起了师傅的名句："荒塚亦惆怅，悲怀一恸声断肠，萧瑟秋风凉。"乙州也同样在抽泣，听到正秀凄厉的恸哭，觉得有些过分——即便不说他不够稳重，至少也太不自制，所以，禁不住有些不痛快。说到底，他的不痛快，是出于理智。不管他脑子是否情愿，心上却忽然为正秀的哀恸所动，不知不觉，眼里也汪起一包泪水。方才他觉得正秀的恸哭让人不快，现在也不认为自己的眼泪就多纯净，彼此并没什么两样。可是，眼泪越冒越多——乙州终于两手拄着腿，禁不住呜呜哭出声来。这当口，唏嘘作声的，不独乙州一人。守在芭蕉床脚的几个弟子，也接二连三响起抽鼻涕的声音，打破了客厅里冷寂的气氛。

在这凄凄惨惨的悲泣声中，手腕上挂着佛珠的丈草，依旧静静地坐回原处。坐在其角和去来对面的支考，接着移近枕边。支考号称东花僧，出名的爱挖苦人，大概神经没那么脆弱，不会受周围感情的左右而轻易掉泪。他浅黑的脸膛一如往常，照旧摆出藐视一切的神气，而且同平时一样，照旧俨然不可一世，漫不经心地往师傅嘴上沾水。不过，当此场合，即便他支考，也难免生出些许感慨，这自不在话下。"曝尸荒野上，心中戚戚未曾忘，秋风浸身凉。"——四五天前，师傅曾一再向弟子们道谢："我原以为，日后会敷草为席，以土为枕，命丧荒野：没想到能睡在这样华美的被里，得偿往生的夙愿，实在是欣慰之极。"可是，无论是在荒野上，还是在花屋的这间后客厅里，两者并没有多大分别。现在自己这么往师傅嘴上点水，其实，打三四天前，心里就惦记着，师傅还没留下辞世的俳句。而昨天终于盘算好，等师傅辞世后，把他历年的俳句辑录成集。今天，直到此刻，就在师傅临终之际，自己始终用一副审视的目光，饶有兴味地在观察这个过程。要是刻薄一点，往坏处想，自己这么观察，难说心里就没转过这样的念头：日后提笔写临终记，这就是其中的一节。既然如此，自己一面给师傅送终，一面满脑子小算盘：对外人是沽名钓誉，对同门弟子是利害相争，于自己则是兴味所在——这些盘算，与临死的师傅毫不相干。不妨说，师傅本不忌讳，俳句里的屡次预言，竟成了谶语，到头来等于曝露在无情人生的枯野上。我们这些弟子，谁都没在哀悼师傅的去世，而是在怜惜失去师傅后的自己；没有叹惋穷死于枯野上的先师，而是感叹薄暮时分失去先师的吾侪。可是，倘从道德上加以责备，那么，我们这些人，生来就人情冷漠，又能把我们怎么样？——支考一面陷入这种厌世的感慨之中，同时，又对自己能如此深思，颇为得意。给师傅点完水，把羽毛牙签放回茶盅，随即向抽抽搭搭的同门弟子，嘲笑地扫了一眼，从容回到自己座位上。像去来这样的老好人，一开头就给支考那冷冷的神气镇住了，此刻又像方才那样惶惶不安起来。唯独其角，对东花僧的脾气压根儿看不顺眼，脸上一副哭笑不得的样子，八成儿感到很不受用。

接着支考的，是惟然僧。黑僧衣的下摆拖在席子上翻了起来，小身子爬过来的时候，芭蕉眼看着就要咽气了。脸上更加没有血色，湿漉漉的嘴唇中间，不时吐出一点儿气来。隔一会儿喉咙才使劲咕噜一下，无力地吸进一丝气。喉咙里堵着痰，轻轻响了两三下。呼吸好像渐渐平缓下来。惟然僧正要把羽毛牙签的白尖儿触到师傅嘴唇上，顿时，一阵恐惧突然袭来，竟同死别的悲哀毫不相干。师傅之后，下一个死的该不会轮到自己吧？他居然无缘无故害怕起来。正因为是无缘无故，一旦恐惧上身，就没法儿抵御。他本来就是那种人，一提到死就会胆战心惊。从前每逢想到死，哪怕云游时正风流快活，也会吓得汗流浃背。这种事他经历过不止一次。听说别人死了，心里也要想：“哦，幸好死的不是我，谢天谢地。”这样心里才能踏实。反过来，又要担心："倘若自己死了，那可怎么办？"他这么怕死，就算在师傅芭蕉临终这种场合也不例外——晴朗的冬日照在窗纸上，园女送的一盆水仙，散发出一阵阵清香，众弟子聚在师傅枕边，吟诗对句，聊以慰问病体。这时，一明一暗两种忧虑，开始在他心里盘旋。等到师傅弥留时——记得那天秋雨初降，连一向爱吃的梨，师傅都无法进食了。看到这情形，木节忧心忡忡地摇摇头。从那一刻起，惶恐就渐渐扰乱他平静的心。及至最后，"下一个死的，没准就是自己了"，这种惶恐不安，像团凶险而恐怖的阴影，冰冷无情地在他心头弥漫开来。所以，等他坐到枕边，往师傅嘴唇上小心翼翼地点水时，因为恐惧作祟，对师傅临终的容颜，几乎不敢正眼去看。不，以为是看过一眼，偏巧芭蕉嗓子里堵着痰，有轻微的响动，刚鼓起勇气来，就给吓了回去，没敢再看。"师傅之后，没准死的就是自己了。"——这种预想，不断在惟然僧的耳畔絮聒。待回到自己的座位上，小小的身子缩成一团，脸绷得越发紧了。光翻白眼，尽可能谁也不瞧。

接下来，是乙州、正秀、之道、木节，以及围在病床边的弟子，轮番往师傅嘴上点水。这期间，芭蕉的呼吸一次比一次细，间隔也一次比一次长。喉结已经不动了。瘦削的脸盘，有几粒浅浅的麻子，仿佛蜡做的；失神的瞳仁儿，凝望着遥远的天宇；下巴上的胡子，白得像银——这一切都让冷漠的人情给凝住了，一动不动，看上去像在梦想着即将往生的净土。于是，低着头闷声不响，坐在去来身后的丈草，那个老实巴交的禅客丈草，觉得随着芭蕉的气息越来越微弱，一种既无限悲痛，又无限安然的感触，渐渐充满自己的胸坎。悲痛是不用说的。安然的心情，则像黎明前的寒光，在黑暗中越来越亮，有说不出的明朗。这种情感，一点一点荡涤各种杂念，眼泪也毫无刺心之痛，终于化作清纯的悲哀。他为师傅的灵魂能够超越虚无的生死，回归极乐净土而欣喜。不过，这一点他自有无法承认的理由。要不然——唉，谁还会一味地彷徨犹豫，敢愚蠢地欺骗自己呢！丈草这种安然的心情，那是一种解放了的喜悦，他的精神，长久以来一直为芭蕉的人格力量所桎梏，枉然给压抑着，而现在，他靠自己的力量，身心正在自由地舒展开来。他沉醉在悲欣交集中，手捻着佛珠，周围啜泣的同门兄弟，宛如不在眼内。丈草嘴上浮出微笑，向临终的芭蕉恭谨礼拜：

——这样，古往今来无与伦比的一代俳谐宗师芭蕉庵主松尾桃青，在“无限悲痛的”众弟子围簇之下，溘然长逝。

大正七年（1918）九月

毛利先生

岁末的一个傍晚，我和一位评论家朋友沿着腰辨街道[1]，在一排排光秃秃的柳树树荫下，往神田桥走去。夕阳余晖下，身旁尽是些下级官吏模样的人，踉跄地迈步前行。从前，岛崎藤村曾发过感慨：“何不昂首而行？”而这些人，兴许不期而然都满怀忧郁，无法排遣。我们俩肩并肩地紧挨着，加快了脚步，直到过了大手町车站，几乎一言未发。这时，评论家瞥了一眼红柱子下等车的人，看到他们哆哆嗦嗦的样儿，禁不住打了个寒噤，自言自语地说了一句：“这让我想起了毛利先生。”

“毛利先生是谁？”

“我的中学老师。我没跟你讲起过吗？”

我按了一下帽檐，算是否定的回答。下面所记，就是那位朋友当时一边走一边所述关于毛利先生的回忆。

那是十来年前的事儿了，当时我还在某府立中学念三年级。教我们年级英语的安达先生，是位年轻教师，因流感并发急性肺炎，寒假

1 “腰辨”意为腰上挂的饭盒（便当），“腰辨街道”系指小职员腰挂饭盒上下班常走的街道，位于东京皇宫与丸之内、大手町之间。

里去世了。由于事发突然，来不及物色适当的后任，大概为了应急，便请当时在一所私立中学教英语的老教师毛利先生，暂时接替安达先生的课。

我头一次见到毛利先生，是他到任的那天下午。我们三年级的学生，出于对新教师的好奇，与平日不同，一听到走廊里传来脚步声，马上肃静下来，等着上课。然而，脚步声却在阳光已经退去、顿感寒冷的教室门外停住了，过了一会儿，门开了——哎，现在讲起来，那时的光景还历历在目呢。毛利先生开门进来，给人的第一印象是矮个子，让人想起节日里马戏班子的小丑。而冲淡这一印象的，是先生那光溜溜的圆脑袋，简直可喻之为美，尽管后脑勺儿还残存几根斑白的头发，大部分已如同自然教科书里画的鸵鸟蛋一样了。最后，使先生风采超群的，是他那件怪异的晨礼服，古色苍然，几乎让人忘了原来曾是黑色的。然而，在略微显脏的翻领下，居然煞有介事地系着一条超艳丽的紫领带，宛如展翼翻飞的蛾子，给人的那份惊愕，至今还留在我记忆里。因而，当先生跨进教室的那一刻，四下里不约而同，迸发出强忍不住的笑声，也就不足为奇了。

可是，抱着课本和点名册的毛利先生，似乎旁若无人，一派超然的神态，站上高出一级的讲台，频频回礼。那善良而气色不佳的圆脸上，浮现着和蔼的笑容，嗓音尖利地招呼道："诸君。"

过去的三年里，在这所学校的教师那儿，我们从未受到过"诸君"这样的礼遇。毛利先生的这声"诸君"，使我们惊叹得不禁刮目相看。与此同时，既以"诸君"为开场白，大家以为随后准是关于教学方针之类的长篇演讲，便都屏息静气，等候下文。

然而，毛利先生一声"诸君"过后，只是环顾一下教室，一时竟什么话都没说。虽然松弛的脸上依然浮着一丝悠然的微笑，可嘴角的肌肉却神经质地抽搐着。那双宛如宠物般清明的眼睛，不时露出焦急的神色。他虽然没说出口，却似乎对大家有所哀求：哀求什么，遗憾的是，恐怕连先生自己也说不清。

“诸君。”过了一会儿，毛利先生依然用同样的声调重复了一遍，接着，好像要抓住这个回音似的，慌忙加了一句：“从今天起，诸君的《英语选读》由我来教。”

我们愈发好奇，静悄悄地一声不出，热切地盯着先生的脸。可是毛利先生说完这句话，又用那哀求的眼神环顾一下教室，紧接着，像弹出的弹簧，冷不防坐到椅子上。他摊开点名册，搁在已经翻开的英语课本旁边，瞥了一眼。这个开场，结束得如此突然，令人失望，可说大失所望，甚至感到一种滑稽，这就不去多说了。

幸而在我们笑出声之前，先生已从点名册上抬起那双宠物般的眼睛，即刻叫起班上一个同学，而且还是以“君”相称。毋庸置疑，自然是叫他站起来进行译读的。于是，那学生站起来，用东京学生特有的机灵劲儿，翻译了不知是《鲁滨孙漂流记》还是什么里的一段。毛利先生不时用手正正紫色的领带，误译之处自不必说，就连发音略有不准，他都认真一一加以纠正。先生的发音有那么一点儿做作，但大体还标准、清楚，这点似乎他自己心里也挺得意。

等这个学生坐下，先生开始讲译文，我们下面顿时就热闹了起来，笑声此起彼伏。之所以如此，是因为先生发音虽堪称完美，一旦翻译课文，词汇之贫乏，简直令人难以置信，他会是日本人？词儿即便知道，临到用时也想不起来了。比方说，哪怕翻译这么一行，也费了不少劲儿：“于是，鲁滨孙·克鲁索终于打定主意，要养点儿什么。养什么呢……那个，那种怪怪的动物……动物园里多的是……叫什么来着……嗯，很会耍把戏的那种……喏，诸君都知道吧。就是那个，脸红红的……什么？猴子？对对对，就是猴子。他决定养只猴子。”

你想，连说个猴子都这么费劲，碰到复杂点儿的句子，若不绕上半天弯子，就找不到恰当的词儿。每当此时，毛利先生都狼狈不堪，手不停地去弄领口，真让人担心他会把紫领带给扯断，而且还不时抬起困惑的脸，慌张地瞥上我们一眼。忽而两手抱住秃脑袋，趴在桌上，无地自容的样子。这样一来，本就矮小的身体，像气球撒气瘪了下来，连耷拉在椅子上的两只脚，仿佛都悬在空中晃晃悠悠的。这又逗引同学们觉得有趣，暗地里窃窃发笑。这样反反复复译了两三次，笑声也愈加放肆了。最后，竟连第一排的学生都公然大笑起来。这笑声让善良的毛利先生多尴尬啊——现在回想起那刻薄的声音，不禁要三掩其耳啊。

可是毛利先生依旧奋勇地继续翻译，直到响起课间休息的喇叭声为止。好容易念完最后一段，他又以悠然的姿态回礼，仿佛忘了方才的那番恶斗，神态自若地步出教室。紧跟着我们就哄堂爆笑，故意乒乒乓乓地掀桌盖儿，还有跳上讲台的，戏仿毛利先生的姿态及声调，秀给别人看。——更叫我忘不了的是，带着班长袖标的自己，向围在身边的五六个同学，得意忘形地指点着先生误译的地方。可哪些是误译呢？说实在的，当时连我自己都搞不清那算不算误译，完全是徒自逞能罢了。

过了三四天，一天中午午休时间。我和五六个同学凑在器械操场的沙坑那边，穿着粗呢制服的后背，让冬天的阳光晒得暖洋洋的，七嘴八舌地议论着即将到来的期末考试。这时体重号称有六十八公斤的丹波先生正和别的学生一起挂在单杠上，大喊一声：“一、二！”就跳到了沙坑上。他身上只穿件西装背心，头戴运动帽，向我们这边走过来，问道：

“新来的先生怎么样？”丹波先生也教我们年级的英语，以爱好运动闻名，而且擅长吟诗，在那些讨厌英语的柔道和剑道的勇士中，颇孚众望。经先生这么一问，一位勇士抚着棒球手套说：“嗯，不……怎么样。大家都觉得，教得不怎么样。”他回答时一反往常的腼腆。丹波先生用手帕掸掸裤子上的沙子，一脸得意地笑道：

“难道连你都不如？”

“比我当然强了。”

“那还有什么好抱怨的。”

勇士戴着手套搔了搔头，吞吞吐吐地把话缩了回去。这时，我们班的英语秀才，扶了扶深度近视镜，用与年龄不相称的口吻反诘道：

“可是先生，不管怎么说，我们都是打算报考专科学校的，最好还是让有能耐的先生来教。”然而，丹波先生依旧打哈哈说：

“不就这么一个学期吗？跟谁学还不一样！”

“那，毛利先生只教一个学期吗？”

这个问题似乎触到丹波先生的要害。老于世故的他，故意避而不答，摘下运动帽，使劲掸了掸平头上的沙土，猛地向我们扫视了一圈儿，巧妙地绕开话题：

“是呀，毛利先生是古板了些，和我们有些不大一样。今天早上坐电车，看到毛利先生已坐在车里，快到换站的时候，他就大喊：‘卖票的，卖票的！’让我觉得又可笑又难为情：他真是与众不同。”关于毛利先生这方面的事，不用丹波先生提，我们就知道一大堆。

“还有，听说雨天，毛利先生身穿西装，趿上木屐就来上课了。”

“他腰上老挂的那个白手帕，大概是包便当的吧。”

我们围着丹波先生，七嘴八舌，议论纷纷，净说些无聊话。大伙越讲越欢，大概受到这种气氛的感染，丹波先生用手指挑着运动帽转，也津津乐道起来：

“还有呢，那顶帽子也是老古董了——”此话刚出口，鬼使神差，毛利先生矮小的身影，竟悠然出现在两层建筑的教学楼门口，恰好面对器械操场，离我们仅十来步远，头上正顶着那顶古董礼帽，照例是一只手煞有介事地摸着那条紫领带，门口有六七个像孩子似的学生，大概是一年级的，在玩跳“人马”，一看见先生的身影，都争先恐后、恭恭敬敬地给先生行礼。毛利先生站在门口台阶上的太阳地儿里，抬了抬礼帽，像是在还礼。见此情景，大家不禁感到一丝羞愧，顿时沉默下来，不再喧闹。唯独丹波先生，大概是又惭愧又狼狈，刚说完“那顶帽子也是老古董了”，就吐了吐舌头，赶紧戴上运动帽，一个急转身，大喊一声：“一——”只见他那穿着西装背心的肥胖身躯，一个箭步就蹿向单杠，身体呈弓形，两腿向上一摆，喊到“二——”时，已漂漂亮亮地划破冬天的晴空，轻松自如地上了单杠。不消说，丹波先生的这一掩饰颇逗趣，惹得我们都失声笑了起来。方才器械操场上一时噤口不语的学生，仰望着单杠上的丹波先生，宛如棒球赛上的拉拉队，哗啦啦一片，鼓起掌来起哄。

自然，我也跟大家一道齐声喝彩。可是，喝彩的同时，出于良知，我有点儿憎恨单杠上的丹波先生。话虽这么说，却并不表示我对毛利先生有多同情。证据在于，我为丹波先生鼓掌，也就是间接对毛利先生表示恶意。现在回过头来分析一下当时的心情，也许可以说，道义上看不上丹波先生的，正如学力上瞧不起毛利先生。或者说，丹波先生那句“那顶帽子也是老古董了”，加重他对毛利先生的轻蔑，也使得我们愈发肆无忌惮。我们一边喝彩，一边神气活现地傲视着教学楼的门口。而毛利先生，像一只贪恋阳光的冬蝇，依旧一动不动地伫立在台阶上，孤零零地，心无杂念地，望着一年级学生天真的游戏。那顶礼帽和紫色领带——当时一瞥之下，认为可笑，如今想起来，却是抹也抹不去……

毛利先生就任当天的打扮和学力，引发我们一种轻蔑之感. 再加上丹波先生的那次失言，班里同学就愈加过分。紧接着没过一个礼拜，一天早晨又发生一事。头天夜里下起了雪，体育馆这类屋檐伸到窗外的地方，已是一片皑皑白雪，看不见屋瓦的颜色，而教室内炉火通红，积在玻璃窗上的雪，还来不及反射出淡蓝色的光，就融化了。毛利先生把椅子横放在炉子前，照例尖着嗓门儿，热心地讲着《英语选读》中的《人生赞歌》[1]，自然，没一个学生在认真听。岂止不听，就像坐我旁边的那位柔道选手，竟把武侠小说垫在课本下，一开始就沉浸在押川春浪的冒险故事里。

大约过了二三十分钟，毛利先生突然从椅子上站起来，就正在讲解的朗费罗诗歌，和我们探讨起了人生问题。所谈的主要内容，已毫无印象，恐怕与其说是探讨人生，毋宁说是先生对自己的生活发了一通感叹。印象中先生就像一只被拔光毛的小鸟儿，手不断地举起放下，急口絮叨着，隐约记得有这样几句话：

“诸君还不懂得人生——是呀，想懂也弄不懂呀。所以诸君是幸福的。到了我们这把年纪，自然就明白什么是人生了。是啊，烦恼的事多着呢。拿我来说吧，有两个孩子。那就得供他们上学呀。一上学呢——唉—— 一上学—— 学费呢？是啊，要交学费的呀。对吧？所以，让人苦恼的事儿多着呢……”

他竟对我们这些不晓事的中学生诉说起生活之艰辛——也许本没打算讲，却不由得诉起苦来，先生的心情，我们当时根本无法理解。

---

1 美国诗人朗费罗（1807—1882）的诗。

毋庸说，我们只看到诉苦这事儿的滑稽一面，在先生诉说的当中，一个个反哧哧地笑了起来。只不过没像往常那样哄然大笑，大概是因为他那身寒碜的衣服，扯着尖嗓门儿说话的神情，简直就是一副苦难生活的化身，故而多少让人有些不忍。我们的笑声虽没变得更大，可没过一会儿，我邻座的柔道选手却突然丢开他的武侠世界，气势汹汹，猛地站了起来，发话道：

“先生，我们来上课，是为了学英语。您要是不想教，我们也就没必要待在教室了。如您还想接着刚才的话讲下去，那我马上就去操场。”

说完，该生死死地板着脸，一屁股又坐回位子上。像毛利先生当时那副惊诧的表情，我还从未见过。先生好似遭雷击一般，半张着嘴，直挺挺站在炉子旁，盯着那个学生霸悍的面孔，且有一两分钟之久。过了一会儿，他那宠物般的眼睛里，突然闪过一丝哀求的神色，急忙用手摸摸那条紫色领带，把秃脑袋往下低了两三下，说道：

“哦，是我失职。我错了，向诸君深表歉意。诚然，诸君是为学英语才来上课的。我没教诸君英语，是我的错。我错了，向大家深表歉意。喏，这就向大家深深道歉。”他脸上挤出哭一般的笑貌，同样的话一说再说。红红的炉火，映在他上衣的肩部和下摆上，那些磨损之处就更加显眼。不光如此，每当先生低下头来，秃秃的头顶上也映出一圈亮光光的古铜色，愈发像只鸵鸟蛋了。

然而，这可悲的一幕，当时在我眼里，不外乎道出先生作为教师的恨事而已。毛利先生这般讨好学生，是为了免得丢饭碗吧。所以，先生是因为迫于生计才为人师，并非有志于教育……我懵懵懂懂，形成对先生的批判，不光是对他服饰、学识的轻蔑，进而对他的人格也蔑视起来。我将胳膊支在《英语选读》上，以手托腮，发出一阵阵狂笑。先生站在熊熊炉火前，一副好似灵肉都在受炮烙之刑的样子。当然，发笑的不止我一人。正当先生惶惶不安，频频道歉之际，让先生下不来台的柔道选手瞟了我一眼，露出狡黠的坏笑，接着马上又读起藏在课本下面的押川春浪的冒险小说。

直到下课铃响，毛利先生比平时更加语无伦次，拼命翻着朗费罗令人爱怜的诗句。“Life is real，life is earnest.（人生是真实的，人生是真诚的。）”——那张气色很差的圆脸上汗津津的，像是不断向什么哀告似的，喉咙仿佛哽住一般的尖厉的诵读声，至今还萦绕在我的耳畔。然而，隐蔽在这尖厉声音背后的，是那千万众生悲惨的声音，其含义是太过深刻了，只是当时听来是如此刺耳。因此课堂上，我们只觉得又倦又乏，有不少人像我一样无所顾忌地打着哈欠。可是这位身材矮小的毛利先生，仍旧笔直站在炉旁，全然不顾飘过窗外的雪花，脑子里的发条仿佛上足了弦，不停地挥舞着手里的课本，声嘶力竭地喊着，“Life is real，life is earnest. Life is real，life is earnest”……

情况既然如此，一个学期的雇佣期满，便再也没见到毛利先生。我们只感到高兴，毫无惋惜之情。或者说对先生的去留，我们是那么冷淡，以致连高兴都顾不上。我自己尤其如此。之后的七八年，从中学到高中，又从高中到大学，之后步入成年，甚至都不记得有过这样一位先生，全无一点儿珍惜的情意。

大学毕业的那年秋天——确切地说，约在十二月初，日暮时分，雾霭迷漫，林荫道上的杨柳和梧桐早已黄叶纷披，瑟缩在寒风中。那是一个雨后的夜晚，我在神田的旧书店间转悠，淘到一两本欧战以来突然锐减的德文书。晚秋的寒气袭人，我竖起大衣领，偶然路过中西洋品店，不由得顿时恋慕起那喧闹的人声和热腾腾的饮料来，于是漫不经心地走进一家咖啡馆。

进去一看，小店堂空荡荡的，一个客人也没有。一张张大理石桌面上，唯有糖罐上的镀金映着寒光。我仿佛上了当，心里空落落的，在墙上镶有镜子的桌前坐下，向过来的侍者要了杯咖啡。忽然，像想起什么似的，掏出雪茄，划了几根火柴才算点着。不一会儿，一杯冒着热气的咖啡摆在桌上。然而，阴郁的心情，如同外面的雾霭，轻易散不去。刚在旧书店买的哲学书字体很小，而光线之暗，即使是名文，读上一页也颇吃力。我百无聊赖，头靠在椅背上，心不在焉地呷一口巴西咖啡，抽一口哈瓦那雪茄，把视线茫然投向眼前的镜子。

首先映在镜子里的，是上二楼去的楼梯侧面，接着是对面的墙，刷了白漆的门，贴在墙上的音乐会海报之类，宛如舞台的一个局部，清晰而又冰冷。此外，还能看到大理石桌子，盆栽的松树，屋顶上垂下来的电灯，以及一个瓷制的煤气暖炉。炉子前围了三四个侍者，正聊得起劲。我从镜子里一一看过去，目光移到聚在取暖炉前的侍者。众人环拥下，坐在桌子对面的那位客人，着实让我吃了一惊。方才之所以没注意到他，大概是因为周围都是侍者，无意中把他当成咖啡馆的大厨了。让我吃惊的，不光是因为本来以为没有客人，却发现有客人在；更因为镜子里虽只映出客人的侧脸，但仅凭那鸵鸟蛋似的秃顶、古色苍然的晨礼服、还有那条永远系着的紫色领带，一望便知，那人正是我们的毛利先生。

看到先生的同时，脑海中猛然浮现出与先生阔别了七八年的岁月。中学时代当《英语选读》课的那个班长，和现在这个安然从鼻孔里喷雪茄烟的自己——对我来说，这段岁月绝不是短暂的。虽说“时间”的洪流能冲走一切，但对这位超越时代的毛利先生，却是无可奈何。现在，在这间入夜的咖啡馆里，和侍者同桌共坐的老者，依然是那位在夕阳都照不进的教室里教我们选读的先生。还是那样的秃顶，那样的紫色领带，那样的尖嗓门儿，一切都依然如故。——说起来，先生现在不是依然扯着尖嗓门儿，正急口去给几个侍者解释着什么吗？我不禁淡淡一笑，忘了刚才的烦闷，伸着耳朵去听先生的声音：

“你看，这儿的形容词是修饰名词的。喏，拿破仑是人名吧？所以就叫名词。明白了吧？再看这个名词，看到后头的这个了吗……紧跟在后头的这个，知道这是什么吗？喂，你知道吗？”

“关系……关系名词。”

一个侍者结结巴巴地回答道。

“什么？关系名词？没有关系名词一说。是关系……噢……关系代词？对对，是关系代词。代词的意思就是，喏，就是代替拿破仑这个名词的。是吧？代词者，就是代替名字之词嘛。”

看来，毛利先生是在这家咖啡馆教侍者英语：于是，我又把椅子挪了挪，换个角度从镜子里看过去。果然看到桌上摊着一本翻开的像教材一样的书。毛利先生一个劲儿地在那页上指指点点，不厌其烦地做着解释。就连这个举止，都和从前一模一样。所不同的是，站在他周围的侍者，和当年我们那些学生正相反，肩并着肩，双目炯炯，聚精会神，认真倾听先生忙忙叨叨的解说。

我望了一会儿这镜中的情景，对毛利先生不禁油然而起一种亲切之感。索性走过去，和先生叙叙旧？可是，只有短短的一学期，仅在教室里见过面，怕是先生不会记得我了吧？

即便记得起——我突然又想起当时我们发出的那种带恶意的笑声，便改变了主意，还是不打招呼，远远表示敬意为好。正好咖啡也喝完了，我扔掉剩下的一小截儿雪茄，悄悄从桌边站起来，尽管轻手轻脚，还是引起先生的注意。我站起来之际，先生那张气色不佳的圆脸，连同那有些许污秽的领口和紫色的领带一起转向这边。先生那双宠物般的眼睛，正好在这一瞬间，和我的眼睛在镜子里相遇了。正如我刚才预料的，先生眼里，果然没有一丝与熟人相遇的神色。那一闪而过的眼神里，唯有一抹乞求与哀伤，是我们所熟悉的。

我低下眼，从侍者手里接过账单，默默走到咖啡馆门口的柜台去结账。坐在柜台里的领班和我很熟，头发梳理得整整齐齐，一副百无聊赖的样子。

“那边儿有人教英语，是店里请来的先生吗？”我一面付钱一面问道。领班望着门口来往的人群，神情不屑地说：“什么？哪儿是请来的！每天晚上都来，然后就在这儿教英语。听说是个老掉牙的英语教师，没人雇他，大概是闲得慌才跑这儿来的吧。叫一杯咖啡，就在这儿泡一个晚上，谁稀罕啊！”

听了这话，我脑子里蓦地浮现出毛利先生那不为人知的哀求的眼神。啊，毛利先生。我仿佛现在才明白——才理解先生那高尚的人格。世上如有天生的教育家，那先生就是。对先生来说，教授英语如同呼吸空气，是一刻都不能间断的。如果强令停止，就会像植物失水，先生那旺盛的精力即刻就会枯萎掉的。是教英语的旨趣，促使他每晚特地跑到咖啡馆来喝上一杯。绝非像领班说的，是为了排遣。尤其我们从前曾经怀疑过先生的诚意，嘲笑他是迫于生计，现在想来，真是大错特错，悔愧难当。说他是为了排遣也罢，迫于生计也罢，世人这种庸俗之见，造成毛利先生多少苦恼！身处这种苦恼之中，先生不改悠然之态，依然是那条紫领带和小礼帽，比堂·吉诃德还勇敢，还坚定地翻译下去。但是，先生仍不免痛苦，眼里闪现出向他的学生——或不妨说，向他面对的整个社会——乞求同情的神色。

刹那间，感慨万千，不知是该哭还是该笑。我把脸埋在大衣领里，匆匆走出咖啡馆。而身后，毛利先生还在那亮得发出寒光的灯下——幸好没有其他客人，依然扯着那不变的尖嗓门儿，热心地给几多侍者讲授英语。

“代替名词的词，就叫代词。是吧？代词，明白了吗……”

大正七年（1918）十二月

疑惑

说起来，事情距今已有十多年了。一年春天，我应邀去讲实践伦理学，在岐阜县的大垣镇，前后逗留了一个星期。地方上一些热心人士，他们的盛情款待，常令人受之有愧，我向来感到发怵。所以此次，便事先致函接待我的教育家协会，希望对迎送、宴请、观光，以及借讲演的名头，白白耗费时间一类的事，一概敬谢不敏，这样一来，大概当地很快便风传，说我是个怪人。不久我到了该地，由于协会会长大垣镇镇长的斡旋，一切安排不仅如我所愿，就连住宿也特意避开客店旅馆，住到镇上一户世家N氏清幽的山庄。下面要讲的，就是那次逗留期间，在别墅里偶然听到的一桩惨剧的始末。

别墅坐落在巨鹿城关，远离花街柳巷。尤其八叠席大小的起居室，是书院式格局，只可惜光线不大好。不过，隔扇和拉门倒颇具雅趣，果然是个安静的所在。别墅里一对看门的夫妇照顾我的起居，没事儿时，他们总待在厨房里。所以，这间八叠席大小的昏暗房间，没有一点人气儿，异常冷清。玉兰花枝低垂在花岗岩洗手钵上，不时飘落几朵白花，四周静得连落花的声音都清晰可闻。我只是每天上午去讲课，下午和晚上就待在房里，日子过得极是清静。除了几本参考书和皮包里的换洗衣物，别无长物，不免时时有荒院孤寂之感，愈觉春寒料峭。

虽说如此，下午也偶有客来，正可解闷儿，所以，倒也不觉得太过寂寞。可是，一旦点上那盏古色古香的竹筒灯，活生生的人间世界，顿时全部凝缩在我周围——那微弱灯光所及的地方。然而，我丝毫不觉得周围有什么安全感。身后的壁龛里，庄重地摆着一个没插花的铜瓶。上面挂了一幅奇怪的杨柳观音像，装裱在发黑的织锦缎上，墨色模糊，难以辨认。有时看着书，偶尔抬起眼睛，回头望见那幅陈旧的佛像，总觉得闻到一阵阵线香味儿，其实，压根儿就没点什么香。房间里笼罩着寺庙般的静寂，所以我常睡得很早。可是上了床，总又难以入眠。挡雨板外，夜鸟的声音忽远忽近，不断吵扰着我。听着鸟声，心里展现出住处上面的天主阁。白天望过去，总是这样一副光景：天主阁的三层白墙掩映在蓊郁的松林里，飞檐的上空有数不清的乌鸦凌乱地盘旋飞舞。——不知不觉，迷迷糊糊睡了过去，却仍感到心底荡漾着似水春寒。

于是，有天夜里——演讲的时期已快结束。我照常盘腿坐在灯前，漫不经心地看书。突然，挨着隔壁房间的拉门，静静地开了，静得有些瘆人。本来，我下意识在盼着别墅的守门人来，等察觉到门打开的工夫，心想，正可央他把刚写好的明信片寄出去。无意中朝那边瞥了一眼，门边昏暗的光线下，端坐着一个四十来岁的男子，我从未见过。说实话，那一瞬间，与其说是惊愕，不如说，不由自主地感到一种神秘的恐怖。而那男子，也确有吓人之处：浑身罩在模糊的光影中，简直形同幽灵。这时两人目光相遇，他按老式规矩，高高支起两肘，恭敬地低下头，呆板地寒暄。声音比想象的要年轻：

“这么晚，还在您百忙之中来打扰，实在抱歉得很。但有点事想求先生，便顾不上失礼，冒昧前来。”

我这才从惊愕中恢复镇静，趁他说明来意的工夫，开始从容地打量来人。他额头挺宽，两颊消瘦，眼睛灵动，与年龄不大相称，头发已经半白，人很斯文。和服上虽然没印家徽，但穿着外褂和裙裤，倒也不寒酸，而且膝盖前还端端正正摆着一把扇子。猛然间，我发现他左手少一指，这一下又刺激了我的神经。目光不由得赶紧躲开那只手。

“请问有何贵干？”

我合上正读的书，冷冷问道。不用说，对他的唐突到访，既感意外，也很恼火。而且，别墅的守门人对有客来，竟不通报一声，也让我有些讶异。可来人并不在意我的冷淡，再次头抵席子，依旧照本宣科似的说：

“没来得及奉告，我叫中村玄道，先生的讲座每天都去听，当然了，那么多人里，恐怕先生未必记得我。今晚也算是我们的缘分吧，今后还请先生多多指教。”

总算明白了他的来意。但清静的夜读被打断，心中仍感不快。

“这么说，是对我的演讲有什么疑问吗？”

与此同时，心里已拟好颇为得体的下文，准备将他挡回去：

“有问题，请明天课堂上再提吧。”可是，对方表情纹丝不改，视线始终落在膝盖上。

“不，不是有问题。我没什么问题，只想就自己的行为和对善恶的判断，请教先生。现在算来，大约在二十多年前，发生一件意想不到的事，结果我连自己都弄不明白自己了。因此，想请教您这位伦理学界的大家，一切谅自会有分晓：所以，今晚冒昧造访，还望先生见谅。在下的遭遇虽说乏味，可否烦请先生一听？”

如何回答，我多少有些踌躇：诚然，从专业来讲，我的确是个伦理学家，但是，很可惜，我不是那种机灵的主儿，能活用专业知识，随机应变，当即解决眼前的实际问题，从来不敢自负有这种本事。对我的犹豫不决，对方大概早已察觉，抬起一直落在膝盖上的视线，胆怯地看着我的脸色，声音比刚才自然多了，恭敬地恳求说：

“当然，我不勉强先生，非给出一个正确的论断不可。只是我已到了这个年纪，常年为这事所困扰，哪怕向先生诉说一下我的痛苦，对自己多少也是一个慰藉。”

给他这么一说，出于情理，也该听一听这陌生人的话。但同时，一种不祥的预感和一份模糊的责任，沉甸甸地压上了心头。我一心想拂去这种不安，便故作轻松，隔着昏黄灯火，招呼他靠近些：

“好吧，那就听你讲述吧：不过，听完后，能否谈出什么意见供足下参考，就另当别论了。”

“哪里，只要先生肯听，就已足矣。”

这个自称中村玄道的人，用那缺了一指的手，拿起席上的扇子，不时抬眼偷偷看我一下，不如说是偷偷看一眼墙上的杨柳观音，声音仍是那么平板忧郁，断断续续讲了起来。

事情发生在明治二十四年（1891）。您知道，明治二十四年，正是浓尾大地震的那年。打那以后，大垣完全变了样。当时，镇上有两所小学，一所是藩主建的，另一所是镇上修的。我在藩主建的那所K小学就职。在此前的两三年，我以第一名的成绩毕业于县师范学校，稍后又得到校长格外器重，年纪轻轻，每月就拿到十五元的高薪。现下的十五元月薪可能是捉襟见肘的，可二十多年前，虽说不上富裕，可也衣食无忧了。在同事中，不论哪方面我都是众人称羡的对象。

家里上无老下无小，只有妻子一人，刚结婚还不到两年。妻子是校长的远亲，从小离开父母，嫁我之前，校长夫妇一直当作亲生女儿一样抚养。她的名字叫小夜，这话或许不该我来说，她非常柔顺，爱害羞，而且话也不多，总像一片淡淡的影子，似乎生来就苦命。像我们这样的夫妇，虽说没什么大喜大乐之事，日子也还过得安稳。

然而发生了那场地震——我怎么也忘不了，十月二十八日，大概是早上七点多吧。我正在井边刷牙，妻子在厨房盛饭。——之后房子就倒了。就那么一两分钟的事儿，宛如狂风般响起了骇人的地鸣，转瞬之间房子就倒塌，只见瓦片纷飞。没等我回过神来，就被突然落下的房檐压在下面，我拼命挣扎，随着不知从哪儿涌来的震波摇摆着，好不容易从暴土扬烟的房檐下爬出来，一看我家的房顶，就连屋瓦上的杂草。也被压扁了。

那时我的心情，说不出是惊恐还是慌张，总之，失魂落魄，只管瘫坐在地上。仿佛在暴风雨的大海上，前后左右，满眼是坍塌的屋顶，地鸣声，屋梁砸下声，树木折断声，墙壁倒塌声，还有数以千计的人四处逃窜的惊叫声，我茫然听着这些杂然交织在一起的声音。蓦地，发现对面房檐下有个东西在动，我猛地跳起来，恍如刚从噩梦中惊醒似的，嘴里大声喊着，立刻奔了过去。我妻子小夜下半身压在屋檐下，正痛苦地挣扎着。

我抓住她手，拼命去拉，想把她肩膀扶直，但压在身上的房梁，纹丝不动。惊惶失措中，我搬开一块块檐板，不停地给妻子打气："要挺住！"难道这仅仅是对妻子说吗？或许也是鼓励自己吧？小夜说："太难受了。"还说，"快想想办法呀。"用不着我给她打气，她面无血色，拼命想挪开房梁。那时，我见妻子两手染满鲜血，连指甲都看不出来了，颤巍巍地摸索着房梁，那情景，至今还留在我痛苦的记忆中，历历如在眼前。

过了很长很长时间——我突然发觉，不知从哪儿冒出滚滚的黑烟，刮过房顶，扑面而来，熏得我透不过气。与此同时，浓烟那方发出猛烈的爆裂声，火星像金粉一样，噼里啪啦，在空中飞舞。我发疯似的抓住妻子，再次拼命想把她从房梁下拽出来。可妻子的下半身不见挪动分毫。我全身笼罩在浓烟里，一条腿跪在房檐上，和妻子说了些话。说了什么呢？我想您会这么问。您一定会问的，可我真的什么也记不得了。唯一记得的是，妻子血淋淋的手紧紧抓住我的胳膊，嘴里叫着我。我望着妻子的脸——没有任何表情，只有眼睛睁得老大，神情好恐怖。紧接着，不光是烟，火势挟着火星猛袭过来，呛得我头晕眼花。我心想，这下完了。妻子会给活活烧死的。活活烧死？我握着妻子血淋淋的手，大声喊着什么。妻子也反复叫我。她对我的呼唤，当时在我听来，含有无穷的意义，无尽的感情。活活烧死？要活活给烧死吗？这回我又喊了起来。记得像是说："那就死吧！"似乎还说了句："我也一起死！"我没意识到自己在喊什么，这工夫顺手捡起一块掉在地上的瓦片，砸向妻子脑袋，一下又一下。

以后的事，任凭先生想象好了。我一个人活了下来。整个镇子笼罩着浓烟和烈火，家家的屋顶像小山一样，堵塞了街道，我死里逃生，好歹捡回一条命：这到底是幸还是不幸？我什么都弄不清了。那天晚上，依旧燃烧的火光照亮了黑暗的夜空。在倒塌的校舍外，我和一两个同事待在地震棚里，眼望着火光，手里攥着刚做的饭团儿，禁不住泪流不止，我至今都忘不了。

中村玄道沉默了半晌，胆怯的目光盯着席子。在空旷的房间里，突然听到这一席话，更觉得春寒沁到了脖颈，我连一句话都说不出来。

房间里只有灯芯吸油的嗞滋声，还有桌上怀表的滴答声。细听之下，似乎壁龛里的杨柳观音也动了动，轻轻叹息了一下。

我抬起怯怯的目光，打量着悄然坐在对面的男子。那声叹息是他发出的吧？要么是我？——没等我想明白，中村玄道又慢慢低声说了起来。

不用说，妻子遇难，我悲痛不已。不仅如此，有时在校长和同僚的亲切慰问下，还会不顾脸面地当众落下泪来。唯有在地震中，致妻死命这件事，竟不敢漏一点口风。

“与其活活给烧死，不如我动手送她走吧。”——这事要是说出来，准会把我送进班房。不，兴许反倒会有许多人同情我。每次刚要出口，却不知怎么回事儿，喉咙像给堵住似的，话到嘴边，竟连一个字都说不出来。

全因我当时太胆小了。其实，还不仅仅是卑怯，还有更深一层的原因。这个原因，直至我准备再婚，正要重新开始新生活时，自己都毫无察觉。等我明白过来，才知道自己在精神上，完全是个可怜的失败者，已经没有资格再过正常人的生活了。

提再婚这事的，是形同小夜父母的校长。我知道，这纯粹是为我着想。实际上，那时地震刚过一年多，校长正式提出之前，私下里不止一次探过我的口风。可是听了校长的话，颇感意外的是，对方正好是你现在下榻的N家的二女儿。当时，我除学校的课程外，还兼做家庭教师，她恰巧是我教过的一个四年级生的姐姐。不用说，一开始我回绝了这门婚事。首先，身为教员的我和富绅N家门不当户不对。再说，我一个家庭教师，保不准会无端遭人猜忌，说婚前有什么不清不白的事，那就太没意思了。而且，我不起劲的另一个理由是，去者日已疏，虽不像当初那么铭心刻骨，可我亲手打死小夜的情景，仍像彗星的尾巴一样，还依稀纠缠着我。

校长得知我的心意，便摆出种种理由，耐心劝我，说我年纪轻轻，往后过独身生活，会困难重重。何况这桩婚事是对方提出来的，他又亲自做媒，别人不会有什么闲话。再者，平日我一直想到东京求学，结了婚，这事就好办了。给校长这样一说，我不好再固执己见，一口回绝。听说姑娘人长得不错，尤其让您见笑的是，对方偌大的家产也叫人没了主意，禁不住校长的再三劝说，我渐渐动了心，便说：“让我再好好考虑考虑。好歹过了今年再说吧。”转年，明治二十六年初夏，万事齐备，只等秋天办喜事了。

就在一切已成定局时，不知为什么，我反而闷闷不乐起来，干什么都无精打采的，连自己都觉得奇怪。比方说在学校里，我总是靠在桌子上发呆，胡思乱想，常常连提示上课的拍板声都没听见。要说为什么事担心，连自己也说不清。只是觉得，脑子里像有个齿轮没合上齿——而且，没合上齿的那面，隐藏着一个秘密，超出我的认识力，令人极为不快。

这情况大约持续了两个来月。就在暑假期间，一天傍晚，我出去散步，顺便到本愿寺僧舍后街的书店看看，店前摊上，有五六本当时颇获好评的《风俗画报》，同《夜窗鬼谈》《月耕漫画》摆在一起，封面还是石版印刷的。于是，我站在店前，随手拿起一本《风俗画报》，封面是倒塌的房屋和火灾的情景，标题是两行大字：“明治二十四年十一月三十日发行，十月二十八日震灾新闻”。一看之下，我的心狂跳不已。耳边好像有人幸灾乐祸地说：“是的，是的！”店内还没点灯，借着昏暗的光线，我慌忙翻开封面。首先映入眼帘的是一家老小压屋梁下惨死的画面。接着，是小女孩两腿陷在断裂的地里，即将被吞没的情景。不用再一一列举了，那本《风俗画报》，再次向我展现出两年前大地震的惨象。长良川铁桥塌陷图、尾张纺织公司毁灭图、第三师团官兵尸体发掘图、爱知医院伤员救护图——一张张凄惨的照片，又勾起我那该死的记忆。我的眼睛湿润了，身体颤抖起来。那种感情，说不清是痛苦还是快意，震撼着我的神经，莫知取舍。等到最后一个画面呈现在眼前时——我的惊愕，直到今日还清清楚楚烙印在心上。画面上是一个女人，给落下的房梁砸在腰部，痛苦地扭动着身躯。横梁那头，黑烟滚滚而来，吐出红红的火焰。这若不是我妻子，能是谁？不是我妻子临终的场面又能是什么？手里的画报差点儿掉到地上，我险些儿喊出声来。就在那一刻，更把我倒吓一跳的是，周围突然大亮，一股像着火似的烟味儿扑鼻而来。我强自镇定，放下画报，惊恐地朝店内扫了一眼。店里，小伙计刚点上吊灯，正把还燃着的火柴棒扔在暮色的街道上。

从此以后，我变得更加忧郁了。以前，只是感到一种莫名的不安在胁迫我，嗣后，一种疑惑便在我脑中盘旋，不分昼夜地苛责我，折磨我。想的是，大地震中杀妻，难道真是万不得已吗？——说得再明白些，我对妻子，莫非早就起了杀心？只不过大地震给了我机会也未可知。——这正是我所疑惑的。对这种疑惑，我不知有多少次想断然否定："不是的，不是的！"可在书店里，却有个声音在耳边低语："是的，是的！"每当这时，那声音就会嘲弄地逼问我："那么杀妻的事，为什么不敢说呀？"一想到那件事，我心里必定会咯噔一下。啊，杀了就杀了，为什么不敢承认呢？那么可怕的事儿，做都做了，为什么讳莫如深，一直隐瞒到如今？

这时，我记忆里，鲜明地浮现出一件可怕的事实：我当时心里正恨我妻子小夜。如果怕难为情不说，您会莫名其妙。我妻子是个不幸的女人，她身体有缺陷（下略八十二行）……直到那时，虽说我有过动摇，可我相信，我的道德感毕竟战胜了一切。然而，发生了大地震那样的天灾人祸，一切社会的约束暂时都隐遁消失，我的道德感怎么会不随之产生裂缝呢？我的利己心怎么能不像火焰般腾然而起呢？我没法儿不疑惑，杀她，不正是想杀才杀的吗？我愈来愈忧郁了，真是天数。

不过，我又为自己开脱：“在当时那种场合，即使我不动手，她也准会活活被火烧死。这样看来，我动手并不能说就是我的罪过。”可是，有一天，节令已从盛夏转入残暑，学校已开学，我和其他教员在教员室里围桌喝茶，随便闲聊。不知什么工夫，话题又落到两年前那场大地震上。只有我充耳不闻，缄口不言——什么本愿寺僧舍的房梁掉落啦，栈桥的堤坝震塌啦，俵町的马路裂开啦，等等，左一件右一件越说越起劲。后来一个教员讲了一件事：中街一家叫备后屋酒馆的老板娘给压在房梁下面，身子动弹不了，这时火烧了起来，多亏把房梁烧断了，才捡回一条命。听了这话，我突然眼前一黑，一时间好像连呼吸都停止了似的，完全失去了知觉。等我苏醒过来，看到同事们都围在我跟前。当时他们见我脸色忽地一变，连人带椅子都快要一起倒下，忙乎起来，又是喂水，又是拿药的，正乱作一团。可是我根本顾不上向他们道谢，满脑子都是那可怕的疑团。我岂不是成心杀妻吗？虽说给压在房梁下，我难道不是怕她万一得救，才动手打死她的吗？要是当时不这么做，她也许会像备后屋的老板娘那样，碰运气而死里逃生。我是那么无情，竟用瓦片把她砸死了。——想到这里，我的那份痛苦，唯有请先生明鉴了。悲苦之中，我拿定主意，N家的婚事，决心推掉，以减却自己几分罪孽。

但是，眼看要办喜事了，好不容易下的决心，却因不能断然作一处置，反又退缩了。大喜的日子愈来愈近，到了这节骨眼上，突然提出解除婚约，势必得和盘托出地震时杀妻事，说出至今藏在心底的苦闷。我这人一向谨小慎微，一旦到了紧要关头，不论如何鞭策自己，也拿不出勇气去决然行动。我一直责备自己不中用。但说归说，却没任何行动。残暑已过，又逢晓寒，洞房花烛之日，终于近在跟前。

那时。我已很少开口说话，人变得极其消沉。不止一两个同事劝我，把婚期往后拖一拖。校长也再三劝我，去看看大夫。对众人的关切，哪怕表面上敷衍一下也好，说我会注意健康，可我竟连这点儿气力都没有。而且，利用大家的担心，假装抱病，拖延婚期，现在想想，真觉得没出息。另一方面，N家的主人还误以为我之所以消沉，是长期独身的缘故，几次三番催我早日完婚。日子虽不是同一天，月份恰在两年前发生大地震的十月里，婚礼终于在N家的正宅举行。连日来，我心力交瘁，穿着新郎礼服，让人引入围着金色屏风、富丽堂皇的大厅时，心里对今日的自己，真不知有多么羞愧呀！甚至觉得自己简直像个恶棍，要避人耳目，去做罪大恶极的勾当。不，不对！我简直就不是人，实在是个隐瞒的杀人犯，是个要把N家的女儿连同财产一起盗走的大坏蛋。我脸发烫，胸口越来越难受。要是可能，我真想当场把杀妻的罪恶照实供认出来。这念头，仿佛狂风暴雨，在脑中激烈翻滚。这时，我座位前的席子上，梦幻般出现一双雪白的夹布袜。接着，看到和服下摆上绘的花样，霞光缭绕的波浪之上，隐约可见松柏与仙鹤。再后来，金线织的锦缎腰带，荷包上的银锁，白色的衣领，依次看上去，直到高岛田发髻，上插沉甸甸、亮光光的玳瑁梳和簪子映入眼帘时，一种身陷绝境的恐惧，逼得我快透不出气来，不禁双手伏地，声嘶力竭地喊道：“我是凶手！罪大恶极的凶手！”……

中村玄道讲完后，盯着我的脸看了一会儿，嘴角勉强挤出一丝笑容：“后来的事，就不用再说了。但有一件事应该告诉先生，说来可怜，打那天起，我实实背上了疯子的名声，来了此残生。至于我究竟是不是疯子，一切听凭先生明断吧。不过话又说回来，即便是疯子，使我发疯的，难道不正是潜藏在我们人类心底的怪物吗？只要那个怪物存在，今天嘲笑我为疯子的那些人，明天没准儿也和我一样，会变成疯子。——我是这么想的，不知先生以为如何？”

春寒中，灯火在我和这位阴森的客人之间，依旧闪烁不已。至于他手缺一指的原因，我连问一声的气力都没有，唯有背对着杨柳观音，默然坐在那里。

大正八年（1919）六月

魔术

一个秋雨霏微的夜晚。一辆人力车拉着我，在大森一带的陡坡间，几度爬上爬下，终于停在一处翠竹环绕的小洋房前。门很窄，灰漆已渐剥落，借着车夫打的提灯光，见门首钉的瓷门牌上，用日文写着：印度人马蒂拉穆·米斯拉。大门上只有这块门牌是新的。

说起马蒂拉穆·米斯拉，也许各位并不陌生。米斯拉生于加尔各答，长年致力于印度的独立，是个爱国分子。同时还师从一位著名的婆罗门、名叫哈桑·甘的人，学得一套秘法，年纪轻轻即已成为魔术大师。恰在一个月前，经朋友介绍，我同米斯拉有了交往，一起谈论过政治经济等问题。至于他变魔术，我却一次都没见过。于是，我事先修书一封，请他献艺，为我演示一番，所以，今晚我催促着人力车夫，急急赶往地处大森尽头、僻静的米斯拉公寓。

我淋着雨，借着车夫提的那盏昏暗的灯，按响了门牌下的门铃。不一会儿，门开处，一个身材矮小的日本老婆婆探出头来。是米斯拉的老女仆。

“米斯拉先生在家吗？”

“在，一直在恭候您呢。”

老阿婆和善可亲，说着随即带我朝门对面米斯拉的房间走去。

“晚上好，下着雨，难为您来寒舍，不胜欢迎。”

米斯拉面孔黝黑，眼睛很大，蓄着一口柔软的胡子。他拧了拧桌上煤油灯的灯芯，精神十足地同我寒暄。

“哪里哪里，但能领教阁下的魔术，些微小雨，何足道哉。”

我在椅子上坐下，四下里打量着，煤油灯昏暗的光线，照得房间更显阴沉。

这是一间简朴的西式房间，正中摆放一张桌子，靠墙有一个大小合用的书架，窗前还有一张茶几，此外，就只有我们坐着的椅子了。而且茶几和椅子都很陈旧，连那块四边绣着红花的漂亮桌布，如今也磨得露出线头，快要破成碎片了。

寒暄过后，有意无意地听着外面雨打竹林的淅沥声。俄顷，老阿婆端来了红茶。米斯拉打开雪茄烟盒，问道：

“如何？来一支？”

“谢谢。

我不客气，拿起一支，划着火柴点上，开口问道：

“供您驱使的那个精灵，好像是叫‘金’吧？那么等会儿我要见识的魔术，也是借助‘金’的力量吗？”

米斯拉自己也点上一支，微微一笑，吐出一口烟，味道颇好闻。

“认为有‘金’这类精灵存在，是数百年前的想法，也可以说是天方夜谭时代的神话。我师从哈桑·甘学到的魔术，您如果想学，也不难掌握。其实，不外乎是一种进步了的催眠术而已。——您看，手只要这么一比画就行了。”

米斯拉举起手，在我眼前比画了两三次，像是三角形的形状，然后把手放在桌上，竟然摘起一朵绣在桌布边上的红花。我大吃一惊，不由得把椅子挪近些，仔细端详那朵花，果然不错，直到方才，那花还是桌布图案中的一朵：米斯拉将花送到我鼻前，我甚至嗅到一股麝香似的浓郁气味。这委实太不可思议了，令我惊叹不已。米斯拉依然微微笑着，信手把花又放回桌布上。不用说，花一落到桌布上，又还原为原先绣成的图案，别说摘下来，就连一片花瓣也休想能拨动一下。

“怎么样，很简单吧？这回请看这盏油灯。”

米斯拉说着，把桌上的油灯稍稍挪动一下位置，也不知什么缘故，这一挪动，油灯竟像陀螺一样，滴溜溜地转了起来。油灯稳稳停住后，以灯罩为轴，猛转起来。开头，我很担心，生怕万一着火，可不得了，一直捏着把汗。但是，米斯拉却悠然啜着红茶，一点儿也不着慌。后来，我也索性壮起了胆，定睛注视着愈转愈快的油灯。

灯罩旋转时，生出一股风来，那黄黄的火焰，竟照燃不误而又纹丝不动，真蔚为奇观，有种说不出的美。这工夫，油灯转得飞快，最后，快得都看不出在转，还以为是透明静止的呢，我忽又发现，油灯不知何时，已恢复原样，好端端的仍在桌上，灯罩不偏不倚，丝毫没有走样。

“奇怪吗？骗骗小孩子的玩意儿罢了。如有兴趣，就再请您看点儿别的。”

米斯拉回过头去，望了一眼靠墙的书架，接着，把手伸向书架，像唤人那样，屈了屈手指，于是，书架上的书，一册一册被引出来，自动飞到桌子上。而且那飞法，像夏日黄昏中飞来飞去的蝙蝠，展开两侧书皮，在空中翩翩飞舞。我嘴里衔着雪茄，都看呆了。微暗的油灯光里，一本本书任意飞翔，然后井然有序地一一在桌上堆成金字塔形。可是，等到书架上的书一本不留全部飞过来后，先飞来的那一本立即又启动，依次飞回原书架上。

而最有趣的是，其中一本薄薄的平装书，也像翅膀一样展开书皮，飘飘然腾向空中，在桌上面飞过一圈后，忽然书页沙沙作响，一头栽到我腿上。我不知怎么回事，拿起来一看，是新出的一本法国小说，记得是一周前我刚借给米斯拉的。

“承情借我看了这么久，多谢。”

米斯拉仍然含笑，向我道谢。当然，此时大部分的书，都已从桌上飞回了书架。我恍如大梦初醒，一时忘了客套，却记起方才米斯拉的话：“我的这点魔术，您如想学，也不难掌握。”

“您变魔术的本领，虽说早有所闻，却实在没料到会这么神奇。您方才说，像我这样的人，要学也能学会，该不是开玩笑说说吧？”

“当然能学会。无论谁，不费吹灰之力都能学会。但唯有一点……”米斯拉话说一半，两眼紧紧盯着我，用一种不同以往的认真口吻说：

“唯有一点，人有贪欲，就学不了。想学哈桑·甘的魔术，首先要去除一切私欲，您办得到吗？”

“我想能办到。”

我嘴上答应着，可心里总觉得不踏实，便立刻又补上一句：

“只要您肯传授。”

但米斯拉的眼里，流露出怀疑的神色。恐怕是考虑到，再多叮嘱，会有失礼之嫌，终于落落大方地点头说：

“好吧，我来教您。虽说简单易学，但学起来毕竟要花些时间，今晚就请在舍下留宿吧。”

“实在太打扰了。”

因米斯拉肯教魔术，我十分高兴，连连向他道谢。可米斯拉对此并不在意，平静地从椅子上站起来。

“阿婆，阿婆，今晚客人要留宿，请打点一下床铺。”

我心里非常激动，甚至连烟灰都忘了弹掉，不禁抬眼凝望米斯拉那和蔼可亲的面孔，他正面对油灯，沐浴在一片光亮之下。

我师从米斯拉学魔术，已一月有余。也是一个秋雨潇潇的夜晚，在银座某俱乐部的一间屋内，我和五六个朋友，围坐在火炉前，兴致勃勃地随便闲谈。

也许这里地处东京的市中心，窗外，雨水虽将川流不息的汽车和马车车顶淋得精湿，却不同于大森，听不到雨打竹林那凄清的声音。

当然，窗内的欢声笑语，通亮的灯火，摩洛哥皮的大皮椅，以及光滑锃亮的木块拼花地板，这一切，也决非米斯拉那间看着就像有精灵出没的家可以相比的。

我们笼罩在雪茄的烟雾里，谈起打猎、赛马，然后，其中一个朋友把尚未吸完的雪茄丢进火炉，转向我说：

“听说你近来在学魔术，怎么样？今晚给我们当场变个戏法，露一手，好不好？”

“当然可以。”

我把头靠在椅背上，俨然一副魔术大师的派头，自命不凡地回答。

“那么，一切拜托了。请来个神奇点儿的，要江湖戏法变不出的那种。”

看来大家都很赞同，一个个把椅子挪近，催促似的望着我，于是，我不慌不忙地站了起来。

“请你们仔细看好。我变魔术，既不弄虚，也不作假。”

说着，卷起两手的袖口，从炉火里随便捞起一块炽热的炭火，放在手掌上。这点小把戏，或许已把围在我身边的朋友吓坏了。他们面面相觑，呆呆地凑到我跟前来，又生怕被炭火烫伤，十分惊恐，开始向后退。

而我，反倒愈发镇定自若，慢慢把掌心上的炭火在所有人面前挨个展示一番，接着，猛地抛向拼花地板，炭火激散开来。刹那间，地板上骤然响起一种不同的雨声，盖过了窗外的淅沥声。那通红的炭火，在离开我掌心的同时，变成无数光彩夺目的金币，雨点似的洒向地板。

几个朋友都茫茫然如在梦中，竟忘了喝彩。

“就先献丑，来这么一点儿小把戏吧。”

我面露得色，慢条斯理地坐回椅子上。

“这些，全都是真的金币吗？”

他们一个个惊得目瞪口呆，好不容易有个朋友开口问我，那已是五分钟后的事了。

“地地道道的真金币。不信，可捡起来看看。”

“不会烫伤吧？”

一位朋友小心翼翼地从地板上捡起一枚金币，察看起来。

“一点儿不错，是真金币哩。喂，茶房，拿扫帚和簸箕来，把这些金币扫成一堆。”

茶房马上照办，把地上的金币扫到一起，在旁边的桌子上堆成一座小山。几个朋友围着桌子，你一言我一语，对这魔术赞不绝口。

“看起来，总值二十来万圆吧。”

“哪里，似乎还要多。要是堆在精巧细致的桌上，我看足可以把桌子压垮呢。”

“不管怎么说，你学的这一手魔术，可真了不起呀。顷刻之间，黑炭变金币了。”

“这样下去，不上一个星期，你就足以同岩崎啦，三井啦，抗衡争长，俨然百万富翁啦。”

我依旧靠在椅子上，悠悠然口吐烟圈，开口道：“哪儿的话。我这手魔术，一旦利欲熏心，就会失去灵验。所以，尽管是堆金币，诸位既然看过，就该马上抛回原来的火炉里去。”

几个朋友一听，便合起来反对。说：“这么一大堆钱，还原为煤炭，岂不可惜。”但是，我和米斯拉有约在先，便固执地和他们争执起来，非要把金币回炉不可。这时，有一位狡猾朋友，不屑地讪笑道：

“你要把金币还原为煤炭，而我们不肯。这样争论下去，还用说，永远没个完。依我之见，不妨用这堆金币做赌本，咱们来玩纸牌。你赢了，这堆金币，随你的便，变回煤炭也好，别的也好，爱怎么处理就怎么处理。一旦是我们赢，这堆金币就得乖乖儿地归我们。这样一来，两头摆平，不是皆大欢喜了吗？”

对这个建议，我仍然摇头，不肯轻易表示赞同。然而，这位朋友愈发连讥带讽，看看我，看看桌上的金币，狡黠地来回打量着，说：

“你不肯玩纸牌，恐怕是不愿让我们几个得好处吧？还说什么变魔术，要舍弃欲望啦。如此说来，你下的这份决心，岂不是大可怀疑吗？”

“不不不，我不是舍不得给你们，才要把这堆金币变回煤炭的。”

“那好，咱们就玩牌吧。”

这样三番五次，争来争去，我给逼得左右为难，最后只得照朋友的办法，把桌上的金币做赌本，和他们在牌桌上一争胜负。他们当然是兴高采烈，马上取来一副牌，围着屋角的一张牌桌，“快点快点”，一再催促仍在犹豫的我。

于是，万般无奈之下，只得和他们勉强对局。但不知怎么回事，我平时玩牌一向手气不佳，唯独那天晚上，却大赢特赢，令人难以置信。而且，更奇怪的是，开头我并无兴致，渐渐觉得有意思起来，没过十分钟，就忘乎所以，竟玩得着了迷。

他们几位原打算把我那堆金币一个不留，分个精光，才故意安排一场牌局，可如今这么一来，一个个都急得变了脸，不顾一切，也要争个输赢。但是，不论他们如何拼命，我不仅一次没输，末了反而还赢了一大笔，差不多有这堆金币那么多。于是，方才那位诡计多端的朋友，像疯子一样，气势汹汹地把牌伸到我面前，嚷道：

“来吧，抽一张。我拿全部财产做赌注。地产、房产、马车、汽车，倾其所有，同你赌一把。而你，除了那堆金币，还要加上刚才赢的，统统都押上！”

刹那间，心中的欲望抬头了。这次要是不走运，不但桌上堆积如山的金币，甚至连我好不容易赢到手的钱，最后都会让这几个对家悉数掠走。但是，这一把倘若能赢，对方的全部财产，转手便统统归我所有。在这千钧一发之际，如不将幻术借来一用，那苦学又有何意义！这样一想，我迫不及待，暗中使了一下魔法，以决一死战之慨说：

“好吧。你先请。”

“九点。”

“老K。”

我得胜而骄，叫着把抽出的牌，送到脸色发青的对方面前。然而，奇怪的是，牌上的老K像是附了魂，抬起戴冠的脑袋，忽然从牌里探出身子，拿着宝剑，彬彬有礼地一咧嘴，露出瘆人的微笑，用一种仿佛耳熟的声音说：

“阿婆，阿婆，客人要走啦，床铺不必准备啦。”

话音一落，不知何故，连窗外的骤雨，都突然变成大森竹林间那凄清的潇潇细雨了。

猛然间我清醒过来，环视四周，发觉自己依旧与米斯拉相对而坐，他沐浴在煤油灯微暗的光亮之下，脸上露着宛如纸牌上老K一样的微笑。

再看夹在指间的雪茄，长长的烟灰仍未掉落，终于恍然，所谓一个月之后，只不过是两三分钟内的一场幻梦。但这短暂的两三分钟里，无论是我，还是米斯拉，都已清清楚楚地明白，我这个人，已没资格学哈桑·甘的魔术了。我羞愧地低下了头，有好一阵儿开不得口。

“要想学我的魔术，首先就要舍弃贪欲之心。这点修为，你看来还欠缺一点儿。”

米斯拉露出遗憾的目光，胳膊支在四周绣着红花图案的桌布上，平心静气地劝导着我。

大正八年（1919）十一月十日

舞会

1

时当明治十九年（1886）十一月三日晚，芳龄十七的名门小姐明子，和已见谢顶的父亲，一起登上鹿鸣馆的楼梯，参加今晚在这儿举行的舞会。明亮的瓦斯灯下，宽阔的楼梯两侧，是三道菊花围成的花篱，菊花大得像是人造的假花。最里层是浅红，中间深黄，前面雪白，白花瓣像流苏一样错落有致。菊篱的尽头，台阶上面的舞厅里，欢快的管弦乐声，仿佛是难以抑制的幸福的低吟，片刻不停地飘荡过来。

明子很早就学会法语，受过舞蹈训练，但正式参加舞会，今晚还是有生以来头一回。所以在马车里，回答父亲不时提出的问话，总是心不在焉。她心里七上八下，也可以说，兴奋之中带点儿紧张。直到马车停在鹿鸣馆前，她心情焦急，已不知有多少次抬眼望窗外，瞧着东京街头灯火稀疏，一闪而过。

可是，刚进鹿鸣馆，就遇到一件事儿，倒让她忘了不安。楼梯上到一半，赶上一位比他们捷足一步的中国高官。这位高官闪开肥胖的身躯，让他们父女先过，眼睛痴痴地望着明子。明子一身玫瑰色的礼服，显得娇艳欲滴。脖子上系一条淡蓝色丝带，浓密的秀发里，仅别了一朵玫瑰花，散发出阵阵幽香——不用说，那夜，明子的风姿，把文明开化后日本少女的美，展示得风风光光，准是让那个拖着长辫子的中国高官看得目瞪口呆。这时，又有一位身着燕尾服，匆匆下楼的年轻日本人擦身而过，他下意识地回过头来，同样愕然地向明子背影投去一瞥。随即若有所思地用手理了一下白领带，从菊花丛中朝大门口匆匆走去。

父女两人走上楼。在二层舞厅门前，蓄着半白络腮胡子的东道主，法国伯爵，胸佩多枚勋章，同一身路易十五时代装束的老伯爵夫人，相并伫立，雍容高雅，迎接着陆续到来的宾客。伯爵看到明子，那张老谋深算的脸上，刹那间掠过一丝毫无邪念的惊艳之色。就连这，也没能逃过明子的眼睛。明子那为人随和的父亲，面带笑容，高兴地用三言两语，把女儿介绍给伯爵夫妇。明子半是娇羞，半是得意，但同时，也觉察出权势显赫的伯爵夫人，容貌里仍存留那么一点俗气。

舞厅里，也到处是盛开的菊花，美不胜收。而且，无处不是等候邀舞的名媛贵妇，她们身上的花边、佩花和象牙扇，在爽适的香水味里，宛如无声的波浪在翻涌。明子很快离开父亲，走到艳丽的妇人堆里。这一小堆人，都是同龄少女，穿着同样淡蓝色或玫瑰色的晚服。她们迎接她，像小鸟般叽叽喳喳，交口称赞她今晚的迷人风姿。

可是，同她们刚待在一起，便不知从哪儿，缓步走来一个从未见过面的法国海军军官。军官双手低垂，彬彬有礼，作一日本式的鞠躬。明子感到一抹红云悄悄爬上了粉颊。这鞠躬的意思，不用问，她也明白。于是便回过头，把手中扇子托交站在一旁、穿淡蓝色礼服的少女。出乎意料的是，海军军官脸上浮出一丝笑意，竟用一种带异样口音的日语，清楚地说道：

“能不能赏光跳一回舞？”

很快，明子和法国海军军官踩着《蓝色多瑙河》的节拍，跳起了华尔兹。军官的脸色给烈日晒得黧黑，他相貌端正，轮廓分明，胡须很浓重。明子把戴着长手套的手，搭在舞伴军服的左肩上，只是她个子太矮了点。早已熟悉这种场面的海军军官，巧妙地带着她，在人群中迈着轻松的舞步。还不时在她耳畔，用惹人喜欢的法语，说些赞美之词。

明子对这些温文尔雅的话语，报以一丝羞涩的微笑，一边不时把目光投向舞厅的四周。紫色绉绸的帷幔印着皇室的纹徽，大清帝国的国旗画着张牙舞爪的青龙；在帷幔和旗帜之下，一瓶瓶菊花，在起伏的人海中，时而露出明快的银色，时而透出沉郁的金色。然而，人潮起伏，像香槟酒一样欢腾，在德意志管弦乐曲华丽的诱惑下，一刻不停地回旋，令人眼花缭乱。明子与曼舞过来的女友目光相遇，遽忙之中，互送一个愉快的眼风。就在这一瞬间，另一对舞伴，像狂飞的大蛾，不知从哪儿现身出来。

明子知道，这期间，法国海军军官的眼睛，一直在关注自己的一举一动。这意味着，一个全然不了解日本的外国人，对她陶醉于跳舞感到好奇。这么漂亮的小姐，难道也会像玩偶一样，住在纸糊竹编的屋里吗？难道也会从只有掌心般大的青花碗里，用精细的金属筷子，夹着米粒吃饭吗？——军官眼中含着讨人喜欢的笑意，但又时时闪过这样的疑问。明子觉得又好笑，又得意。每逢对方把好奇的视线投在自己的脚下时，她那双别致的玫瑰色舞鞋，就在平滑的地板上愈发轻快地滑着、舞着。

但不久，军官感到，这个猫咪似的姑娘已不胜疲乏，便怜惜地凝视着她的面庞问：

“还想接着跳吗？”

“Non，merci.（不，谢谢。）”

明子喘息着，坦然答道。

于是，法国海军军官一边轻迈着华尔兹舞步，带她穿过摇摆着的蕾丝花边和花海人流，从容地移向墙边的一瓶瓶菊花。等转完最后一圈，漂亮地把她安顿在一把椅子上，自己挺了挺军服下的胸膛，然后一如先前，恭敬如仪，行一日本式的鞠躬。

后来，他们又跳过波尔卡和马祖卡。然后，明子挽着法国海军军官，经过白的、黄的、淡红的三层菊篱，朝楼下的大厅走去。

这里，燕尾服和香肩云鬓不停地来来去去，摆满银器和玻璃器皿的大台子上，有堆积成山的肉食和松露，有高耸似塔的三明治和冰激凌，有筑成金字塔似的蕃石榴和无花果。尤其屋子一侧，尚未被菊花湮没的墙上，有一架美丽的黄金格栅，格栅上面葱绿的葡萄藤攀缠得巧夺天工。明子在金格栅前，见到了略见谢顶的父亲，他口衔雪茄，站在一班年龄相仿的绅士中间。看到明子，父亲满意地略点下头，便转向同伴，又吸起了雪茄。

法国海军军官和明子走到一张桌台前，同时拿起盛冰激凌的匙子。明子发觉，即使这工夫，对方的视线仍不时落在她的手上，秀发上，以及系着淡蓝丝带的脖子上。当然，对她来说，绝不会引起什么不愉快的感觉，不过，有那么一瞬，某种女性的疑惑，仍不免闪过脑际。恰在这时，有两个身着黑丝绒礼服，胸前别着红茶花的德国妙龄女郎经过身旁，她有意透露自己的疑惑，便自作聪敏地感叹说：

“西方的女子，真是美得很呀！”不料，海军军官闻言，认真地摇了摇头。

“日本的女子也很美。特别是像小姐您这样……”

“哪儿的话。”

“不，这绝不是恭维话。以您现在这身装束，就完全可以出席巴黎的舞会，而且会艳惊四座。您就像瓦托（Antoine Watteau，法国画家，1684—1721）画上的公主一样。”

明子并不知道瓦托其人。因此，海军军官的话所唤起的她对美好往昔——幽幽的林中喷泉和行将凋谢的玫瑰——的幻想，转瞬之间，便消失得无影无踪。敏感过人的她，一边搅动着冰激凌的小匙，一边不忘另起一个话题：

“我也很想能参加巴黎的舞会呢。”

“其实不必，巴黎的舞会，同这里比，也不过如此。”

海军军官说着，扫视一下桌台周围的人流和菊花，忽然眸子里露出一丝讥讽的微笑，停下搅动冰激凌的匙子。

“岂止巴黎，舞会，哪儿都是一样的。”他半自语地补上一句。

一小时后，明子和法国海军军官依然挽着手臂，和众多日本人、外国人一起，伫立在舞厅外星月朗照的露台上。

与露台一栏之隔的大庭园里，覆盖着一片针叶林，静谧中，枝叶相交的枝头上，小红灯笼透出点点光亮。清冷的空气中，和着下面庭园里散发出的青苔和落叶的气息，微微飘溢出一缕凄凉的秋意。可就在他们身后的舞厅里，依旧是那些花边和花海，在印着皇室徽记十六瓣菊花的紫绉绸帷幔下，无休止地摇曳摆动着。而高亢的管弦乐，宛如旋风一般，照旧在人海上方，无情地挥舞扬鞭。

当然，露台上也热闹非常，欢声笑语接连划过夜空。尤其当针叶林上的夜空，绽放出绚丽的焰火，几乎所有的人都同时轰然发出赞美。明子站在人群里，和相识的姑娘随意交谈着。俄顷，她察觉到，法国海军军官仍旧让她挽住自己的手臂，默默望着星光灿烂的夜空，觉得似乎触动他的一缕乡愁。明子仰起头，悄然望着他的面孔：

“是不是想起故乡了？”她半撒娇地询问道。

仍是那双满含笑意的眼睛，海军军官静静地转向明子，用孩子般的摇头，代替一声“不”。

“可您好像在想什么哪。”

“那您猜猜看，我想什么呢？”

这时，聚在露台上的人群里，又像起风一样，掀起一阵躁动。明子和海军军官心照不宣，停止了交谈，眼睛望向庭园里压在针叶林上的夜空。红的焰火，蓝的焰火，在暗夜中射向四方，转瞬即消弭于无。不知为何，明子觉得那束焰火是那么美，简直美得令人不禁悲从中来。

“我在想焰火的事儿。我们的人生，也好像焰火。”

隔了一会儿，法国海军军官亲切地俯视着明子，用教谕般的口吻说道。

2

大正七年（1918）的秋天，当年的明子去镰仓别墅的途中，于火车里偶然遇见一位仅一面之缘的青年小说家。他正往行李架上放一束菊花，是准备送给镰仓友人的。于是，当年的明子——现在的H老夫人，说：她每当看到菊花，就会想起往事，便把鹿鸣馆舞会的盛况，详详细细讲给了小说家听。听老妇人亲口讲她的回忆，青年小说家自然兴致勃勃。

讲完之后，青年不经意地问H老夫人：

“夫人知道这位法国海军军官的名字吗？”

出乎意料，H老夫人回答道：

“当然知道。他叫Julien Viaud。”

“这么说是Loti了。就是写《菊子夫人》的皮埃尔·洛蒂[1]。”

青年感到愉快和兴奋。H老夫人却讶然看着青年的脸，喃喃地一再说：

“不，他不叫洛蒂。叫于莲·维奥。”

大正八年（1919）十二月

---

1 皮埃尔·洛蒂（Pierre Loti，1850—1923），法国作家。原名Julien Viaud，一八六七年考入海军学校，毕业后服役于海军，开始四十二年之久的海上生涯。几乎每年都有作品问世，写有《菊子夫人》（1887）等四十余部小说。普契尼的《蝴蝶夫人》（1904），故事就脱胎于《菊子夫人》。

南京的基督

1

秋天的一个深夜，南京奇望街一所房子里，有个面色苍白的中国少女，独自靠在破旧的桌旁，手托香腮，百无聊赖，嗑着盘里的瓜子。

桌上灯火幽幽，与其说用来照明，不如说反倒给屋内添了一层忧郁。壁纸几近剥落的角落里，藤床前挂着发出霉味儿的床帷，床上的毛毯露了出来。桌子那头，也有一把旧椅子，好似给遗忘在那儿一样。此外，再也找不出一件摆设来。

她嗑嗑瓜子不时就停下来，抬起一双清亮的眼睛，凝望着桌对面的墙。仔细一看，原来墙上的钉钩上，端端正正挂着一个小小的铜十字架。十字架上，是雕刻稚拙的受难基督，高高伸展着两臂，浮雕的轮廓已经磨损，影影绰绰，依稀映在墙上。每当少女的目光落在耶稣像上，长睫毛下隐含的那份孤寂，似乎一瞬间会了无痕迹，代之以一种天真的希望之光，生动地浮在脸上。而视线一旦移开，必定又会叹息。黑缎子上衣已光泽褪尽，肩头不免沮丧地沉下来，她重又一粒一粒，嗑着盆里的瓜子，打发无聊。

少女名叫宋金花，是一个年方十五的暗门子，迫于生计，夜夜在此接客。秦淮一带暗娼众多，容貌如金花者，比比皆是，可性情温和如金花者，能否找出第二个来，倒是个疑问。金花不同于其他妓女，既不骗人，也不任性，每晚脸上都挂着愉快的微笑，同到访这间阴郁小屋的各种客人周旋。这样，来客偶尔会比讲定的多出几个钱。逢上这种时候，她总是高兴地给相依为命、好喝口酒的父亲多来一杯。

金花的这种品性，当然是出于天性。要说还有什么别的缘由，正如墙上的十字架所示，从儿时起，她就信仰罗马天主教，是已故的母亲领入门的。

——话说今年春天，有个年轻的日本旅行家，来上海看赛马，顺便寻访中国的南边风光，曾在金花的房里有过一夜奇遇。当时，他身着西服，嘴里衔着雪茄，把娇小的金花拥在膝上。不经意间，瞥见墙上的十字架，满脸狐疑地问：

“你是基督徒吗？”用半通不通的汉语问道。

“是呀，我五岁就受洗了。”

“那还做这种事？”

他话里带刺。金花一头乌发靠在他胸前，一如平时爽朗地笑着，露出两颗犬牙。

“要是不做，我们父女都得饿死。”

“你父亲很老吗？”

“嗯，腰都直不起来了。”

“可是——难道你不觉得，干这种营生，进不了天国吗？”

“不。”

金花望了一眼十字架，宛若陷入了沉思。

“我相信，圣父基督的在天之灵，一定能明白我的心思。不然的话，基督跟姚家巷警察局的官老爷，岂不是一回事吗？”

年轻的日本旅行家笑了。从上衣口袋里掏出一对翡翠耳环，亲自给她戴上。

“这是刚买的，本打算带回日本作礼物的，现在送你，算是今晚的纪念。”

自打初次接客，金花就是这个看法，自己也一直心安理得。

然而，一个月前，这位虔诚的私娼，不幸染上了恶性梅毒。她朋友陈山茶，听到这事，便劝她喝鸦片酒，说是止痛很管用。之后，另一个朋友毛迎春，好心好意，特地拿来自己服剩的汞蓝丸和甘汞粉。而金花的病，不知怎么回事，即使不接客，自己关在家里，也丝毫不见好转。

有一天，陈山茶来金花屋里玩儿时，煞有介事地告诉她一个迷信疗法：

“你这病是客人传给你的，趁早再传给别人。这样一来，要不了两三天准好。”

金花托着腮，仍不改满面愁云。可山茶的话，也多少引起她的好奇：

“真的吗？”她轻声问道。

“真的，那还有假。我姐姐也跟你一样，得了这病怎么也不见好。可传给客人后，立马就好了。”

“那客人怎么样了？”

“怪可怜的，听说连眼睛都瞎了。”

山茶离开后，金花跪在墙上的十字架前，仰望着受难的基督，一心一意地祷告。

“圣父在天之灵。为了奉养家父，我才做这种下贱营生。可我做的事，我自己担待，绝不给别人添麻烦。所以，即便这么死去，我想也应能进天国。可眼下，要是不把病传给客人，这营生就没法儿做下去了。这样看来，宁可饿死——如果传给客人，说是这病就能好——我想，我得下狠心，绝不和客人同床。要不然，只顾自己得好，就会让一个无冤无仇的人倒霉。可不管怎么说，我毕竟是女人呀，没准什么时候，又会上钩呢？圣父的在天之灵呀，保佑保佑我吧！除了主，我没别人可依靠了。”

宋金花主意已定，以后不论山茶和迎春如何劝说，总是执意不肯接客。一些熟客时时来她屋里玩，也只是一起吸烟聊天而已，绝不顺从客人。

“我得的病很厉害，要是挨近我，会传给你的哦。”

即便这样，有的客人借酒撒疯，想对金花为所欲为，她每每如此规劝，甚至不怕拿病患来证明。这样一来，客人也就渐渐不来光顾她的小屋了。与此同时，生计每况愈下，日子愈发艰难……

今晚她又倚坐在桌前，发了半天呆，依旧没有客人上门的迹象。不觉间，夜色已很深沉。回荡在耳畔的，只有蟋蟀不知在何处的低叫声。岂止这些，房里毫无热气，寒气从铺地的石头缝里袭上来，渐渐像水一样漫进灰缎子鞋，渗透鞋里那双娇嫩的小脚。

金花一直呆望着幽暗的灯火出神，不禁打了个寒噤，翡翠耳坠搔挠着耳朵，她忍住了哈欠没打。正巧这时，漆门猛地给撞开了，踉踉跄跄闯进一个陌生的外国人来。兴许开门的势头过猛，桌上油灯的火焰腾地蹿了起来，火苗红红地冒着烟，顿时在小屋里弥漫开来。灯光正照在客人身上，他先是跌倒在桌旁的椅子上，马上又站了起来，趔趔趄趄地往后退，咕咚一下靠在刚关好的漆门上。

金花不由得站了起来，吃了一惊，望着这个陌生的外国人。客人的年纪大约有三十五六，穿件咖啡色条纹西服，戴一顶同样质地的鸭舌帽，眼睛很大，蓄着胡须，脸上晒得红红的。可有一点让人不明白，虽说是外国人，却分辨不出究竟是西洋人还是东洋人。帽子下面露出黑头发，嘴里叼着已经熄灭的烟斗，挡在门口的样子，怎么看都像个喝得烂醉的行人迷了路。

“您有何贵干？”

金花不免有些害怕，站在桌前没动，责备似的问他。可对方却摇摇头，表示听不懂中国话。然后拿下叼在嘴里的烟斗，流利地说了句外国话，也不知是什么意思。这回轮到金花摇头了，翡翠耳环在灯光下摇曳着。

看到她紧蹙的漂亮眉毛，一副为难的样子，客人扑哧一声笑了出来，漫不经心摘掉鸭舌帽，晃晃悠悠朝这边走来，一屁股瘫坐在桌子另一头的椅子上。金花此时看着外国人的脸，想不起几时在哪儿见过，但确实又眼熟，一种亲切感油然而生。来人毫不客气，抓起盆里的瓜子却又不嗑，直盯盯只管看着金花，隔了一会儿，又打起奇怪的手势，说起外国话。虽说金花不懂是什么意思，隐隐约约倒也猜出外国人好像多少明白她是干什么的。

和中文一窍不通的外国人共度长夜，在金花来说并不稀罕。她坐了下来，出于习惯，露出姣好的笑容，开些对方压根儿听不懂的玩笑。可是，客人居然也说上一言半语，还高兴地大笑，打着各种手势，比先前更加眼花缭乱，简直让人疑心他能听懂。

客人满嘴酒气，可那张快乐的红脸膛，仿佛使屋内寂寥的气氛变得光明起来，充满了男性的活力。起码对金花来说，不消说平日在南京见惯了的国人，就连以往见过的一些洋人，无论是东洋人还是西洋人，都没他来得潇洒。不管怎样，这张脸似曾相识，方才的这种感觉，始终打消不掉。金花望着客人额前一缕黑色的鬈发，亲切而愉快地招呼着，脑子里却极力回想，这张脸最初是在哪儿看到的。

“是前阵子和胖大嫂一起坐画舫的那个人吗？不对不对，那人头发的颜色比他红多了。要不然就是去秦淮河夫子庙时，那个给我照相的人。可那人年龄看上去比他大。想起来了，什么时候来着，记得在利涉桥边的饭馆前，聚了一群人，有个人长得和他很像，挥舞一根粗大的藤杖，打人力车夫背的不是？八成是——不过，那人的眼睛比他要蓝……”

金花这边浮想联翩，客人依旧是那么愉快，不知什么时候点上烟斗，吐出一口好闻的烟味。突然间他说了句什么，咧着嘴乐，同时伸出两个指头来，在金花的眼前晃了晃，做出姿势表示“？”。两个指头自然是两美金的意思，谁看了都明白。可金花是不留客过夜的，她灵巧地哔哔剥剥嗑着瓜子，脸上带着笑，两次摇头表示不行。于是客人傲慢地支起两肘，探出醉醺醺的脸，在昏暗的灯火下，紧盯着金花，一会儿又伸出三个指头，目光中期待着回答。

金花略微挪动一下椅子，含着瓜子，一脸的为难。心里似乎在琢磨，就算客人真出两美金，身子也不能由他摆布。但他听不懂，实在没法儿叫他明白其中的隐情。事到如今，金花为自己的轻率感到后悔，明亮的眼睛望向旁边，别无办法，再一次果断地摇了摇头。

然而，过了一忽儿，外国人露出淡淡的微笑，神情有些犹疑，伸出四个指头，又讲了一句什么外国话。金花束手无策，托住两颊，连笑的力气都没有了。转念一想，事已如此，只有继续摇头，直到他死心。就在这当儿，客人的手像是给一种无形的东西控制着，终于伸开五个指头。

后来，两人一直打着手语，间或掺杂着动作，这样一问一答了好半天。其间，客人极具耐性，手指一根根加上去，到了最后，那劲头，哪怕出十美金，都在所不惜似的。对一个暗门子来说，十美金可是个大数目，即便如此，仍旧没能让金花动心。方才她离开椅子，斜站在桌前，对方给她看两手指时，她焦躁地直跺脚，一个劲儿地摇头。恰巧这时，不知怎的，挂在钉子上的十字架铛啷啷掉了下来，落在脚边的石砖上。

她急忙伸出手，赶紧捡起宝贝十字架。无意中看到十字架上受难基督的表情，奇怪得很，与坐在桌对面那个外国人的脸，简直活脱脱一模一样。

“怪不得觉得在哪儿见过呢，原来是我主基督的脸呀。”

金花把铜十字架贴在黑缎子上衣的胸前，不由得隔着桌子惊讶地望着客人的脸。灯火照在客人满是酒气的脸上，他不时地抽着烟斗，意味深长地浮出微笑。眼睛朝着她——从白净的脖子，到垂着翡翠耳环的耳际，似乎不住地上下打量。客人的这副神态，金花觉得，亲切中反透出一股威严。

俄顷，客人停住吸烟，故意歪起头，声音里带着笑，说了些什么。仿佛巧妙的催眠师，在耳畔轻声细语，对金花的心底，起到某种暗示的作用。她好似完全忘了自己坚定的信念，缓缓低下含笑的眼睛，手里摩挲着铜十字架，羞答答靠近这个奇怪的外国人。

客人手伸进裤兜，把钱弄得哗啦哗啦响。眼里依旧是淡淡的微笑，有那么一刻，心满意足地望着金花站在那儿的姣好身姿。可是，他眼中的浅笑，转瞬变得像一缕灼人的光，猛地从椅子上站起来，用力紧紧抱住金花，西服袖子散发出酒味。金花像失了魂一样，垂挂着翡翠耳环的头无力地向后仰着，苍白的脸颊，隐隐泛出鲜艳的血色，双眼迷离地望着凑在鼻子前面的这张脸。身子是任凭这个奇怪的外国人摆布呢，还是拒绝和他亲吻，免得把病传给他？当然，她此时已经无暇再去多想，听任客人满是胡须的嘴亲吻自己，只知道这如火一般的爱的喜悦，这生平头一遭咂摸到的激情，正激荡着她的胸怀……

2

几小时之后，屋里灯火已熄，床上除两人熟睡的鼻息之外，唯有蟋蟀隐隐的叫声，愈发增添几许秋意。然而金花的梦境，轻烟似的，透过尘封的床帷，高高飞向屋上星月灿烂的夜空。

——金花坐在紫檀椅上，正品尝满桌的各式菜肴。燕窝，鱼翅，蛋羹，熏鱼，烤乳猪，海参羹——多得数不胜数。而且，食器精美绝伦，一色儿描着青蓝莲荷和金色凤凰。椅子后面，有一扇窗挂着绛红纱帘；窗外是一条河，静谧的流水和橹声，不绝如缕。这一切似乎是她自幼见惯的秦淮情境。可此时此刻，她准是身在天国，正在基督的家里。

金花不时停下筷子，打量着桌子的四周。宽敞的屋里，除雕龙画柱、盆栽的大朵菊花和菜肴冒出的热气之外，不见一个人影儿。

尽管如此，桌上的菜吃完一盘，转眼就有一盘热乎乎的、飘着香味儿的新菜摆到面前，也不知是哪儿来的。她正在寻思，还没等动筷子，一只烧好的野鸡，扇着翅膀，碰倒了绍兴酒瓶子，扑棱棱飞上了屋顶。

这时，金花察觉有人不出声地走到她椅子后。便拿着筷子，悄悄儿回过头去。却不知怎么回事，原以为那儿有扇窗，竟然没有，摆了一把紫檀椅子，铺着缎面的坐垫儿上，一个陌生的外国人，嘴上衔着黄铜水烟壶，慢条斯理坐了下去。

一见这男子，金花就认出是今晚在她屋里过夜的那个人。但唯一不同的是，这人头顶一尺左右的地方，罩着一圈月牙儿似的光环。

这工夫，金花的眼前又摆上一大盘热腾腾的菜，仿佛是桌中冒出来的，鲜美可口。她马上拿起筷子，正要夹盘中的珍馐美味，突然想起身后的外国人，便扭过头，客气地问道：

“您不过来吃点儿吗？”

“不，你自己吃吧。吃了，你的病今晚就好了。”

头顶光环的外国人，依旧衔着水烟壶，微笑中充满了无限爱怜。

“那你不吃啦？”

“我吗？我不爱吃中国菜。你还不了解，耶稣基督还从来没吃过中菜呢。”

南京的基督说着，慢慢离开紫檀椅，从背后在发呆的金花脸颊上，亲吻了她一下。

天国之梦醒来时，秋日的晨光，已经弥漫在狭小的房间里，更增一丝寒意：宛若小舟般的睡床，挂着满是尘土气味的幔帐，一丝微暗中尚存些儿暖意。昏暗中浮现出金花半仰着的面颊，褪色的旧毛毯，掩住她圆滚滚的下颚，这时，睡眼还没有睁开。金花的脸上毫无血色，由于昨夜的汗水，油腻腻的头发散乱地沾在上面，微开的双唇间，隐约可见洁白细密如糯米般的牙齿。

金花虽然醒了，心里仍迷迷糊糊徘徊在那菊花、水声、烧鸡、耶稣基督，以及种种梦境里。过了一忽儿，床内渐渐亮了起来，她愉快的梦境，让无情的现实给打破了，昨晚和那个奇怪的外国人同上这张藤床的事，清楚地兜上她的意识。

“要是病传给了他——”

一想到这儿，金花的心情便陡然暗淡下来，觉得今早没脸见他。可是既然醒了，却不去看那张太阳晒过、让人留恋的脸，就更受不了：她犹豫之下，怯生生地睁开眼睛，环视着已经明亮的睡床。出乎意料的是，除了盖着毛毯的她，那个酷似十字架上耶稣的他，连个影儿都不见了。

“难道那也是梦吗？”

金花赶紧掀开脏兮兮的毛毯，从床上坐了起来。揉了揉眼睛，撩起沉甸甸的床帷，睁着仍旧发涩的眼睛，朝屋里望过去。

屋里，清晨寒冷的空气，逼真地勾画出周遭各物的轮廓。陈旧的桌子，熄灭的油灯，还有两把椅子，一把倒在地上，一把对着墙——一切都是昨晚的光景。何止这些，撒落在桌上的瓜子里，那小小的铜十字架，照旧发着暗淡的光。金花有些炫目，便眨了眨眼，茫然望着四周，冷清地侧身坐在乱七八糟的床上。

“这毕竟不是梦。”

金花一边嘟囔着，一边左思右想，想那个外国人的去向，觉得不可捉摸。其实这也用不着想，她已然想到了，没准趁自己熟睡的工夫，偷偷出屋，早溜回去了。可是，他是那样爱抚她，竟连一句惜别的话都没有就走掉了，简直让人没法儿相信，或者毋宁说，她不忍心这么想。而且，那个奇怪的外国人答应付的十美金，她都忘记要了。

“他真的回去了吗？”

她心事重重，正想捡起扔在毛毯上的黑缎子上衣披上。突然，又停下手，她的脸色眼看着变得神采奕奕的。是因为听到漆门外传来那人的脚步声吗？还是因为枕头、毛毯上沾着他身上的酒气，忽然又勾起昨夜那令人难为情的记忆？都不是，这一瞬间，金花发现，她身上出了奇迹，恶性梅毒一夜之间全好了，连点痕迹都没有。

“这么说，那人真是耶稣基督了。”

金花不假思索地一骨碌翻身下床，穿着内衣跪在冰凉的石板地上，就像抹大拉美丽的马利亚[1]，同复活了的主耶稣说话那样，热烈而虔诚地祈祷着……

1 抹大拉美丽的马利亚，见《新约·马可福音》第十六章。

3

次年春天的某个夜晚，年轻的日本旅行家再次来到宋金花家，又和她一起在昏暗的灯光下，隔桌相对。

“还挂着十字架？”

那晚不知因为什么事，他嘲弄地问道。金花敛容正色，讲起那一夜基督降临南京，治好她病的奇事。

年轻的日本旅行家一边听金花讲，一边独自沉吟：

“那个外国人我认识。那家伙是个日本和美国的混血儿，好像叫George Murry。曾得意洋洋，对我认识的一个路透社驻外记者说起这事：在南京一个信教的暗门子里，他有过一夜风流，趁那女子熟睡之机，偷偷溜之大吉。上次来时，那家伙恰好和我在上海同一家旅馆下榻，至今还记得那张脸。他总是处处夸耀自己是英文报纸的驻外记者，没有一点男人气概，人品不大正派。后来因为恶性梅毒，人疯了，这样看来，或许是那女人传给他的。而她，至今还把这个无赖混血儿当成耶稣基督。我究竟该不该告诉她，让她开开窍呢？还是缄口不言，让这段往事像古代的西洋传说一样，成为一个永远的梦？……”

金花讲完她的故事，旅行家仿佛也刚回过神，擦着火柴，吸了口味道浓浓的烟卷。然后，故意热心追问道：

“是吗？真不可思议呀。那——那你后来再没复发过？”

“是啊，没有。”

金花嗑着瓜子，脸上神采飞扬，毫不犹豫地答道。

本篇属稿时，于谷崎润一郎氏的《秦淮一夜》，多有参照之处，附笔记此，以志谢忱。

大正九年（1920）六月二十二日

杜子春

1

春天一个傍晚。

时值大唐年间，古都洛阳西门下，有个年轻后生仰望长空，正自出神。

那后生名叫杜子春，本是财主之子，如今家财荡尽，无以度日，景况堪怜。

且说当年洛阳乃是繁华至极、天下无双的名城，街上车水马龙，络绎不绝。夕阳西下，将城门照得油光锃亮。这当口，有位老者头戴纱帽，耳挂土耳其女用金耳环，白马身配彩绦缰绳，走动不休，那情景真是美得如画。

这杜子春，身子依旧靠在门洞墙上，只管呆呆望着天。天空里，晚霞缥缈，一弯新月，淡如爪痕。

“天色已黑，肚中又饥，不论投奔何处，看来都无人收留——与其这样活着发愁，还不如投河，一了百了，或许更加痛快也难说。”

杜子春独自一直这样胡思乱想，没个头绪。

这时，不知从哪儿走来一位独眼老人，忽然站在他面前。夕阳下，老人的身影，大大地映在城门上，目不转睛瞧着杜子春。

“郎君在此想什么哪？”老人倨傲地问道。

“我吗？我在想，今晚无处栖身，正不知如何是好。”

老人问得突兀，杜子春不觉低眉下眼，如实回答。

“是吗？可怜见的。”

老者沉吟片刻，指着照在大路上的夕阳说：

“待我教你个好法子吧。你立刻去站在夕阳下，直到影子映到地上，等半夜时分，将影子的头部挖开，必有满满一车黄金可得。”

“当真？”

杜子春吃了一惊，抬起眼睛。更奇怪的是，那老人已不知去向，周围连个影儿都没有。只有天上的月亮比方才更白，还有两三只性急的蝙蝠，在川流不息的行人头上飞来飞去。

2

杜子春一夜之间，成了洛阳城内的首富。他照那老人的吩咐，记住夕阳下的投影，半夜时分，挖开头部投影所在之处，一看，果然有一堆黄金，多得一辆大车都装不下。

杜子春成了独一无二的大财主，当即买下一座豪宅，生活之奢华，不让玄宗皇帝佬儿分毫。饮兰陵美酒，食桂洲龙眼，庭院里种着一日四变其色的牡丹花，还放养了几只白孔雀，把玩玉石古董，身着绫罗绸缎，造香车，坐象牙椅……提起他的奢侈，真是说不完道不尽，这故事只怕永无讲完之日了。

知道他发了迹，过去对面相逢不相认的亲友，现在晨昏趋奉，而且与日俱增。半年工夫，洛阳城里知名的才子佳人，没有不到过杜府的。杜子春优哉游哉，日日与他们盘桓，大张酒宴。那筵席之丰盛，实是一言难表。简单说来，杜子春一边把金樽痛饮西域葡萄美酒，一边观天竺幻师表演吞刀魔术，看得入迷。身旁有二十个美貌佳人，十人头戴翡翠做的莲花，另十人则戴玛瑙雕的牡丹，或吹管弄弦，或莺歌燕舞。

纵有天大的家私，少不得也有用尽之时。想那杜子春如此靡费，过了一年两载，渐渐空乏起来。正所谓人情薄如纸，昨日还趋奉不迭的亲友，今日竟过门而不入。终于到了第三年春上，杜子春一贫如旧，穷得跟从前一样。偌大的洛阳城，竟没有一处肯收留他。何止是收留，怕是连赏杯茶的人都没有。

却说一日傍晚，杜子春又来到洛阳西门，呆呆地望着天，立在那里一筹莫展。这时，又像前次一样，那位独眼老人不知从何处现身出来。

“郎君在此想什么哪？”

杜子春一见老人，羞愧得只管低着头，半晌作不得声。老人和颜悦色，一再询问，杜子春便同上次一样，小心翼翼回答：

“我在想，今晚无处栖身，正不知如何是好。”

“是吗？可怜见的。待我教你个好法子吧。你立刻去站在夕阳下，直到影子映在地上，等半夜时分，将影子的胸部挖开，必有满满一车的黄金可得。”

老人刚说完，便好似躲入了人群，又不知去向。

翌日，杜子春又成天下第一大财主。生活依旧挥霍无度。园子里牡丹花开得正艳，白孔雀睡在花丛中，天竺的幻师表演吞刀魔术——与往日毫无二致。

那满满一车的黄金，不上三年，便又荡然无存了。

3

“郎君在想什么哪？”

独眼老人第三次来到杜子春面前，问了同样的话。不用说，杜子春这时又站在洛阳西门下，呆呆地望着晚霞中刚露头的一弯新月。

“我吗？我在想，今晚无处栖身，正不知如何是好。”

“是吗？可怜见的。待我教你个好法子吧。你立刻去站在夕阳下，直到影子映在地上，等半夜时分，将影子的腹部挖开，必有满满一车的……”

老者刚说到这里，杜子春连忙抬手打断老人的话。

“不必了，我不要黄金。”

“不要黄金？看来郎君终于厌倦了奢侈。”

老者疑惑地凝视着杜子春。

“非也，我并非厌倦了奢侈，而是对天下人感到嫌恶。”

杜子春一脸的愤愤不平，冲撞地说道。

“这倒有趣。为什么对天下人感到嫌恶呢？”

“人皆薄情寡义。想在下身为大财主时，人人百般奉承，个个追随左右。一旦落魄，您瞧，连个好脸都不给。想到这些，即便再成首富，又有何趣！”

听了杜子春这话，老者忽然嘻嘻一笑。

“原来如此。嗯，你不再是个未经世故的后生家，已然是世情通达的成年人了。如此说来，往后打算甘于贫穷，安稳度日了？”

杜子春略显迟疑，随即抬起眼睛，神情果断，望着老者说道：

“这我眼下还办不到。不过，我想拜老丈为师，修仙学道：别，请莫隐身。老丈是位道行高深的神仙吧？不然，怎能一夜之间让我变成天下第一大财主。请收我为徒，传授仙术吧！”

老人蹙起眉头，沉默片刻，若有所思，然后笑着说道：

“不错，我是神仙，叫铁冠子，住在峨眉山上。当初见到你，觉得你悟性还不错，所以让你当了两回大财主：既然你想学仙术，权且收你为徒吧。”答应得很爽快。

杜子春大喜过望，老人话还没说完，他早已趴在地上，向铁冠子连连叩起头来。

“我并不要你谢。即便成我弟子，能否成仙得道，却要看你自己。不过，暂且先随我一起，到峨眉山看看为好哦，幸好有根竹杖落在这里，赶快骑上，从天上飞去吧。”

铁冠子从地上捡起一根青竹杖，口里念着咒语，同杜子春一起骑马似的跨上竹杖。说来好不奇怪，那竹杖倏忽如同一条飞龙，猛然间腾空而起，在春日傍晚的万里晴空，朝峨眉山飞驰而去、

杜子春简直吓破了胆，战战兢兢望着下界。夕阳下，唯见青山连绵，洛阳城的西门，却遍寻不见，大概早为晚霞所遮蔽了。这时，铁冠子任凭两鬓的白发在风中飘扬，放声高歌道：

朝游北海暮苍梧，
袖里青蛇胆气粗。
三入岳阳人不识，
朗吟飞过洞庭湖。[1]

---

1 相传为八仙之一的吕洞宾作。据传吕洞宾在会昌年间，两举进士不第。隐居终南山等地修道。通称吕祖。其事迹，戏曲小说中多有描述。据中华书局版《全唐诗》第二十四册，诗内“朝游北海暮苍梧”句中，“海”字，应作“越”，又作“岳”。

4

两人骑上青竹杖，转眼便到了峨眉山。

那是一堵面临深谷、宽阔平坦的巨石，巨石高耸入云；挂在半空的北斗七星，星大如碗，璀璨明亮。深山人烟绝迹，四周阒然无声。耳中但闻绝壁上螭蟠虬结的老松，在夜风中沙沙作响。

两人落在巨石上，铁冠子命杜子春坐于峭壁之下，嘱咐道：

“我要上天去见西王母，你且坐这里等我回来。我不在，妖魔想必会来骗你。不管发生什么事，绝不可出声。切记，你一张口，就成不了仙了。明白吗？哪怕天崩地裂，一声也作不得。”

“行，绝不作声。哪怕要丢性命，也不出一声。”

“是吗？听你此话，我便放心了。我去去就来。”老人与杜子春作别，又骑上竹杖，腾空消失在群峰之上，虽说夜色苍茫，也看得出峰峦有如刀削。

杜子春一人坐在石上，静静地瞧着群星。约莫过了半个时辰，正觉衣衫单薄，山中夜气生寒，忽听空中有人喝问：“何人在此？”杜子春谨记老人吩咐，并不作声。

须臾，那人又厉声喝道：“再不作声，小心，立取你命！”杜子春仍不作声。

忽然，一只猛虎不知从何而来，跃上巨石，虎视眈眈，瞧着杜子春，高声长啸。这工夫，头上的松枝也剧烈摇曳，刷刷作响。身后绝壁顶上，一条斗桶粗的白色巨蟒，口吐火红的信子，眼见得爬将下来。

杜子春泰然而坐，眉毛都不动一下。

虎蛇争饵，彼此对峙，伺机而动，刹那间，猛地同时扑向杜子春。不知是落入虎口，还是果了蟒腹，正寻思间，虎与蟒竟雾一般随风逝去。而后，只有绝壁上的松枝，依旧沙沙作响。杜子春松了口气，心里琢磨着，不知又该发生什么事。

这时，又猛起一阵怪风，云黑如墨，笼天盖地，淡紫色的闪电将黑暗一劈两半，巨雷隆隆，响个不停。非但如此，暴雨也顿时如瀑布般倾泻下来。杜子春端坐不动，任这天象变化，毫不惧怕。风声，雨柱，不绝于耳的电闪雷鸣——俨然要将这峨眉山震塌。不一会儿，霹雳轰天，震耳欲聋，一道通红的电火，在黑云中翻滚，朝杜子春当头劈下。

杜子春不由得捂住耳朵，跪倒在石上。待睁眼一看，天空万里无云，一如方才，碗口大的北斗星，仍在对面高山顶上灿然闪亮。显然，方才的狂风暴雨，同猛虎白蟒一样，定是趁铁冠子不在，一些魔障来捣乱。杜子春渐渐放下心来，拭去头上的汗水，在石壁上重新坐好。

然而，一波未平一波又起，一个身高三丈、披挂金甲、威风凛凛的神将，出现在他面前。神将手持三叉戟，将戟尖直指杜子春胸口，横眉立目，叱责道：

"咄，你是何人？自开天辟地，咱家便住在这峨眉山上。你竟敢独自擅闯此山，必非常人。若想保住性命，趁早离开此地。"

杜子春谨照老者吩咐，并不开言。

"为何不答话？……不答话！好！既如此，随你便。不过，我手下却要将你剁成肉糜！"

神将高举三叉戟，向对面山头一招。令人好不吃惊，顿时神兵如云，布满天空，手上的刀枪剑戟，闪光锃亮，划破夜空，排山倒海般攻来。

见此阵势，杜子春险些叫出声来，当即想起铁冠子的叮嘱，拼命忍住不作声。神将见他不惧，怒不可遏：

"你这凶顽！再不作声，咱家说话算数，立取你命！"

神将喝骂之声未落，三叉戟一晃，一下便将杜子春刺死，呵呵高声大笑起来，震得峨眉山四下轰鸣。随着呼呼的夜风，诸神兵便梦一般消失，连神将也不见了踪影。

北斗星意态清寒，复又照在一块巨石上。绝壁上的松树，依旧沙沙作响。而杜子春早已没了气息，仰卧在地。

5

杜子春身卧石上，一缕幽魂，竟自出窍下到地狱。

且说这现世与地狱之间，有一条路，名叫闇穴道，终年天昏地暗，阴风飒飒。杜子春给刮得树叶似的，在空中飘飘摇摇。转眼之间，来到一座巍峨殿宇，匾额上，上书“森罗殿”三个大字。

殿前一大群鬼卒，见到杜子春，立刻围了上去，推推搡搡，将他拉到阶前，去见阶上一位大王：身着黑袍，头戴金冠，威严地睨视周围。这准是传说中的阎王爷。杜子春战战兢兢跪在阶下，心想，不知会把自己怎样。

“咄！你为何坐在峨眉山上？”

阎王爷声如雷鸣，从阶上发话道。杜子春正要回答，忽然想起铁冠子“不可开口”的嘱咐，便垂头不语，如同哑巴。阎王便举起手中铁笏，髭须倒竖，气势汹汹骂道：

“你当此地是何处？快快回答便罢，否则，叫你立刻饱尝地狱之苦。”

杜子春的嘴唇动也不动。阎王见状，当即发号施令。吩咐下去。众鬼卒应声，一把拉起杜子春，飞到森罗殿上空。

想那地狱尽人皆知，除了刀山血池，还有火坑狱中的火山，寒冰狱中的冰海，尽数展现于漆黑的天空之下。众鬼卒将杜子春依次抛进阴曹。可怜杜子春，备经千般磨难，饱尝万股苦楚——刀剑穿胸，火焰烧脸，拔舌剥皮，铁杵敲骨，油锅煎熬，毒蛇吸脑，雄鹰啄眼，不一而足。杜子春却拼命忍住，咬紧牙关，一声不吭。

众鬼卒也拿他没奈何，再一次飞过夜空，回到森罗殿前，如方才一样，将杜子春按在阶下，向殿上的阎王齐声禀报说：

“此罪犯无论如何也死不开口。”

阎王皱起眉，沉思有顷，忽似想起一事，吩咐一鬼卒道：

“此人父母现入畜生道，速速将他们提来！”

鬼卒当即乘风飞临地狱上空，旋又流星般赶来两头畜生，落到森罗殿前。杜子春一见之下，早已顾不得惊讶。那两畜生，身为丑陋的瘦马，面目却似死去的父母，那是做梦也都忘不了的。

“咄！你为何坐在峨眉山上？如不快快招来，就要给你父母点儿厉害看。”

如此这般地吓唬，杜子春却仍不作答。

“你这个逆子！竟然眼见父母受罪，还只顾自己！”

阎王厉声高叫，震得森罗殿几乎都要坍塌。

“众鬼卒，打这两畜生！打他个骨断肉烂！”

众鬼卒齐声道“是”，举起铁鞭，毫不容情，从四面八方抽打两匹老马。鞭风嗖嗖，不分头脸，雨点般落下来，打得两匹老马皮开肉绽。老马——沦为畜生的父母，痛苦难当，眼中滴出血泪，哀哀嘶鸣，惨不忍睹。

“怎么样？还不招？”

阎王叱众鬼卒住手，又逼杜子春回答。这时，两匹老马已是肉烂骨折，气息奄奄，倒在阶前。

杜子春拼命想着铁冠子的吩咐，紧闭双眼。这当口，耳边传来一丝声音，轻得若有若无。

“别担心！我们怎么着都不要紧，只要你能得道，比什么都强。不管阎王爷怎么逼，不想说，就千万别出声！”

不错，那确是母亲的声音，令人不胜思念。杜子春不禁睁开眼。见一匹牝马倒在地上，已精疲力竭，痴痴地瞧着他脸，那神情好不悲伤。母亲遭此大罪，还能体谅儿子，对鬼卒的鞭笞，没露出一点怨恨的意思。世上的常人，见你当了大财主，便来阿谀奉承，一旦破落，就不屑一顾。相比之下，母亲这份志气，何等可钦！她的志节，多么坚强！杜子春忘了老者的告诫，跌跌撞撞奔到跟前，两手抱住垂死的马头，唰唰落下泪来，叫了一声：“娘！”……

6

这一声，让杜子春苏醒过来：他正沐浴着夕阳，站在洛阳西门下发呆。空中的晚霞，白白的月牙儿，络绎不绝的行人，路上的车水马龙——这种种与他去峨眉山之前，毫无二致。

“如何？做得了我的弟子，却做不得神仙吧？”

独眼老人微微笑着说道。“做不得，做不得。不过，做不得神仙，倒反值得庆幸。”

杜子春眼里含着泪，不禁握住老者的手说。

“即便做了神仙，在森罗殿前，眼睁睁瞧着父母遍遭鞭打，却要一声不响，实难办到。”

“如果郎君真不作声……”铁冠子突然神情凝重，目不转睛地看着杜子春说，“我当时想，如果你真不作声，我会立即取你性命。……当神仙的念头，郎君恐怕已经没了吧？当大财主吧，也已厌倦。那么，往后当什么好呢？”

“不论当什么，我想，都该堂堂正正做个人，本本分分过日子。”

杜子春的声音透着从未有过的清朗。

“这话可要记住呀！好啦，今朝一别，你我不会再见了。”

铁冠子说着，抬脚便走，旋即又停下步来，回头望着杜子春说道：

“哦，幸好此刻想了起来。我在泰山南山脚下有间茅屋。那茅屋连同田地，统同送你吧。趁早住进去的好。——这时节，茅屋周围，想必桃花正开得一片烂漫哩。”老者状颇欣喜，临走又加上这样一句。

大正九年（1920）六月

秋山图

“……提起黄大痴，可曾见过他那幅《秋山图》？”

一个秋夜，王石谷走访瓯香阁，与主人恽南田品茗之间，问起这话。

“哦，没见过。您见过？”

大痴老人黄公望，同梅花道人、黄鹤山樵，乃元画中之圣手。恽南田一边答道，一边想起曾见过的《沙碛图》和《富春卷》[1]，仿佛如在眼前。

“唉，那究竟算不算见过，我都有些茫然。”

“算不算见过？”

恽南田疑惑地望着王石谷的面孔。

“难道见的是摹本吗？”

“不，不是摹本。倒确是真迹。而且，见到的还不止我一人。说起这幅《秋山图》，烟客先生（王时敏）和廉州先生（王鉴），与此画都有过一段因缘。”

王石谷又呷了一口茶，意味深长地笑了笑。

---

1 均为黄公望之杰作。《富春山居图》卷。编按：黄公望（1269—1354），与吴镇、倪瓒、王蒙合称“元四家”。其晚年所作《富春山居图》，于明末清初不幸焚为两截，《剩山图》留浙江，《无用师卷》存台北故宫博物院。二〇一一年六月一日，于台北举行富春合璧展，为两岸文化交流一大盛事。

“要是不嫌啰嗦，我就讲讲？”

“请！请！”

恽南田将铜灯上的火挑亮，殷勤地催促客人。

那时元宰先生（董其昌）还在世。有一年秋天，先生同烟客翁论画，忽然问及，见没见过黄一峰的《秋山图》。您知道，烟客翁在绘事上，一向师从大痴。大痴的画，只要留存于世的，不妨说，他全都见过。唯独那幅《秋山图》，却始终无缘得见。

“没有，非但没见过，甚至连名儿都未曾得闻。”

烟客翁这样回答，不知怎么的，觉得有些不好意思。

“倘有机会，务必请一睹为快。同《夏山图》和《浮岚图》相比，那画更见出色。依我看，恐怕是大痴老人画中的极品了。”

“竟有这样的杰作？那可非看不可。这画现在谁手里？”“在润州张氏家中。去金山寺的时候，可登门求见。我给您写封荐书。”

烟客翁得了元宰先生的手简，当即动身去润州。张氏既然家藏如此绝妙好画，此去，除黄一峰的画外，必定还能看到许多历代精品。——想到这里，烟客翁在他西园的书房里，便心急如火，一刻也待不住了。

可是到了润州，高高兴兴奔到张家一看，房子果然挺大，却是一片荒芜。墙上爬着藤蔓，院里长满杂草。鸡鸭跑来跑去，好不稀奇地看着来客。也难怪烟客翁，一时怀疑起元宰先生的话：这种人家，真会收藏大痴的名画吗？但既然来了，总不能过门不入，这当然不是他的初衷。于是，向出来应客的小厮说明来意，为一睹黄一峰的《秋山图》，特地远道而来，并递上思白先生的荐书。

不大会儿工夫，烟客翁给请进厅堂。厅里摆着的红木桌椅倒也整洁，却透着一股灰尘味儿，显得冷冷清清——青砖地上，好似泛起一缕荒凉之气。幸而出来待客的主人，虽然一脸病容，却不像是坏人。苍白的脸色，纤巧的手势，显出高贵的气质。烟客翁同主人寒暄过后，随即提出求观黄一峰的名画。据说，烟客翁当时不知何故，有些迷信，觉得要是不马上看，那画似乎就会烟消云散。

主人很爽快，当即答应。原来厅堂里光秃秃的墙上，铺展着一幅长卷。

“这就是您要看的《秋山图》。”

烟客翁抬眼看去，不由得一声惊叹。

画面设色青绿。溪水蜿蜒而流，星布着几椽茅屋和小桥……背后，主峰突起，半山腰上，秋云悠悠，蛤粉或浓或淡，渲染得层次分明；层峦叠嶂，或高或低，点描出新雨初霁的翠黛；其间点点朱红，映出丛林处处的红叶，美得简直无法形容。这画看似华丽多彩，却布局宏伟，笔墨浑厚——在绚烂的色彩中，自是蕴含着空灵淡荡的古趣。

烟客翁看得出了神，简直入了迷。越看越觉得神奇。

“如何？还中意吗？”

主人望着烟客翁的侧脸，含笑问道。

“神品！元宰先生曾赞不绝口，实不过分，或可说，尚嫌不足。迄今所见众多名画，与此件相比，都要甘拜下风了。”

烟客翁即使说话的工夫，眼睛也没离开《秋山图》。

“是吗？果真是如此杰作？”

烟客翁不由得吃了一惊，目光转向主人。

“怎么？我的话，您不信？”

“不，不是不信，其实……”

主人疑惑的脸上，像少女似的红了起来。随后寂寞地微微一笑，怯生生地望着墙上的画，接着说道：

“其实，每次看这画，都觉得像睁眼做梦一样。不错，《秋山图》甚美。但这美，是不是只有我才觉得呢？在别人眼里，会不会只是一幅平庸之作？不知为什么，这疑团始终缠着我。难道是我疑心太重，抑或是这画实在太美的缘故？我不知道。总之，觉得很奇妙，所以，听您称赞，才叮问了一句。”

不过，当时烟客翁对主人的辩解，没大留意。不仅因为看画看得入迷，也因为烟客翁认为主人完全不懂得鉴赏，故作内行，随便说说而已。

过了一会儿，他便告别这座荒宅一般的张家。

但那令人眼目一醒的《秋山图》，却怎么也不能忘怀。实际上，烟客翁师承大痴法灯，对他来说，一切都可舍弃，唯独这幅《秋山图》，一心想要弄到手。再说，他是收藏家。家藏的墨宝中，那幅李营丘的《山阴泛雪图》，据说花了二十镒黄金才求得，但较之《秋山图》的神趣，就不免相形见绌。所以，烟客翁身为收藏家，看到黄一峰这幅稀世之作，就志在必得。

为此，翁在润州逗留期间，几次托人去同张家商量，望能出让那幅《秋山图》。但张氏无论如何也不肯答应。听所托的人讲，那位脸色苍白的主人说：“既然先生那么中意这幅画，可以借予，但要出让，碍难从命。”这让心高气傲的烟客翁多少有些郁郁不快。此何言哉！现在且不找你借，但等来日，定入我掌中。翁心里这样盘算着，终于没去借《秋山图》，便离开了润州。

过了一年，烟客翁又去润州，重访张家。墙上的藤蔓和院里的青草，都一如往昔。可是，听应客的小厮说，主人不在家。翁说，不见主人不妨，只求再看一眼那幅《秋山图》。求了几次，小厮一味以主人不在挡驾，不让进院，最后竟关上大门，理都不理了。翁也无可奈何，心里只管想着这荒宅所藏的名画，怅然而回。

后来又见到元宰先生，先生对翁说，张家不仅有大痴的《秋山图》，还藏有沈石田的《雨夜止宿图》《自寿图》等杰作。

“上次忘了告诉，这两幅同《秋山图》一样，可谓画苑的奇观。我再写封荐书，务必去看一看。”

烔客翁当即差人赶到张家，去的人除了带上元宰先生的手札，还带了一笔求购名画的款子。但张氏同前次一样，唯有黄一峰这幅画，无论如何不肯脱手。至此，翁对《秋山图》，唯有断念，实别无良策。

说到此处，王石谷停了停，又说：

“上面这些，是我听烟客先生说的。”

“那么，只有烟客先生，是见过《秋山图》的了？”恽南田一面抚弄胡子，一面瞅着王石谷叮问道。

“先生说他见过。是不是真见过，那就谁都不清楚了。”

“但照方才的话……”

“还是先听我往下讲吧。等听到后，或许会另有高见。”

王石谷连茶都没顾上呷一口，便继续娓娓说道。

烟客翁同我提起这事，距他第一次见《秋山图》已相隔近五十年的星霜了。其时，元宰先生早已物故，张家也不知不觉传到了第三代。所以，那幅《秋山图》如今藏在谁家，是否完好如初，亦无从知道。烟客翁讲起《秋山图》的神韵，如数家珍，然后不无遗憾地说：

“这黄一峰的《秋山图》，好比公孙大娘的剑。有笔墨，而不着痕迹。唯有一股莫可名状的神韵，直逼你的心头……如同看神龙驾雾，人剑合一而两不见。”

一个月后，春风乍起时节，我告诉烟客翁，将独自南下一游。翁说：“这正是好机会，可打听一下《秋山图》的下落，倘能再度出世，实画苑之大幸。”

我当然也这么希望，当下便请翁修书一封。上路之后，拟游之地颇多，一时还无暇径去润州张家。直到子规声啼，仍揣着翁的荐书，没去打听《秋山图》的下落。

这期间，偶然听说，那幅《秋山图》已落入贵戚王氏手中。我游途中曾把翁的荐书示人，想必其中便有认识王氏者。大概王氏从那人处，得知《秋山图》现藏张氏家中。按坊间说法，张氏之孙一见来使，立即献上大痴的《秋山图》，连同传家的彝鼎和法书。据说，王氏大喜，将张氏孙奉为上宾，设盛宴款待，搬出家中歌姬舞娘，张乐助兴，还礼赠千金。我听后，兴奋之极。这《秋山图》历经沧桑五十载，依旧安然无恙。而且，落入相识的王氏手中。想当年，烟客翁煞费苦心，想重睹这《秋山图》，也许为神鬼所不容，终究事与愿违。而今，王氏得来全不费工夫，这画竟如同海市蜃楼一般，自然而然，横空出世。这只能说是天意。我当下火速赶到金阊王氏府，以一睹《秋山图》为快。

现在还记得很清楚，那是初夏的午后，纹风不动，王府院里的牡丹，正在玉栏边盛开。一见到王氏，不等作完揖，就笑不自抑。

“《秋山图》已是贵府之宝物。烟客先生为此画曾劳神奔走，这回该可以放心了。如此想来，真是不胜快慰。”王氏也面带得色，说：

“今天，烟客先生、廉先生都要到舍下来。不过，先到者为尊，请先观赏吧。”

王氏马上命人把《秋山图》挂到侧面墙上。坐落溪边的红叶村舍，笼罩山谷的朵朵白云，远近屏立的青山翠岭——大痴老人笔造的这方小天地，比天地更加灵秀，立刻展现在眼前。我心里不禁怦怦直跳，凝神看着墙上的画。

这云烟丘壑，毫无疑问，确是黄一峰的手笔，加上如许的皴点，越发看出用墨之妙——设色如此浓重，笔锋却不收敛，除却痴翁，无人能及。可是——可是这幅《秋山图》，同烟客翁往日在张家一度见过的那幅，的确不是同一黄一峰的手笔。比起那幅，这恐怕是等而下之的黄一峰了。

王氏和一座食客，都在周边注意我的脸色。须得小心，脸上绝不能露出丝毫失望的神情。尽管我十分小心，不屑的表情，不知不觉还是流露了出来。过了一会儿，王氏不免有些惴惴，问道：

“觉得如何？”

我连忙回答：

“神品。果然是神品。难怪烟客先生大为倾倒。”

王氏的脸色略有缓和。但眉宇之间，对我的赞赏，似有些意犹未足。这时，向我描述过《秋山图》神韵的烟客先生恰巧到来。翁与王氏寒暄时，露出高兴的笑容。

“想我五十年前，看这幅《秋山图》，是在荒凉的张家，今天，得与此画重逢，却在华贵的尊府，真是意外的缘分。”

烟客翁说着，便举头去看墙上的大痴这幅《秋山图》，究竟是不是曾经见过的那幅，烟客翁心里当然比谁都清楚。所以，我也和王氏一样，注意端详翁看画时的表情。果然，他脸上渐渐笼上一道阴影。

沉默有顷，王氏越发不安了，怯生生地问翁：

“觉得如何？方才石谷先生大加赞赏……”

我怕正直的翁说出实在的话来，心里不禁感到一丝寒意。毕竟翁也不忍心让王氏失望吧，看完了画，郑重回答王氏道：

“能得此画，真是好大的福气。给府上的珍藏，可谓锦上添花。”可王氏听了这话，忧虑的神色反倒更重了。

要不是廉州先生这时迟迟赶到，我们准会尴尬得很。正当烟客先生期期艾艾，不知如何措辞时，幸而有廉州先生快活地加入进来。

“这就是提到的那幅《秋山图》吗？”

先生顺口打过招呼，就去看黄一峰的画。一时没有作声，只管咬他的胡子。

“听说，烟客先生五十年前就见过此画。”

王氏更加忐忑不安了，便又添上一句。廉州先生从没听烟客翁说过《秋山图》神韵缥缈。

“照您的鉴赏，意下如何？”

先生只是嘘了口气，仍然看着画。

“不必客气，尽请直说……”

王氏勉强笑着，一再催问先生。

“这幅画吗？这幅画……”

廉州先生又闭上了嘴。

“这幅画，怎么样？”

“当是痴翁首屈一指的名作……请看，这云烟的浓淡，气势多磅礴！林木的设色，堪称浑然天成。瞧见了吧，远处有一峰突起！整个布局，因此而显得那么灵动！”

一直没开口的廉州先生，回头向王氏一一指出画的妙处，同时还发出大大的赞叹之声。不消说，王氏听了，神情渐渐开朗。

这工夫，我悄悄与烟客先生碰头，小声问：

“先生，是那幅《秋山图》吗？”

翁摇摇头，奇怪地眨了眨眼。

“一切恍如梦中。那张家的主人，兴许就是狐仙之流吧？”

“《秋山图》的故事，就是这些。”

王石谷说完，慢慢饮了一杯茶。

“这故事果然离奇。”

恽南田凝视着铜灯台上的火焰。

“后来，听说王氏还热心地问了许多话。除了《秋山图》，痴翁还有什么画，听说连张氏也不知道。所以，烟客先生从前见到的那幅，要么是藏在别处，要么是先生记错了。究竟怎么回事，我也不明白。总不至于先生到张家看《秋山图》压根儿就是一场梦……”

“可是，那幅奇妙的《秋山图》，不是明明留在烟客先生的心里吗？而且，你心里也……”

“青绿的山石，朱红的红叶，即使现在，也历历如在眼前。”

“那么，即使没有《秋山图》，又有何可遗憾的呢？”

恽王两大家，不禁拊掌一笑。

大正九年（1920）十二月

竹林中

樵夫供词

是呀，发现那具尸体的，正是小的。今儿个早上，小的像往常一样，去后山砍柴，结果在山后的竹林里，看到那具尸体。老爷问在哪儿吗？那地方离山科大路约莫一里来地，是片竹子和小杉树的杂树林，很少有人迹。

尸身穿一件浅蓝色绸子褂，头上戴了一顶城里人的细纱帽，仰天躺在地上。虽说只挨了一刀，可正好扎在心口，尸体旁的竹叶子全给染红了。不，血已经不流了。伤口好像也干了。而且有只大马蝇死死叮在上面，连我走近都不理会。

没看见刀子什么的吗？——没有，什么都没看见。就是旁边杉树根上，留下一条绳子。后来……对了，除了绳子，还有一把梳子。尸体旁边没别的，就这两样东西。不过，有一片地里，荒草和竹叶给踩得很乱，看样子那男子被杀之前，准有过一场恶斗。

怎么，没有马？——那地方，马压根儿进不去。能走马的路，在竹林外面哪。

行脚僧供词

贫僧昨日确曾遇见死者。昨天……大约是晌午时分吧。地点是从关山快到山科的路上。他与一个骑马女子同去关山。女子竹笠上遮着面纱，所以贫僧不曾得见她的容貌。只看见那身紫色绸夹衫。马是桃花马……马鬃剃得光光的，不会记错。个头有多高？总有四尺多吧……贫僧乃出家之人，这些事情不甚了然。那男子……不，佩着刀，还带着弓箭。特别是黑漆箭筒里，插了二十多支箭，要说这点，贫僧至今还如在眼前。

做梦也想不到，那男子会有如此结局。真可谓人生如朝露，性命似电光。呜呼哀哉，贫僧实无话可说。

捕快供词

大人问小人捉到的那家伙吗？他确确实实是臭名远扬的大盗多襄丸。小人去抓的时候，他正在粟田石桥上哼呀叫痛，大概是从马上摔下来的缘故。什么时辰吗？是昨晚初更时分。上次逮他的时候，穿的也是这件藏青褂子，佩着这把雕花大刀。不过，这一回，如大人所见，除了刀，还带着弓箭。是吗？被害人也带着刀箭……那么，行凶杀人的，必是多襄丸无疑。皮弓，黑漆箭筒，十七支鹰羽箭矢……这些想必都是被害人的。是的，正如大人所说，马是秃鬃桃花马。那畜生摔他下来，是他报应。马拖着长长的缰绳，在石桥前面不远的地方，啃着路旁的青草。

这个叫多襄丸的家伙，在京畿一带出没的强盗中，最是好色之徒。去年秋天，鸟部寺宾头卢后山，有个像是去进香的妇人连同丫鬟一起被杀，据说就是这家伙犯的案。这回，这男的若又是他下的毒手，那骑桃花马的小女子，究竟给弄到什么地方，把她怎么样了，就不得而知了。也许小人多嘴，还望大人明察。

老妪供词

是的，死者正是我家小女的丈夫。他并非京都人士。是若狭国府的武士，名叫金泽武弘，二十六岁。不，他性情温和，不可能惹祸招事的。

小女吗？闺名真砂，年方十九。倒是刚强好胜，不亚于男子。除了武弘以外，没跟别的男人相好。小小的瓜子脸，肤色微黑，左眼角上有颗痣。

武弘昨天是同小女一起动身去若狭的。不料竟出了这样的事。真是造孽哟！女婿死了，认倒霉吧，可小女究竟怎样了？老身实在担心得很。恳求青天大老爷，不论好歹，务必找到小女的下落才好。说来说去，最可恨的便是那个叫什么多襄丸的狗强盗，不但杀了我女婿，连小女也……（余下之词，泣不成声）

多襄丸供词

杀那男的，是我；可女的，我没杀。那她去哪儿啦？——我怎么知道！且慢，大老爷。不管再怎么拷问，不知道的事也还是招不出来呀。再说，咱家既然落到这一步，好汉做事好汉当，决不隐瞒什么。

我是昨天过午，遇见那小两口的。正巧一阵风吹过，掀起竹笠上的面纱，一眼瞟见那小娘儿们的姿容。可一眨眼——就再无缘得见了。八成是这个缘故吧。觉得她美得好似天仙。顿时打定主意，即使要开杀戒，除去她男人，老子也非把她弄到手不可。

什么？杀个把人，压根儿不像你们想的，算不得一回事。反正得把女人抢到手，那男的就非杀不可。只不过我杀人用的是腰上的大刀，可你们杀人，不用刀，用权，用钱，有时甚至是用几句假仁假义的话，就能要人的命。不错，杀人不见血，人也活得挺风光，可总归是凶手哟。要讲罪孽，到底谁个坏，是你们？还是我？鬼才知道！（挖苦地一笑）

当然，只要能把那小娘儿们抢到手，不杀她男人也没什么。说老实话，按我当时的心思，只想把她弄到手，那男的能不杀，就尽量不杀。可是，在山科大道上，这种事，没法动手。于是，就想法子，把那小两口诱进山里。

这倒不是什么难事。我跟他们一搭上伴，就瞎编了一套话，说对面山里有座古墓，掘出来一看，竟有许多古镜和宝刀，我不想让人知道，就偷偷埋在后山的竹林里。若是有人要，随便哪件，打算便宜出手。——不知不觉间，男的对我这套话渐渐动了心。这后来嘛——你说怎么着？人的贪心真叫可怕！不出半个时辰，小两口竟掉转马头，跟我上山了。

到了竹林前，我推说，宝物就埋在里边，进去瞧瞧吧。男的财迷心窍，自然答应。可女的，连马也不肯下，说："我就在这儿等。"那竹林子密密匝匝，也难怪她要说这话。老实说，这倒正中咱家下怀。于是便让那小娘儿们留下，我跟她男人一起钻进了林子。

开头林子里尽是竹子，过去十多丈地，才是一片稀疏的杉树林。——要下手，那地方再合适不过了。我一面拨开竹丛，一面煞有介事地骗他说：宝物就埋在杉树下面。男的信以为真，就朝看得见杉树的地方拼命赶去。不大会儿工夫，便来到竹子稀疏，但有几棵杉树的地方。——说时迟那时快，我一下便把他撂倒在地。还真不愧是个佩刀的武士，力气像是蛮大的哩。可是不意着了我的道儿，他也没辙！我当即把他绑在一棵杉树根上。绳子吗？这正是干我们这行的法宝，说不准什么时候要翻墙越户，随时拴在腰上。当然啦，我用竹叶塞了他一嘴，叫他出不了声。这样，就不用怕什么了。

将男的收拾停当，回头去找那小娘儿们，谎报她男人好像得了急症，叫她快去看看。不用说，她也中了圈套。便摘下竹笠，由我拽着她的手，拉进竹林深处。到了那里，她一眼就看见了——丈夫给绑在杉树根上。霎时间，她从怀里掏出一把明晃晃的匕首来。老子从没见过那么烈性的女人。当时要是一个不小心，没准肚子上就会挨一刀。虽说我闪开了身子，可她豁出命来，一阵乱刺，保不住哪儿得挂点彩。不过，老子是多襄丸，何须拔刀，结果还不是将她的匕首打落在地。一个女子再烈性，没了家伙，也就傻了眼了。我终于称心如意，用不着杀那男人，也能把他小媳妇儿弄到手。

用不着杀她男人——不错，我本来就没打算杀。可是，当我撇下趴在地上嘤嘤啜泣的小娘儿们，正想从竹林里溜之大吉，不料她一把抓住我胳膊，发疯似的缠上身来。只听她断断续续嚷道："不是你强盗死，便是我丈夫亡，你们两个总得死一个。让两个男人看我出丑，比死还难受。"接着，她又喘吁吁地说："你们两个，谁活我就跟谁去。"这时，我才对她男人萌生杀机。（阴郁的兴奋）

听我这么说来，你们必定把我看得无比残忍。那是因为你们没看到她的脸庞，尤其没看到那一瞬间，她那对火烧火燎的眼珠子。我盯着她的眼看，心想，就是天打雷劈，也要娶她为妻。我心里只转着这个念头。我绝非你们大人先生所想的，什么无耻下流，淫邪色欲。如果当时仅止于色欲，而无一点向往，我早一脚踢开她，逃之夭夭了。

我的刀也不会沾上她男人的血。可是，在幽暗的竹林里，我凝目望着她的脸庞，刹那间，主意已定：不杀她男人，誓不离开此地。

不过，即便开杀戒，也不愿用卑鄙手段。我松开绑，叫他拿刀跟我一决生死。（杉树脚下的绳子，就是那时随手一扔，忘在那里的。）他脸色惨白，拔出那把大刀，一声不吭，一腔怒火，猛地一刀朝我劈来。——决斗的结果，也不必再说了。到第二十三回合，我一刀刺穿他的胸膛。请注意——是第二十三回合！只有这一点，我对他至今还十分佩服。因为跟我交手，能打到二十回合的，普天之下也只他一人啊！（欣然一笑）

男人一倒下，我提着鲜血淋漓的大刀，回头去找那小娘儿们。谁知，哪儿都没有。逃到什么地方去啦？我在杉树林里找来找去。地上的竹叶，连一点踪迹都没留下。侧耳听听，只听见她男人临终前在噎气。

说不定我们打得难分难解之际，她早就溜出竹林搬救兵去了。为自己想，这可是性命交关的事。我当即捡起大刀和弓箭，又回到原来的山路。小娘儿们的马还在那里静静地吃草。后来的事，也就不必多说了。只是进京之前，那把刀，给我卖掉了。——我要招的，便是这些。横竖我脑袋总有一天会悬在狱门前示众的，尽管处我极刑好啦！（态度昂然）

女人在清水寺忏悔

那个穿藏青褂子的汉子把我糟蹋够了，瞧着我那给捆在一旁的丈夫，又是讥讽又是嘲笑。我丈夫心里该多难受啊。不论他怎么挣扎，绳子却只有越勒越紧的份儿。我不由得连滚带爬，跑到丈夫身边去。不，我是想要跑过去。但是，那汉子却冷不防把我踢倒在地。就在那一刹那，我看见丈夫眼里，闪着无法形容的光芒。我不知该怎样形容好，至今一想起来，都禁不住要打战。他嘴里说不出话，可是他的心思，全在那一瞥的眼神里表达了出来。他那灼灼的目光，既不是愤怒，也不是悲哀——只有对我的轻蔑，真个是冰寒雪冷呀！挨那汉子一脚不算什么，可丈夫的目光，却叫我万万受不了。我不由得惨叫一声，昏了过去。

过了一会儿，才恢复神志，穿藏青褂子的汉子已不知去向。只留下我丈夫还捆在杉树根上。我从撒满竹叶的地上抬起身子，凝目望着丈夫的面孔。他的眼神同方才一样，丝毫没有改变。依然是那么冰寒雪冷的，轻蔑之中又加上憎恶的神色。那时我的心呀，又羞愧，又悲哀，外加气愤，简直不知怎么说才好。我晃晃悠悠地站了起来，走到丈夫跟前。

“官人！事情已然如此，我是没法再跟你一起过了。狠狠心，还是死了干净。可是……可是你也得给我死掉！你亲眼看我出丑，我就不能让你再活下去。”

我好不费劲才说出这番话来。但是我丈夫仍是不胜憎恶地瞪着我。我的心都快碎了。我克制住自己，去找他的刀。也许叫那强盗拿走了，竹林里不仅没大刀，连弓箭也找不见。幸好那把匕首还在我脚边。我挥动匕首，最后对他说：

“那么，就把命交给我吧。为妻的随后就来陪你。”

听了这话，我丈夫动了动嘴。嘴里塞满了落叶，当然听不见一点声音。可我一看，立即明白他的意思。他对我依然不胜轻蔑，只说了一句：杀吧！我丈夫穿的是浅蓝色的绸褂，我懵懵懂懂，朝他胸口猛一刀扎了下去。

这时，我大概又晕了过去。等回过气来，向四处望了望，丈夫还绑在树上，早已断了气。一缕夕阳，透过杉竹的缝隙，射在他惨白的脸上。我忍气吞声，松开尸身上的绳子。接下来——接下来，怎么样呢？我真没勇气说出口来。要死，我已没了那份勇气！我想过种种办法，拿匕首往脖子上抹，在山脚下投湖，试试都没死成。这么苟活人世，实在没脸见人。（惨然一笑）我这不争气的女人，恐怕连大慈大悲的观音菩萨都不肯度化的。我这个杀夫的女人呀，我这个强盗糟蹋过的女人呀，究竟怎么办才好啊！我究竟，我……（突然痛哭不已）

亡灵借巫女之口所作供词

强盗将我妻子凌辱过后，坐在那里花言巧语，对她百般宽慰。我自然没法开口，身子还绑在杉树根上。可是，我一再向妻子以目示意："千万别听他的，他说的全是谎话。"可她只管失神落魄，坐在落叶上望着膝头，一动也不动。那样子，分明对强盗的话，听得入了迷。我不禁妒火中烧。而强盗还在甜言蜜语，滔滔不绝："你既失了身，和你丈夫，恐怕破镜也难圆了。与其跟他过那种日子，不如索性当我老婆，怎么样？咱家真正是爱煞你这俏冤家，才胆大包天，做出这种荒唐事儿。"——这狗强盗居然连这种话都不怕说出口。

听强盗这样一说，我妻子抬起她那张神迷意荡的面孔！我从来没见过妻有这样美丽。然而，我这娇美的妻子当着我——她那给人五花大绑的丈夫的面，是怎样回答强盗的呢？尽管我现在已魂归幽冥，可是一想起她的答话，仍不禁怒火中烧。她确是这样说的："好吧，随你带我去哪儿都成。"（沉默有顷）

妻的罪孽何止于此。否则在这幽冥界，我也不至于这样痛苦了。她如梦如痴，让强盗拉着她手，正要走出竹林，猛一变脸，指着杉树下的我，说：“把他杀掉！有他活着，我就不能跟你。”她发狂似的连连喊着：“杀掉他！”这话好似一阵狂风，即便此刻也能将我一头刮进黑暗的深渊。这样可憎的话，有谁说得出？这样可诅咒的要求，又有谁听到过？哪怕就一次……（突然冷笑起来）连那个强盗听了，也不免大惊失色。妻拉住强盗的胳膊，一面喊着：“杀掉他！”强盗一声不响，望着她，没有说杀，也没有说不杀……就在这一念之间，他一脚将妻踢倒在落叶上。（又是一阵冷笑）抱着胳膊，镇静地望着我，说道：“这贱货，你打算怎么办？杀掉吗？还是放过她？回答呀，你只管点点头就行。杀掉？”——就凭这一句话，我已愿意饶恕强盗的罪孽。（又沉默良久）

趁我还在游移之际，妻大叫一声，随即逃向竹林深处。强盗立刻追了过去，似乎连她衣袖都没抓着。我像做梦似的，望着这一情景。

妻逃走后，强盗捡起大刀和弓箭，将我身上的绳子割了一刀。“这回该咱家溜之大吉了。”——记得他的身影隐没在林外时，这样自语。然后，四周是一片沉寂。不，似有一阵呜咽之声。我一面松开绳子，一面侧耳谛听。原来呜呜咽咽的，竟是我自家呀。（第三次长久沉默）

我疲惫不堪，好不容易才从杉树下站起身子。在我面前，妻掉下的那把匕首，正闪闪发亮。我捡起来，一刀刺进了胸膛。嘴里涌出一股血腥味。可是没有一丝儿痛苦。胸口渐渐发凉，四周也愈发沉寂。啊，好静呀！山林的上空，连只小鸟都不肯飞来鸣啭。那杉竹的梢头，唯有一抹寂寂的夕阳。可是，夕阳也慢慢暗淡了下来。看不见杉，也看不见竹。我倒在地上，沉沉的静寂将我紧紧地包围。

这时，有人蹑足悄悄走近我身旁，我想看看是谁。然而，周围已瞑色四合。是谁……谁的一只我看不见的手，轻轻拔去我胸口上的匕首。同时，我嘴里又是一阵血潮喷涌。从此，我永远沉沦于黑暗幽冥之中……

大正十年（1921）十二月

报恩记

阿妈港甚内的话

我叫甚内。姓么……嗯，很久啦，大家一直叫我阿妈港甚内。阿妈港甚内这名字——您听说过吧？别这样，用不着惊慌。我就是您知道的那个有名的大盗。不过，今儿晚上登门，不是来打劫的。尽请放心。

听说，在日本的神父中，您是位德高望重的人。跟一个强盗待在一起，哪怕就一会儿，想必也不情愿吧。但是，您绝料不到，我也并非只干打家劫舍的营生。想当年，吕宋助左卫门应召到聚乐殿，他手下有名当差，确实名叫甚内。还有，利休[1]居士有只珍爱的水罐，名“红头”，是位连歌师送的，听说本名也叫什么甚内。对了，两三年前，大村那儿有名通事，写了本《阿妈港日记》，不是也叫甚内吗？另外，在三条河边斗殴，救了麦克唐纳船长的那个和尚，在堺市妙国寺门前卖南蛮药的商人……那些人，要提名道姓的话，全都叫什么甚内的：对了，比这更要紧的，是去年有个教徒，把装着圣母马利亚指甲的黄金宝盒献给了圣·弗朗西斯科教堂，依然叫甚内。

至于他的经历，很抱歉，今晚没工夫一一细说。只是请您相信，

1 本名千宗易（1522—1591），日本茶道的集大成者，因触怒丰臣秀吉，被迫自刎。

我阿妈港甚内，跟世上普通人没有不同。是吗？那我就把来意简短说一下吧。我来是求您给一位亡灵做弥撒的。不，他不是我的亲人，也不是我的刀下之鬼。名字吗？名字——唉，不知说出来好不好，我也没谱儿。我想为一个人的灵魂——要不，就算为一个叫“保罗”的日本人，祈求冥福吧。不行吗？——也难怪，阿妈港甚内托您办这种事，哪儿会一口就答应下来呢。那好吧，我就把事情的来龙去脉说一说。不过，您得答应我，不论对死人活人，绝不走漏半点口风。凭您胸前挂的十字架，您能担保吗？哎呀——太失礼了，请原谅。（微笑）我一个强盗，竟怀疑起您这位堂堂神父，真是不自量呀。可是，要是不能信守这一条，（突然严肃地）即便不受地狱的火刑，也要遭现世的报应噢。

那是两年多前的事了。一天半夜，寒风呼啸，我打扮成一个行脚僧，在京城里转悠。我这么转悠，并非打那夜开始。总共五夜，一过初更，就人不知鬼不觉，偷偷去窥探人家的门户。至于所为何事，当然就不必说了。尤其那时，我正想出洋去马六甲，额外要一笔钱。

当然，街上早已没有行人，天上只有星星闪闪发亮，寒风呼呼狂啸，片刻不停。我沿着黑黝黝的屋檐底下走，来到小川町，在十字路口拐角，忽然看见有座大宅子。那是京城有名的北条屋弥三右卫门的府邸。虽说都是做的海上生意，北条屋到底比不上角仓家。不过，好歹也有一两条船；走暹罗，走吕宋，算得上是家富商。我不是冲着这家来的。既然撞上了，便有意做回买卖。方才我说过，夜已经很深，又刮着风——这对于我们这种营生的，真是天假其便。我把竹笠和禅杖藏在路边消防桶后面，一下子就翻过墙头。

您不妨听听，世人是怎么传的。阿妈港甚内会隐身术——谁都这么说。您当然不会像世人一样，把这当真。我既不会隐身术，也没有魔鬼附体。只不过在阿妈港[1]时，跟个葡萄牙的船医，学过一些穷理之学[2]。实地应用么，像扭断大铁锁、撬开重门闩之类，都不费吹灰之力。（微笑）从前行窃还没这种本领——日本那时还没开化，跟十字架、洋枪炮一样，都是舶来品。

不大会儿工夫，我就进了北条屋院内。在黑乎乎的廊子上走到头，想不到半夜三更，有间屋子不仅透出灯光，还有说话声。看周围情形，像一间茶室。难道是"寒夜风吹且饮茶"吗？——我不由得苦笑，蹑手蹑脚走了过去。倒不是怕说话声碍我的事，其实，这间精致的茶室里，宾主的风雅情趣，赏心乐事，更引起我的兴趣。

一挨近隔扇，果然听见茶釜里水咝咝沸腾。可是出乎我意料的，是听见有人在边说边哭。谁在哭——用不着再听，我登时就明白，哭的是个女人。在这样一个富商家的茶室里，深更半夜里有女人哭，这事可不寻常。幸好隔扇开了一道缝，我便屏息静气，朝茶室里张望。

灯光下，只见壁龛里，挂着一幅古色古香的色纸[3]，花瓶里插着秋菊——这茶室，果然有种恬淡闲寂的雅趣。壁龛前——正对着我，坐着一位老人，大概就是主人弥三右卫门吧。穿了一件细藤蔓花纹的外褂，两臂抱在胸前，一动不动，从旁看过去，像是在听茶釜的水开声。坐在下手的，是位端庄的老太太，发髻上插着簪子，只见一个侧脸，不时地抹眼泪。

"生活虽说富裕，看来也有本难念的经哩。"——我这样一想，不禁露出了微笑。微笑——倒并非对屋主夫妇有什么恶意。像我这种人，一个背了四十年恶名的人，对别人——尤其是富贵人家的不幸，

---

1 即澳门的古称。

2 推究事物的道理。语出《易经·说卦》：穷理尽性，以至于命。至宋，称为"穷理之学"。

3 日本特有的一种用来书写和歌、俳句和画画的方形纸板，纸面多饰以金箔银箔与彩色花纹图案。

自然要幸灾乐祸了。（表情狞恶）当时，看这对老夫妇相对悲叹，就像看歌舞伎一样开心。（讥笑）不过，要说看小说，不单是我，谁都爱看悲情故事的，准没错儿。

过了一会儿，弥三右卫门叹了口气说：

“这种倒霉事儿遇上了，你再哭再喊，也挽回不来。我主意已定，明天就把伙计全辞掉。”

这时，一阵狂风刮得茶室直响，盖过了说话声。老夫人说了什么，没能听清。主人点了点头，手叉着放在腿上，抬眼望着竹编的顶棚。粗黑的眉毛，高耸的颧骨，尤其那长长的眼梢——这张脸，我越看越觉得面熟，好像以前见过。

“主啊，耶稣基督！请赐勇气予我们夫妇吧……”

弥三右卫门闭着眼睛，喃喃地祷告着。老太太也同丈夫一样，在祈求上帝的保佑。这工夫，我一直盯着弥三右卫门的脸，眼都不眨一下。又是一阵狂风吹过，心中忽然一闪，想起二十年前的旧事。凭这段记忆，我清清楚楚认出了弥三右卫门的面影。

提起二十年前的旧事——算了，不去提了。只简单说说事由吧。我到阿妈港的时候，有个日本船长救了我一命。当时彼此也没通姓名，就那么分手了。眼前看到的这个弥三右卫门，准是当年的那位船长。我很惊讶，竟有这种巧遇：我定定然看着这位老人的面孔。不错，那宽阔厚实的肩膀，骨节粗大的手指，似乎还透着股珊瑚礁的潮湿气和白檀山的香料味。

弥三右卫门做完长长的祷告，沉静地对老太太说：

“往后的一切，听上帝的安排吧。——正好，茶釜里水也开了，给我点杯茶吧？”

老太太忍住刚冒出来的眼泪，有气无力地答道：

“好吧。——可我不甘心的是……”

“算了，你说的都是傻话。北条丸沉了也罢，贷出的款子全泡汤也罢……”

“不，我说的不是这个，我是想，哪怕儿子弥三郎能留下来也好。可……”

听了两人的话，我又微微一笑。这回可不是因为他北条屋倒霉我高兴。我高兴的是，报恩的机会来了。我这个逃犯阿妈港甚内，终于也能堂堂正正报答恩人了。那种高兴劲儿——除了我，没人能够体会。（讥讽地）这世上，行善的人都很可怜。没干过坏事，再做好事也不会觉得有多快活。此中况味，他们哪儿体会得到。

“什么？都是那败家子，没有他反倒好了。”弥三右卫门把目光移开座灯，言下颇不痛快：“哪怕手里有他败光的那些钱，没准儿就能渡过这次难关。这么一想，把他赶走……”

弥三郎刚说到这里，便吃惊地望着我。不怪他要吃惊。因为这一刻，我一声不响拉开了隔扇。何况我一身行脚僧打扮，竹笠方才摘掉，头上包着南蛮巾。

“你是谁？”

弥三右卫门虽然上了年纪，却一下就跳将起来。

“别慌。我是阿妈港甚内。哎哟，请别出声。我阿妈港，是强盗，不过，今儿晚上突然登门，事出有因……”

我摘掉头巾，坐到弥三右卫门跟前。

后来的事，不说您也猜得到。为了报恩，解救北条屋的急难，我答应他，三天之内筹齐六千贯钱，一天也不耽误。——哎呀，门外好像有人，这不是脚步声吗？在下今儿晚上就先告辞。等明后天，再偷偷来一趟吧。那大十字星，在阿妈港的上空，能看到星光闪闪，在日本的天空里却看不到。我要不像大十字星那样，在日本销声匿迹的话，只怕对“保罗”来说，就是今儿晚上来求您给他做弥撒的那位，就太对不起他的灵魂了。

什么？问我怎么逃走吗？这您不用担心。这高高的天窗，那大大的壁炉，我都能够出入自由。为了恩人“保罗”的灵魂，这事您千万不能走漏半点儿口风。

北条屋弥三右卫门的话

神父，请听我忏悔。您兴许也知道，近来有个叫阿妈港甚内的大盗，社会上传得沸沸扬扬：听说他栖身在根来寺的塔上，偷过“杀生关白”[1]的大刀，在海外劫掠过吕宋的太守，这些全是他的作为。最近终于将他缉拿归案，在一条的回头桥边枭首示众。这事想必神父也听说了。我受过阿妈港甚内的大恩。正因为受了他天大的恩报，我现在才有说不出的惨痛。请神父听我细说缘由，然后为我祈求上帝，垂怜我这罪人吧。

那是两年多前冬天的事了。我的船北条丸，接连遇到暴风雨，沉到海里，本钱赔个精光——真是祸不单行，一家走投无路的情况下，只好骨肉分离，各奔一方。神父想必也知道，生意人之间，虽有主顾，却没朋友。这一来，我的全部家业，就同大船沉到海里一样，一头栽进了无底的深渊。于是有天夜里——我至今都忘不了，是个刮大风的夜晚。我同拙荆待在茶室里，那茶室您去过。不知不觉说话说到深夜。这时，忽然进来一个头包南蛮巾的行脚僧，就是那个阿妈港甚

1 日文“摄政关白”的谐音词，有暴戾凶残之意，此处指安土桃山时代武将丰臣秀次（1568—1595）。

内。不用说，我又惊又怒。听他说，溜进我家，原为打劫来的。因为看见灯光，还听见说话声，就从隔扇缝里偷瞧。认出我是北条屋弥三右卫门，二十年前救过他一命，是他的恩人。

不错，听他一说，记得有过这回事。二十来年前，我是商船船长，专跑阿妈港，当时船停靠在码头上，我救了一个还没长胡子的日本人。据说是喝醉了酒，同人打架，杀了一个中国人，正给人追杀。这样看来，他就是阿妈港甚内，如今成了有名的大盗。我知道，他没有说谎。好在家里人都睡了，便问他的来意。

甚内说，只要能办到，他决定要救我北条屋的急难，好报答二十年前的救命之恩。便问我，眼下需要多少银子。我不由得苦笑，让一个强盗筹款——那可不是闹着玩儿的，就算他是大盗阿妈港甚内，要真有那么多钱，又何苦上我家来偷。我说了个数目，他歪着脑袋想了想，说今儿晚上不行，三天之内，准把钱凑齐，一口应承下来。当时这偌大一笔款，六千贯，能不能凑齐，不能指望他。而且，我知道，求人不牢靠，全当没影儿的事。

那天夜里，甚内坐得舒舒坦坦的，让拙荆给他点茶，然后顶着大风回去了。第二天，答应好的钱，没送来。又过一天，还是没消息。第三天——那天下雪，直到夜里，仍没一点儿消息。我方才说了，对甚内的许诺，本来就没存指望。可是，我也没把伙计打发走，而是听天由命。看起来，我心里还存有几分侥幸，一直在盼望。就在第三天的夜里，我在茶室里面灯而坐，积雪每每压断枯枝，我这时侧耳凝神谛听。

然而，三更过后，突然听见茶室外面，好像有人在院里打架。我心中一动，当然想到甚内，难道给捕快盯住了？——想到这里，一把拉开朝院子的纸门，举起灯望过去。茶室前，积雪很深，“大明竹”

倒伏的旁边，有两个人扭打在一起——其中一个正要扑上去，另一个猛地将他推开，一头钻进树荫里，翻过墙头逃走了。只听见积雪落地和爬墙的声音——过后便没动静了，想必平安地落在墙外什么地方了。被推开的那人，也没去追，一边掸身上的雪，一边一声不响走到我面前。

“是我。阿妈港甚内呀！”

我一下愣住了，呆呆地瞧着甚内。那晚他仍穿着僧衣，包着南蛮头巾。

“哎呀，没想到会出乱子。幸好没吵醒什么人。”

甚内进了茶室，露出点苦笑。

“刚才，我一溜进来，就看见有人往地板下面[1]钻。我想逮住他，看是什么人。结果给他跑掉了。”

我仍不放心，怕是来逮他的捕快，便问，是差人不是？甚内说，哪里是什么差人，是个小偷。强盗捉小偷——真是新鲜事啦。这回倒是我苦笑了一下。这且不说，钱究竟凑没凑齐，没问清楚之前，我心里终归不踏实。甚内虽没说话，大概也看出我的心思。慢条斯理地解开藏钱的腰带，掏出一包钱放在火盆前。

“放心吧。六千贯已经筹到了。——其实昨天就凑得差不多了，只差两百贯，今儿晚上全齐了。这包钱，请收下吧。昨天凑到的大部分，趁两位没注意，已经藏在地板下面。今儿晚那个贼，八成嗅到了银子味儿。”

听了他的话，我像做梦一样。接受强盗的施舍——不用您说，我也知道不好。不过当时，我半信半疑，只想钱能不能筹到，压根儿就

1 日式剧的地板，距地面一两尺高，故而可以钻入。

没去想好不好；而且，事到这一步，也不好再说不要。何况不收下这笔钱，我一家老小就得流落街头了。请您垂怜我当时的心情吧。不知什么工夫，我两手恭谨地扶在席上，话没说上一句，就哭了起来。

那以后，两年里我没听到甚内的消息。我一家得以保全，安稳度日，多亏了甚内。背地里，我总是向圣母马利亚祈祷，保佑他平安无事。不承想，最近在街上听人说，阿妈港甚内给逮住了，砍了头，悬在回头桥旁示众，我大吃一惊，私下里掉了泪。在他是恶有恶报，让人无话可说：其实，这么多年没受上帝惩罚，已算他运气。可是，身受大恩，总该报答才是，便想给他祈求冥福。这样，我今儿个没带随从，一个人赶到一条的回头桥，去看示众的首级。

到了回头桥，那前面已经围满了人。告示牌上照例开明罪状，有差人看守，都与平时一样。然而，二三根青竹支起的架子上，挂着人头——啊呀呀，血淋淋的，惨不忍睹，我简直不知说什么好。挤在吵吵嚷嚷的人群里，一眼看见那脸色发白的人头，我不由得愣住了。那不是他！不是阿妈港甚内！那双浓眉，轮廓鲜明的脸颊，以及眉心上的刀疤，一点都不像甚内。——猛然间，我惊呆了，那明亮的阳光，周围的人群，和竹竿上的人头，仿佛霎时都消失到遥远的地方去了。这头，不是甚内的。那是我的，是二十年前的我——正是救甚内时的我。“弥三郎！”——要是我的舌头能动，没准就喊出来了。可我非但出不了声，浑身竟像得了疟疾，抖个不停。

弥三郎！我着魔似的望着儿子的头。那头微微仰起，半睁着眼，直瞪着我。这是怎么回事？是不是搞错了，把我儿子当成甚内了？可是过了堂，问了口供，是不会出这种错的。莫非阿妈港甚内就是我儿子？那晚到家里来的假和尚，是冒名顶替吗？不，哪儿有这种事！三天为期，一天不差，能筹到六千贯的，偌大一个日本国，除了甚内，还有谁能办到？看起来——这时，我心里忽然冒出一个人来：两年前的雪夜里，那个在院子里同甚内打架，谁都不认识的人。他是谁？难道是我儿子吗？这么说，虽然只瞥了一眼，那身影果然像他。难道是我心不在焉的缘故？要真是我儿子——我如大梦初醒，不眨眼地看着那头颅。只见发紫的嘴半开着，隐约带着微笑。

示众的首级带着微笑——您听了，没准会嗤之以鼻。我当时也以为是看花了眼呢，便一再细看，干枯的嘴上，的确清清楚楚露出微笑。这微笑好生奇怪，我凝神注视了好久，不知不觉，自己也笑了，同时，眼里流下了热泪。

“爸爸，请原谅我……”

无言的微笑，似乎在对我说：“爸爸，请原谅我这不孝之子。两年前的雪夜里，我偷偷回家，想向您赔罪。白天怕给伙计瞧见，太难为情，便特意等到夜里，正想去敲您卧室的门。恰巧茶室纸门上映着灯影。我怯生生地走过去，也不知什么人，一声不吭，冷不防从身后一把把我抱住。

“爸爸，后来的事您都知道了。因为事情来得突然，我一见到您，赶忙甩掉那个形迹可疑的人，跳墙逃走了。雪光中，看那人像一个行脚僧，有些奇怪。见没人追过来，我便又大着胆子，溜到茶室外面。隔着纸门，你们的话，我一股脑儿全听见了。

“爸爸，甚内救了北条屋，是咱们全家的恩人。我便暗中许愿，万一甚内有什么急难，我一定豁出命来，报答他的大恩。只有我，给赶出家门的浪子，才能报他的恩。两年来，我一直在等这个机会。终于，机会来了。请您原谅我这不孝子吧。我是个败家子，可我已为全家报了大恩。总算让我感到一些安慰……”

回家的路上，我又是哭又是笑，佩服儿子的勇气。您不知道，我儿子弥三郎和我一样，是入了教的，原先还起个教名，叫“保罗”。不过——我儿子，是个不走运的孩子。岂止是他呢，我们全家，要没有阿妈港甚内搭救，我也不会来这儿忏悔了。儿子虽舍不得，但也只得割舍了。一家人没有四分五散，能厮守在一起好呢，还是儿子不给杀掉，让他活着好呢？——（突然痛苦地）请救救我吧。我这样活着，没准要恨起大恩人甚内呢……（哭泣良久）

“保罗”弥三郎的话

啊，圣母马利亚！等天一亮，我就要头落地了。一旦落地，我的灵魂，是不是会像小鸟一样，飞到您身边呢？不，我活着尽干坏事，或许进不了庄严的天国，倒会掉进可怕的地狱之火中。不过，我已心满意足。二十年来，我心里从来没有这样痛快过。

我是北条屋弥三郎，但我那示众的首级却叫阿妈港甚内。我就是那个阿妈港甚内。——哪有这么快意的事！阿妈港甚内……怎么样？这名字不错吧？在暗无天日的牢房里，我嘴里只要念叨这名字，心里就好像绽放出天国的蔷薇和百合。

我忘不了两年前的那个冬天，一个大雪之夜。因想弄点赌本，便溜进父亲家里。见茶室门上映着灯光，正想去察看，忽然有个人，一声不响，一把揪住我的后衣领。我甩掉他，他又扑过来——虽不知他是什么人，但力大勇蛮，决不是一般人。我们扭打了两三回合，茶室门突然开了，掌着灯走到院里来的，正是我父亲弥三右卫门。我拼命挣脱给抓住的胸口，跳过墙头逃走了。

我跑出十几丈远，躲在人家的屋檐下，向街头来回张望了一下。虽在黑夜，白雪纷飞，如烟似雾，不见有任何动静。那人大概死了心，没追过来。可是，他是谁呢？仓促之间，只见一身行脚僧打扮。但方才，他力大无比——尤其精通拳术，可见决非等闲之辈。而这样一个大雪之夜，一个和尚跑到我家院子来——岂非怪事？我想了一想，即便冒险，也决意再次溜回茶室，看个究竟。

约莫过了一个时辰，雪正巧停了，那个奇怪的行脚僧顺着小川町走了。他就是阿妈港甚内。武士，行商，连歌师，云游和尚——曾扮成各色人物，是京师有名的大盗。我偷偷盯他的梢。当时，心里有说不出的高兴，从来没这么高兴过。阿妈港甚内！阿妈港甚内！我连梦里都崇拜他。偷“杀生关白”大刀的，是甚内；骗取暹罗店珊瑚树的，也是甚内；刀砍备前宰相家沉香木，抢走洋人船长贝莱拉怀表，一夜间连盗五个仓库，砍死八个三河武士——此外，还干了许多恶名传千古的坏事，全是这个阿妈港甚内。这样一个甚内，此刻就在我前面，斜戴着竹笠，走在微明的雪地上——仅仅瞧着他的身影，就是种福分。可我还期望更大的福分。

到了净严寺后面，我一口气追上甚内。这一带是一溜土墙，没有人家，即使在白天，要想避人耳目，也是最佳去处。甚内见到我，并没显得多惊讶，平静地停下来。拄着禅杖，一言不发，似在等我开口。我战战兢兢地跪伏在甚内面前，可是一见他沉静的面孔，竟讷讷出不了声。

“请原谅我的冒失。我是北条屋弥三右卫门之子，叫弥三郎……”

我难为情得涨红了脸，好不容易才开了口。

“有事想求您，才跟在后面……”

甚内只是点了点头。对我这个器小易盈的人来说，这就足以让我感激不尽了。我仍跪在雪地上，鼓起勇气，对他说：被家父扫地出门后，现在就跟一帮无赖混在一起，今晚想回家偷点东西，不料得遇大驾，一句不落地偷听到您和家父的谈话。我把这些事简要地说了一遍。但是甚内，照旧闭着嘴一言不发，冷冷地看着我。我说完，两腿往前蹭了蹭，偷偷瞧他的脸色。

“北条屋全家受您大恩，我也是其中的一个。大恩不忘，我决心拜在门下，听候使唤。我能偷盗，也会放火。别的坏事，也都还行，不比人差……”

甚内还是不作声。我很兴奋，越说越来劲。

“有事尽管吩咐。我一定好好干。京城、伏见、堺市、大阪……这些地方没有我不熟悉的。我能日行一百二十里，一手可举四斗重的麻包，人也杀过两三个。我悉听使唤，叫干什么就干什么。说去偷伏见城的白孔雀，我就照办。要我去烧圣·弗朗西斯科教堂的钟楼，我就去点火。叫我拐右大臣家的千金，我马上去拐来。想要奉行官的脑袋……”

我还没说完，一脚给踢倒在雪地上。

“混账！”

甚内大喝一声，抬脚要走。我发疯似的抓住他的僧袍。

“求您收下我吧。您不管怎样，我都不会离开您。可以为您火里来水里去。《伊索寓言》里的狮王，还不是得救于区区一只耗子吗？我就当那只耗子。我……”

“住口！我甚内不受你这号人的报答。”

甚内一把推开，我又倒在雪地上。

“你这个败家子！回家去孝顺你爹娘吧！”

我再次给踢倒，忽然心里感到窝火。

“那就走着瞧！此恩非报不可。”

甚内头也不回，在雪地上急匆匆走掉了。不知什么工夫，月亮出来了。月光下，他的竹笠若隐若现……从那以后，两年来，我再没见到甚内。（忽地一笑）“我甚内不受你这号人的报答！”……他是这么说的。可是等天亮，我就要替他掉恼袋了。

啊，圣母马利亚！两年里，为了报答甚内，我心里不知有多苦。为了报恩？不，其实也是为了雪恨。可是，甚内他在哪儿呢？在干什么？——有谁知道吗？——首先，就连他是个什么样的人都没人知道。我见到的那个假和尚，是个四十来岁的小个子。但是，不是有人说，在柳町的妓馆里，是个年纪不到三十，红脸大胡子的浪人[1]吗？大闹歌舞伎院的，却是个弯腰驼背的红毛番，而劫掠妙国寺财宝的，竟变成梳前刘海儿的年轻武士——倘若这伙人全是甚内，那么，要想弄清他的真面目，终非人力所及。后来，到了去年年底，我得了吐血的病。

我真想出这口气呀——我一天天瘦下去，一心琢磨这件事。有天晚上，我忽然想出一条妙计：圣母马利亚！圣母马利亚！是您赐予我智慧，开示我妙计的。我只要舍弃这个身子，舍弃因吐血病成皮包骨的身子——只要我肯豁出去，就能夙愿以偿。那天晚上，我高兴得一个人大笑，一直重复这句话：“我替甚内去掉这颗脑袋！我替甚内去掉这颗脑袋！”

代甚内砍头——真是妙极了！这一来，甚内的罪恶，就会随我之去而烟消云散——在广阔的日本，不论到哪里，他都能高视阔步、畅行无阻了。相反（又一笑）——相反，我在一夜之内，便成了一代大盗。在吕宋助左卫门的手下当差，砍备前相府沉香木，骗暹罗店的珊瑚树，做利休居士的知交，破伏见城的金库，杀八个三河武士——甚

1 江户时代，失去主公和俸禄，四处流浪的武士，称为浪人。

内的一切荣名，全归我所有了。（第三次笑）我既帮了甚内的大忙，又断送了他的大名。我给全家报了恩，也给自己雪了恨。一还，一报，无比痛快。那晚，我当然高兴得直笑。即便这会儿——哪怕在牢里，也没法儿不笑不是？

想出这条妙计之后，我便进大内去偷盗。傍晚天黑，月亮还未升起，唯有帘内的灯光明灭，照得松林中的花影一片朦胧——记得当时好像看见这些景物。我从长廊顶上跳入无人的宫院里，当下就有四五个护院的武士把我逮个正着，这倒正中下怀。这时，一个大胡子武士把我按在地上，一边用绳子使劲儿捆，一边气咻咻地说："这回可把甚内给逮住了。"不错，除了阿妈港甚内，有谁敢溜进大内来呢？听了这话，我一边拼命挣扎，却也忍不住笑了起来。

他说过："我甚内不受你这号人的恩惠。"等天一亮，我就要替他去死了。真是绝妙的讽刺呀！我的首级给挂上示众时，我只盼着他来。面对我的脑袋，甚内准能听见无声的大笑："怎么样？我弥三郎报的大恩？"——笑声里将会说："你已经不是甚内啦。这脑袋才是阿妈港甚内，那个天下闻名、日本第一的大盗！"（笑）啊，我好痛快呀！这样痛快的事，一生中唯有一次而已。可是，要是父亲弥三右卫门见了我的头——（痛苦地）原谅我，爸爸！我得了吐血的绝症，即便不杀头，也活不上三年了。饶恕我这不孝之子吧！虽说我是个败家子，好歹也算替全家报了大恩……

大正十一年（1922）四月

六宫公主

1

六宫公主的父亲，也是一位公主所生。因为生性古板，不合时宜，所以，官也只做到兵部大辅，再也没能高升。公主跟这样的父母，住在六富池畔一所庭木森森的府邸里。六宫公主的称呼，便是这么得来的。

父母十分珍爱公主，却守着老礼儿，没想法儿给她许配个人家。只是养在深闺，等人上门求亲。公主也恪守父母的教诲，恭谨度日。那日子虽说无忧无虑，却也没什么欢乐可言。公主不谙世事，倒也不觉得有什么不称心，心想："只要父母健在就好。"

古池畔的垂樱，年年岁岁，零落地开着花。不知不觉间，公主也长成一个娴静端庄的美人儿。可是，这相依为命的父亲，因年老酗酒，突然亡故了。而且祸不单行，母亲思念亡夫，哀伤逾恒，不上半年也追随夫君而去。公主十分悲伤，尤感世事茫茫，走投无路。说来，一向娇生惯养的公主，除了一位乳母，便再也没有可依靠的人了。乳母倒是忠心耿耿，为了公主，不辞辛苦，始终拼命操劳。但是，镶着螺钿的匣子，白金的香炉，这些祖传的遗物，慢慢一件件少了下去。男佣女仆，也开始一个个辞工离去。渐渐地，公主终于明白生计的窘迫。可是，要叫她想个法子，却是她力所不及的。在寂寥的厢房里，公主一如往昔，弹弹琴，吟吟诗，单调地一天天打发日子。

秋天的一个黄昏，乳母走到公主面前，犹犹豫豫，终于说出这样一番话：

“我那个当和尚的侄子说，有位官人，先前在丹波做过国司，提出要见见公主。说是那官人不但相貌俊美，性情也很温和。他父亲虽说只是位地方官，祖上倒当过三品京官。公主见见他好不好？总比这样过穷日子要强些……”

公主低声啜泣起来。为了贴补困窘的生活，便将身子交给男人，这不同卖身一样吗？当然她也知道，世上这种事很多。但是，一想到现在自己也沦落到这一步．就格外伤心。公主当着乳母，在落叶横飞的秋风里，把面庞深深埋在衣袖中……

2

公主终于和那男子夜夜相会了。正像乳母所说，那男子性情温和，容貌也果然俊雅，而且，对公主的美貌，倾心得忘乎所以，这是明摆着的，谁都看得出来。公主对他倒也没有恶感，有时甚至还觉得终身有了依靠。可是，在绘着蝶鸟双飞的围屏后，在耀眼的灯光下，哪怕同那男子相亲相爱的时候，公主也没有一夜是感到欢愉的。

没多久，宅邸里开始显出生机，黑漆柜和竹帘子都换了新的，佣人也增加了。乳母持家，比先前更起劲了。可是，公主对这些变化，瞧着只感到满怀凄凉。

有一夜，阵雨初霁，男子和公主对酌，讲了丹波国一个怕人的故事：有个到出云去的旅客，在大江山下的客店投宿。刚好那夜，客店老板娘平安生下一个女婴。旅客忽然看见产房里跑出一个怪汉，嘴上念叨“寿当八岁，命该自刎”，说完便没影儿了。九年以后，那个旅客进京路过，又上那家客店投宿，想探个究竟。果然，女孩已在八岁那年横死。是从树上掉下来，偏巧喉咙扎到镰刀上。——故事约略如此。公主听了，感到人各有命，没法儿违抗。自己能依傍这个男人，比起那女孩来，算是福气的了。“万事只能认命啊”——公主心里这样想着，脸上装出笑容。

屋檐下的松树，被大雪几次压断了枝条。白天，公主照旧弹弹琴，玩玩双六；晚上，则同男子同床共寝，听水鸟飞入池塘的声音。日夕晨昏，既没有悲哀，也很少欢乐。不过，公主依然故我，在这疏懒闲适的生活中，一时倒也乐在其中。

不料，这闲适的日子，突然到了头。初春的一个晚上，那男子待屋里只剩下他们两人，便开了腔，为难地说：“与你相会，今天是最后一夜了。”原来他父亲奉调陆奥，当地方官，他得跟着一起到冰天雪地的任所去。当然，离开公主，最叫他痛心不过。可是，他跟公主相好，是瞒着严父的，现在再来说真话，终究难开这个口。男子一面唉声叹气，一面细说端详。

“五年一过，任期就满了。到时我准回来，你等着我吧。”公主早已哭倒了。即使没什么爱情，毕竟是个可托终身的人；一旦要分离，那真有说不尽的悲哀。男子抚摸着公主的后背，百般劝慰和勉励。可是，一言未尽，已然泣不成声了。

这时候，不知就里的乳母，同年轻的女佣，端着酒馔食案进来，还说，古池畔的垂樱，都长出花骨朵来了……

3

第六年的春天到了。上陆奥去的男子，终究没回京城。这期间，佣人四散，投奔到别处，一个都没留下。公主住的东厢房，有一年叫大风刮倒了。从那以后，公主便同乳母一起，挤在下人屋里。说是屋子，却又窄又破，仅避风雨罢了。刚搬过去的时候，乳母一见可怜的公主，就禁不住落泪，但有时又会无端发火。

生活的困苦，自不用多说。橱柜早已变卖，换了米菜。如今，公主除了身上的夹衣和裙子，再没一件多余的了。有时缺柴烧，乳母便到颓败的正房拆木板。而公主仍像从前一样，弹弹琴，吟吟诗，消愁解闷，一心等那男子归来。

于是，那年秋天的一个月夜，乳母走到公主面前，想了又想，说道："官人恐怕是不会回来的了。公主就忘了他吧，好不好？前两天，有位典药助，说要拜见公主，一直催着呢……"公主一边听，一边想起六年前的事来。六年前，自己曾伤心得哭个没完。而今，已身心交瘁，"只求静静地等死"……此外别无所想。听完乳母的话，公主憔悴的面庞望着苍白的月亮，心灰意懒地摇了摇头，说：

"我什么也不要。活也罢，死也罢，反正都一样……"

就在这同一时刻，那男子远在常陆国的府邸里，正和新娶的娇妻双双对酌，妻子是国守的千金，是乃父给他相中的。

"什么声音？"

男子吃了一惊，抬眼望着月光朗照下的屋檐。这时，不知为何，公主的面影忽焉鲜明地浮上心头。

"是栗子掉下来了呀。"

常陆的妻子这样回答，一面笨拙地为他斟酒。

4

直到第九年，恰逢晚秋时节，那男子才回京城。他是同常陆的妻子一家人同行。在回京的路上，为了避开不吉利的日子，在粟津待了三四天。进京那天，还特意选在傍晚，免得白天惹人注目。在乡下的那几天，男子几次三番派人去给公主报信。可是，有的一去不回，有的幸而回来，却没找到公主的宅邸，没得到一点音信。因此，一旦进了京，就越发思念。等把妻子平安送到丈人家，便风尘仆仆连件衣服也顾不得换，马上直奔六宫去了。

到了六宫一看，从前有四根大柱的门，屋顶葺着桧皮的正房和厢房，如今统统不见了。唯见一堆废墟，还留在院子里。他伫立在荒草中，茫然望着这片遗迹。那里，池塘半掩，浮萧几株，在新月的微光下，叶子静静地簇拥在一起。

记得原先是账房的那地方，见到一间快倒的板房。走近一看，屋里好像有人，便摸黑朝那人轻轻叫了一声。月光下，蹒跚走出一个老尼姑来，有点面熟。

听见男子报出姓名，老尼姑还没开口，便先自哭了起来。然后，才抽抽搭搭地讲起公主的境况。

“老爷您忘了吧？小女给您当过使女。老爷走后，还做了五年。后来，要随我丈夫上但马去，我同小女才离开这儿。近来因为惦记公主，我就一个人进京来看看。可您瞧，这不，连房子带家什全没了。就连公主哪儿去了也不知道……刚才我正没辙呢。老爷您不知道，小女在的那阵儿，公主的日子过得那份苦哇，真是一言难尽呀……”

男子听她一五一十说完，便脱下一件内衣，送给这位驼背的老尼姑。然后，垂头丧气，在荒草萋萋中，默默离去。

5

翌日，男子又跑遍京城，到处去找公主：她在哪儿？怎么样了？始终不知下落。

几天以后的傍晚，为躲阵雨，男子站在朱雀门前西曲殿的檐下：那儿除了他，还有一个叫花子和尚，也不耐烦地在等雨停。朱漆大门顶上，单调的雨声不绝于耳。男子乜斜着眼睛看着和尚，一面心烦意乱地在台阶上走来走去：忽然听见动静，微暗的窗内好像有人，便无心地朝里面瞟了一眼。窗内有个尼姑，正在服侍一个身披破席的女子，像是个病人。虽说黄昏时分，光线暗淡，也看得出，那女子简直瘦得怕人。而且，一眼就能认出，她正是公主。男子张嘴刚想招呼，可是见她那贫贱模样，不知怎的，竟又咽了回去。公主不知道男子就在窗外，躺在破席上，翻过身，不胜痛苦地吟诗道：

曲肱作枕风吹寒，
清秋堪忍愁无眠。

听到这声音，男子忍不住叫出公主的名字。公主果然抬起头来，一见到男子，轻轻地不知说了句什么，便又倒伏在席上。尼姑——那位忠实的乳母，同跑进屋的男子一起，慌忙抱起公主。可是，看了她的脸色，不要说乳母，连那男子也着了慌。

乳母发疯似的跑去找叫花子和尚。请他不管怎样，给公主临终念卷经。和尚答应了，走到公主枕边坐下。他没有念经，却对公主说：

“往生净土，不能借助他力。须自己念佛不怠，快快念阿弥陀佛！”

公主由男子抱着，声音微弱地念起佛号来。忽然，眼睛定定然，惊惧地看着门口的顶棚：

“啊，那儿有辆车子，起火了……”

“不要怕，只管念佛！”

和尚厉声说。公主念了一会儿，又梦魇一般嘟哝道：

“我看见金色莲花了。莲花大如华盖……”

和尚正要说话，公主抢先断断续续地说：

“莲花又不见了。剩下的是一片黑暗，只有风在吹。”

“要一心念佛！为什么不专心念佛？”

和尚叱责道。公主快断气了，只是重复同样的话：

“什……什么都不见了。一片黑暗，只有风……只有冷飕飕的风在吹。”

男子和乳母含着泪，口中不断念着佛号。和尚也双手合十，帮着公主念佛。雨声交织着佛号，躺在破席上的公主，脸上渐渐露出死相……

6

后来，又过了几天，一个月夜，那个劝公主念佛的和尚，穿着破僧袍，抱着膝盖，照旧坐在朱雀门前的曲殿里。这时，有个武士悠然自得地哼着小曲，在月光照彻的大路上走来。见了和尚，一双穿草履的脚便停下来，随口问道：

“说是近来朱雀门一带，常听到女人的哭声，是吗？”

和尚蹲在石阶上，只说了一句：

“你听！”

武士侧起耳朵，但闻隐隐的虫鸣，此外别无声响。周遭只有松树的气息，飘荡在夜空中。武士正要张口，没等说话，突然不知从哪儿送来一声女人幽幽的叹息。

武士手按刀把。声音在曲殿的上空，拖着长长的尾音，响了一阵，渐渐又消失在远处。

“念佛吧！”和尚抬头迎着月光，说道，“那是个没出息的女魂，既不知天堂也不知地狱。念佛吧！”

武士没有回答，盯住和尚的面孔。大吃一惊，猛地两手伏地，跪在和尚面前：

“是内记上人吧？怎么会在此地……”

俗名庆滋保胤，世称内记上人，在空也上人的弟子中，最是一位德高望重的沙门。

大正十一年（1922）八月

阿富的贞操

明治元年（1868）五月十四日午后。“明日拂晓，官军行将进攻东睿山彰义队。上野一带居民，务须紧急撤离。”——发布这一通告，已是下午了。下谷町二条的小杂货店，古河屋政兵卫家撤走后，只留下一只大公猫，静静地趴在厨房的角落里，面对着一只鲍鱼壳。

家中门窗紧闭，一过午后，四处黑黢黢的，听不到一点儿人声。耳边唯有连日不断的雨声。看不见的房檐上，忽而暴雨如注，忽而不知什么工夫，又消失在半空里了。每当雨声一大，那大花猫就睁圆一对琥珀色的眼睛，在这连炉灶都看不清的厨房里，射出两道瘆人的磷光。等知道是哗哗的雨声，没有别的动静，猫儿便又一动不动，把眼睛眯缝起来。

这样接连几次，猫儿终于睡着了吧？眼睛连睁都不睁了。雨依旧是紧一阵慢一阵。八点，八点半——时间在雨声中渐渐移到了黄昏。

刚才将近七点时，大花猫忽然被什么惊醒，睁开眼睛，竖起了耳朵。雨比方才小多了。只有轿夫跑过大街的脚步声——此外，别无动静。但是，沉寂了几秒钟后，原来黑黢黢的厨房里，不知不觉有点蒙蒙亮。挤在夹缝里的灶台，无盖水缸里的反光，供灶神的松枝，还有拉天窗的绳子——这些东西都一一能看清了。大花猫越发不安起来，瞪着厨房的门缝儿，慢慢站起肥大的身躯。

这时，开门的——不但厨房门，连格子拉门也打开了，是一个淋得像落汤鸡似的叫花子。他包着旧汗巾的脑袋先伸进来，侧耳听了一会儿屋里的动静。认准了屋里静悄悄的没人，才偷偷溜进厨房，只有身上裹的席子是簇新的，上面留着很分明的酒渍印。猫塌下耳朵，倒退了两三步。但叫花子并不惊慌，反手关好拉门，慢慢摘掉头上的汗巾，露出满脸的毛胡子，脸上还贴了两三块膏药，虽说乌七八黑，长相倒也不凡。

“花花，花花。”

叫花子甩掉头发上的雨水，擦去脸上的水珠，小声叫着猫的名字。大花猫像是熟悉这声音，将塌下的耳朵又竖了起来，但仍站在那里，猜疑的目光，不时盯住他的脸。叫花子扒掉席子，扑通一下盘腿坐在了猫面前，两条泥腿连肉都看不见。

“花花，怎么啦？这儿一个人都没有，看来是把你丢下不管了。”

叫花子独自笑着，伸出大手摸摸猫的脑袋。猫想逃却没逃，反而坐下来，慢慢眯起了眼睛。叫花子摸完猫，从旧单褂的怀兜里，掏出油光锃亮的手枪，在昏暗的光线下，检查扳机。周遭充满“战争”的气氛，一个叫花子在空荡无人的厨房里摆弄着手枪——这少见的光景倒真像小说的情节。可是，猫儿却像是洞察这一切秘密似的，照旧眯起眼弓着背，冷然坐在那里不动。

“等到明天呀，花花，这一带可就是枪林弹雨喽。挨上一颗，就没命了，明天一天，别管外面多乱，都要藏在地板下面。知道吗……”

叫花子察看着枪，不时和猫说着话。

“咱们也算是老交情啦。今天就此道别。明天，你可是大难临头啦，我说不定也会送命。要是命大不死，以后也不会再同你一起扒垃圾了。这回你高兴了吧？”

这工夫雨又稀里哗啦下了起来。乌云压向屋顶，瓦上雾气溟蒙。厨房里昏暗的光线越发微弱了。但叫花子头也不抬，只管察看手枪，然后小心翼翼装上子弹。

“要么，你是舍不得同我分手？算啦，都说猫儿不记三年恩，我看你这东西也靠不住哩。——”

叫花子忽然闭住了嘴。门外有动静，好像有人走过来。他揣起手枪，同时回过头去。不但如此，厨房的拉门，也同时哗啦一声拉开了。霎时间，叫花子摆开架势，同闯进来的人正好四目相对。

开门的人，冷不防看到叫花子，反而吓了一跳，轻轻“啊”了一声。那是提把大黑伞的光脚年轻女子。她本能地又跑回雨里。好不容易从惊慌之中壮起胆子，透过厨房微弱的光线，死死盯住叫花子的脸。

叫花子也愣住了，旧单褂里，支起一条腿，紧紧瞪着对方。不过，眼神已没刚才那么紧张了。一时间两人不出一声，大眼瞪小眼地看着。

“我当是谁呢，这不是老新吗？”

她略微镇定下来，和叫花子搭话道。叫花子咧开嘴笑了笑，连连向她低头。

“抱歉抱歉。雨太大了，屋里没人，就进来了——这可不是改行来偷东西。”

“吓死我了，真是的——就是不偷东西，也不该这么厚脸皮呀。”

她甩了甩雨伞上的水珠，又气呼呼地补上一句：

“快出来！我要进屋啦。”

“好，马上走。你不赶，我也要走的。大姐，你不撤离吗？”

“已经撤了。可是撤了又——这关你什么事儿？”

“是落下什么东西吧。——哎哟，快进来吧，站在那儿要淋雨哩。”

她仍是气呼呼的，不理叫花子，径自坐在门口的地板上，把泥脚伸进水池，用水哗哗冲起来。叫花子若无其事地仍盘腿而坐，用手摩挲着胡子拉碴的下巴，目不转睛地看着她的一举一动。她肤色略黑，鼻梁旁长了几点雀斑，一个地道的乡下姑娘。一身打扮也是女佣常穿的土布单褂，只系了一条小仓布腰带。长得眉眼生动，肌肤结实，说不上哪儿有那么一股俏劲儿，会让人想起鲜桃嫩梨之类。

“时局这么紧，还跑回来取东西，准是落下什么要紧东西了。落下什么了？哎，大姐——阿富姐。”

老新盯着问道。

“你管呢！你倒是快点给我出去呀！”

阿富没好声气地顶了他一句。突然像又改了主意，抬头看看老新，一本正经地问道：

“老新，看见我们家花花了吗?”

“花花？花花刚才还在这里——咦，跑到哪儿去了？”

叫花子朝四处看了看。不知什么工夫，猫儿已跳到搁板上，趴在擂钵和铁锅之间。阿富和老新同时看到了这猫儿。她把水勺一扔，好像忘了有老新这么个人，连忙走上地板，开心地笑着，召唤起搁板上的猫来。

老新的目光，从搁板上昏暗的猫身上转过来，纳闷地看着阿富。

“猫吗？阿富姐，落下的东西敢情是猫呀！”

“是猫又怎么啦？——花花，花花，来，快下来。”

老新扑哧一声笑起来。那笑声在哗哗的雨声中，听着很瘆人。阿富气得满脸通红，劈头大骂起来。

“有什么好笑的？我们太太把花花落下了，都快急疯了。直念叨，花花要是给打死了，可怎么好，哭个没完没了。我也觉得怪可怜的，就冒着雨特地跑回来。——”

“好了好了，我不笑就是。”

可是，老新还是笑个没完，打断阿富的话说：

“我不笑啦。可你想想，明天就要‘打仗’了，大不了一只猫儿罢了——想来想去总觉得好笑。虽说是当着你的面，你们东家小气到这么不懂事儿，真少有呀。首先，为找这只花猫……”

“闭嘴！我不听你说我们太太的坏话！”

阿富气得直跺脚。可叫花子并没给吓住。眼睛反而放肆地在她身上溜来溜去。她那时，浑身流露出一种野性的美。淋湿的和服和衬裙——无论往哪儿看，都紧贴在身上，清清楚楚勾勒出她的体形。而且一望便知，是充满青春活力的处女之身。老新不眨眼地盯着她，仍带笑接下去说：

“首先，她该明白，就算要找猫，也不该把你打发回来。你说是不是？现在，上野一带，所有人家全撤了，街上这些房子虽在，也等于一座空城。当然喽，狼倒未必有，可是也没准会碰到什么危险。——这话总不会错吧。”

“与其操那份心，不如趁早给我把猫逮住。——再说，这会儿又没打起来，有什么好危险的。”

“这可不是闹着玩儿的：年轻轻的姑娘家，单身走在路上，这种时候要不危险，什么时候危险？直说了吧，这儿可就你我两人。万一我对你起了歪心，大姐，我看你怎么办？”

老新的口气又像开玩笑，又像当真，叫人摸不透。可是阿富一双亮晶晶的眼睛，连一丝恐惧的影子也没有。

只是脸上比刚才更红了。

“怎么？老新——你想吓唬我不是？”

倒像阿富自己要吓唬老新似的，往前凑上一步。

“吓唬你？光是吓唬吓唬倒好咧。这年头，带肩章的坏蛋多得是，何况我一个要饭的。不见得光是吓唬吓唬。要是我真起了歪心……”

老新话还没说完，头上就挨了一记。不知什么工夫，阿富已经在他面前挥起了大黑伞。

“看你还敢胡说八道！”

阿富举伞又朝老新头上狠揍下去。老新连忙一躲，伞打在穿旧单褂的肩膀上。这一闹，吓得大花猫碰掉铁锅，蹿到灶神架上。连供灶神的松枝和油灯盘儿，也接连往老新身上滚落下来。老新又挨了阿富几雨伞，才好不容易站起来。

“你这个畜生！你这个畜生！”

阿富连连挥动雨伞。老新挨着打，终于夺过伞一扔，猛地扑向阿富，两人在狭窄的地板上扭作一团。正打得不可开交，大雨这时又狂击厨房的屋顶，随着雨声加大，光线也眼见着暗了下去。老新给她又打又抓，却不管三七二十一，执意要把她扭住按倒。可是，几次都没有成功，刚要按住，她却突然像弹簧似的跳到了门口。

“这臭丫头！……”

老新靠在拉门上，一动不动地盯着阿富。

阿富的头发不知什么时候散开了，精疲力竭地坐到地板上，掏出掖在腰带里的剃刀，倒握在手里，脸上带着股杀气，却又兼有说不出的冷艳，像那只端坐在灶神架上的猫儿。两人一声不响，互相察看对方的眼神。过了一会儿，老新故意冷笑一声，从怀里掏出方才那把枪。

“哼哼，看你还老实不老实。”

枪慢慢对准了阿富的胸口。尽管如此，阿富只是气愤地盯着老新的脸，死也不开口。老新看她不吵不闹，像又改了主意，把枪指向上面。上面黑影里，闪着一对琥珀色的猫眼。

“怎么样？阿富……”老新有意逗她着急，含笑说. “这枪砰地一响，那猫儿可就大头朝下滚下来啦。你也跑不了，跟猫儿一样。怎么样？”

扳机眼看要扣下去了。

“老新！”阿富忽然大叫一声，“不行，不能开枪。”

老新回头看着阿富，枪口却仍对着大花猫。

“不行？我早知道嘛。”

“打死它多可怜。放过花花吧。”

阿富的神情一反方才，两眼满是担心，嘴唇微微颤抖，露出细细白白的牙齿。老新半是嘲讽，半是讶异，望着她的面庞，呆了半晌才放下枪。这时，阿富脸上露出放心的神色。

“好吧，猫我就放过它。代价嘛……”老新竟出言不逊地说，“得用你的身子来换。”

阿富避开他目光。一时间，她心乱如麻，陡起憎恨、愤慨、厌恶、悲哀等感情。老新留神看她情绪的变化，侧身绕到她身后，打开饭厅拉门。饭厅当然比厨房更暗。但主人撤走后，留下的碗橱、长火钵，依然看得分明。老新站在那里一动不动，目光落在阿富微微冒汗的脖子上。阿富像是有所感觉，扭身抬头，望着身后老新的脸。不知什么工夫，脸上又和方才一样，恢复了生气勃勃的神情。老新倒狼狈起来，眨了一下眼，蓦地又把枪口对准猫儿。

“不，人家不要你开枪嘛——”

阿富拦住他，同时把手里的剃刀扔到地板上。

“不开枪，你就过去。”

老新一副皮笑肉不笑的样子。

“讨厌鬼！”

阿富恨得牙痒痒地嘟囔着。突然站起来，豁出去了似的快步走进饭厅。老新见她这样干脆，倒多少有些意外。这时雨声渐歇，云中露出了晚霞，使昏暗的厨房渐渐亮了起来。老新站在那里，留神倾听饭厅里的动静。解开小仓布腰带的声音，躺到席子上的声音。——然后，饭厅里一片寂然。

老新犹疑片刻，走进微明的饭厅。饭厅正中，阿富仰面躺着，一动不动，用袖子遮住了脸。老新一见这场面，便反身逃回厨房，脸上的表情说不出的奇怪，既像是嫌恶，又像是害羞。他回到厨房，仍是背对着饭厅，不由得苦笑起来。

“开玩笑呢，阿富姐。跟你开玩笑呢。快出来吧……”

——几分钟后，阿富怀里揣着猫儿，一手拿着伞，和披着破席子的老新，轻松地说着话。

“阿富姐，有件事儿倒想问问你。”

老新仍有些难为情，不敢去看阿富的脸。

“什么呀！”

“不是什么大事儿。——一个女人委身于人，这可是终身大事呀。可是阿富姐，你却用来换一只猫——这不是太胡来吗？”

老新停了停。阿富只是笑，抚摸着怀里的猫。

“这猫，就那么可爱吗？”

“花花当然也可爱啦……”

阿富回答得很暧昧。

“你忠心事主，在这一带是出了名的。花花给打死了，你觉得对不住你们家太太。——你是不是担心这个？——”

“嗯，花花当然好可爱啦。太太嘛，也顶要紧的呀。只是我——”阿富歪着头，眼睛望向远处，“怎么说呢？当时只是觉得，要不那样，心里就过不去。”

——又过了几分钟，只剩下老新一个人，手抱着裹在旧褂子里的膝盖，呆呆地坐在厨房里。淅淅沥沥的雨声中，暮色渐渐逼近屋内。天窗上的绳子，水池边的水瓶，一一消失不见了。这当儿，上野的钟声，在阴云密布的天空里，一下一下沉重地回荡。老新猛然一惊，向鸦雀无声的四周扫了一眼，摸索着下了地，从水池里，满满舀起一勺水。

“村上新三郎呀，源氏[1]门中的繁光！今天算是栽了。”

他嘴里嘟囔着，痛快地喝着黄昏中的水……

明治二十三年三月二十六日，阿富和丈夫，及三个孩子，走在上野的广小路上。

那天，正好是竹台举行第三届全国博览会开幕典礼。黑门一带的樱花，也多半开了。广小路上，人来人往，水泄不通。参加完开幕式的马车，人力车，列成长长一队，不断从上野方向涌来——前田正名，田口卯吉，涩泽荣一，过新次，冈仓觉三，下条正雄[2]……一干人所乘的马车，也挤在人流里。阿富的男人，怀里抱着五岁的小儿子，下摆给大儿子拽着，在眼花缭乱的人行道上，躲闪着来往行人，还不放心地时时回头望一眼身后的阿富。阿富拉着大女儿，见丈夫回过头来，便报以灿然一笑。当然，二十年的岁月，她有点儿见老，但是一

1 表示老新出身名门，村上、源氏为历代的阀阅世家。

2 上述人名，皆为明治初期的社会名流。

双明媚的眸子，却和从前没大两样。明治四五年间，她嫁给了古河屋政兵卫的外甥，即现在的男人。男人那时在横滨，而今在银座的某街，开一家小小的钟表店……

阿富偶然抬起头。一辆双驾马车恰好驶过身边，悠然自得坐在车里的，正是老新。老新——如今的老新，头盔上插着鸵鸟毛，堂皇的辫带上垂着金穗，佩戴有大大小小的勋章，挂满各种荣誉的标记：但花白胡子中那张红脸膛，朝这边望了过来，正是当年那个叫花子。阿富不由得放慢了脚步。奇怪的是，她并不觉得意外。叫花子老新，绝不是等闲之辈。——不知为什么，她一直这么认为。是因为他的长相吗？他的说话吗？还是因为他拿的那把枪？反正她知道。阿富眉毛都不动一动，定定然地望着他。不知是故意呢，还是偶然，老新也看着阿富。刹那间，二十年前下雨天，那个傍晚的记忆，又浮现在阿富眼前。那天，为了救猫，她轻率地要以身相委。是什么动机——她自己也不明白。而老新，在那种窘境之下，对她奉献的玉身，连根指头也没动。他又是怎么想的呢？——她也不知道。不管知不知道，对阿富来说，都是顺理成章的。马车擦身而过时，她心里反觉得轻松释然起来。

老新的马车过后，阿富的男人在拥挤的人群里，又回过头来看她。看到男人的脸，她跟刚才一样，若无其事地向他微微一笑。她仍然生气勃勃，快快活活……

大正十一年（1922）八月

小白

1

春天的一个下午。有只叫小白的狗，在寂静的马路上边走边嗅着土。狭窄的马路，夹着两道长长的树篱，枝条上已绿芽初萌。树篱中间，还稀稀落落开些樱花之类。小白沿着树篱，不觉拐进一条横街。刚拐过去，就好不惊恐，顿住了脚。

那也难怪。横街前面三四丈远的地方，有个穿号衣的宰狗人，把套索藏在身后，正盯住一只黑狗。那黑狗却毫无察觉，只顾大嚼屠夫扔来的面包等物。而叫小白吃惊的，不光此也。倘是一只不相识的狗倒也罢了，如今让屠夫盯上的，竟是邻居家的阿黑。是那只每天早晨一见面，总要彼此嗅嗅鼻子，跟它顶顶要好的阿黑呀。

小白不禁想大喊一声："阿黑，当心！"就在这工夫，屠夫朝小白恶狠狠地瞪了一眼。目露凶光，分明是威吓——"你敢！你告诉，就先套住你！"吓得小白忘了叫。而且，何止是忘了叫！简直是惊魂丧胆，一刻也不敢待了。小白眼睛觑着屠夫，开始一步步往后蹭。等到了树篱背后，屠夫的身影刚隐没，就撇下可怜的阿黑，一溜烟便逃之夭夭。

这工夫，想必套索飞了出去。只听见阿黑凄厉的号叫，一迭连声传来。可是小白，慢说转回身去，脚下连停都没停。它跳过泥洼，踢开石子，钻过禁止通行的拦路绳，撞翻垃圾箱，头也不回，一个劲儿地逃。你瞧瞧！它跑下了坡道！哎哟，险些叫汽车轧着！小白一心想逃命，八成什么都不顾了。不，阿黑的悲号犹自在它耳边呜咽。

“呜，呜，救命呀！呜，呜，救命呀！”

2

小白上气不接下气，好歹回到主人家。钻过黑院墙下的狗洞，绕过仓房，就是狗窝所在的后院。小白像一阵风似的，奔进后院的草坪。跑到这里就不用怕给绳子套住了。尤其幸运的是，绿茸茸的草坪上，小姐和少爷正在扔球玩儿。看到这光景，小白那份高兴劲儿，就甭提了。它摇着尾巴，一步就蹿了过去。

“小姐！少爷！我今儿遇见宰狗的啦。”小白气都没喘一口，仰头望着他俩说。

（小姐和少爷当然不懂狗话，所以只听见它汪汪叫。）可是，今儿怎么回事？小姐和少爷都愣在那里，连脑袋也不来摸一下。小白觉得奇怪，又告诉他俩说：

“小姐！您知道宰狗的吗？那家伙可凶哩。少爷！我倒是逃掉了，邻居家的阿黑却给逮住了。”

尽管如此，小姐和少爷只是面面相觑。而且，随即说出的话简直莫名其妙：

“打哪儿来的狗呀，春夫弟？”

“是哪儿的狗呢，姐姐？”

哪儿的狗？这回倒叫小白愣住了。（小姐和少爷的话，小白完全听得懂。人不懂狗话，就以为狗也不懂人话。其实不然。狗能学会耍把戏，就因为懂人话。我们听不懂狗话，所以，像暗中观物啦，辨别气味啦，狗的这些本事，一样都学不会。）

“哪里是哪儿来的狗呀？就是我小白呀！”

可是，小姐仍然嫌恶地瞅着小白：

“会不会是隔壁阿黑的兄弟呢？”

“也许是阿黑的兄弟吧。”少爷摆弄着球棒，深思熟虑之后，回答说，“瞧这家伙，也浑身黢黑的。”

小白顿感毛骨悚然。浑身黢黑！哪儿会呢。小白从小就白如牛奶。然而，此刻一看前爪，不，不止前爪。胸脯、肚子、后爪、修长有致的尾巴，全像锅底一样黢黑。浑身黢黑！浑身黢黑！小白疯了似的，又跳又蹦，兜着围子拼命狂吠。

“哎呀，这怎么办？春夫弟，这准是一条疯狗。”

小姐站在那里，几乎要哭出来。但是，少爷倒很勇敢。小白左肩上猛地挨了一球棒。说时迟那时快，第二棒又朝头顶抡将下来。小白棒下逃生，赶紧朝来的方向逃去。这次不像方才那样，只跑上一两百米。草坪尽头，棕榈树下，有个白漆狗窝。小白来到狗窝前，回头看着小主人。

“小姐！少爷！我就是那只小白呀。变得再黑，也还是小白呀！”

小白声音发颤，有说不出的悲情。而小姐和少爷哪儿会懂得小白的心情。此刻，小姐不胜厌恶地跺着脚嚷道：“还在那儿叫哪。真赖皮呀，这条野狗。”至于少爷，他拾起小径上的石子，使劲向小白扔了过来。

“畜生！看你还敢磨蹭不！还不快滚？还不快滚？”石子接二连三地飞了过来。有的打中小白的耳根，都渗出血来。小白终于夹起尾巴，钻出黑院墙。墙外，阳春丽日下，一只遍体银粉的黑纹蝶，正在惬意地翩翩起舞。

“啊，难道从今以后，竟成了丧家之犬吗？”小白叹了口气，在电线杆下茫茫然凝望着天空。

3

小白被小姐和少爷赶出家门，在东京四处转悠。但是无论走到哪儿，浑身变得黢黑，这事儿却怎么也忘不了。小白害怕理发店里给客人照脸的镜子。怕雨后路上映着晴空的水洼。怕路旁橱窗上映着嫩叶的玻璃。何止这些，甚至连咖啡馆桌上斟满黑啤酒的玻璃杯都怕！——可是怕又有什么用呢？瞧那辆汽车。嗯，就是停在公园外面，那辆又大又黑的汽车：漆黑锃亮的车身，映出小白朝这边走过来的身影。——清晰得像照镜子一样。能映出小白身姿的东西，犹如那辆等人的汽车，比比皆是。若是小白看见了，该多害怕呀。喏，你瞧瞧小白的脸。它不胜痛苦地哼了一声，立即跑进公园。

公园里，微风拂过梧桐树的嫩叶。小白耷拉着脑袋，在林子里踯躅。这里除了池水，幸好没有别的东西能照见小白的身影。唯有白玫瑰上，一只只蜜蜂发出嗡嗡之声。公园里平静的气氛，使小白暂时忘了连日来变成丑黑狗这一悲哀。

善忘是福，可是，这样的福气就连五分钟都没有。小白宛如做梦似的，走到长凳接长凳的路边。这时，在路的拐角那头，连连响起一阵犬吠。

“汪，汪，救命呀！汪，汪，救命呀！”

小白不由得浑身发颤。这声音，使小白心中再一次浮现出阿黑那可怕的结局。小白闭起眼睛，想朝原路逃去。但是，正如俗话所说，那只是一闪念。一声怒吼，小白猛地转回身去!

“汪，汪，救救我呀！汪，汪，救救我呀！”

这声音在小白听来，犹似变成这样的话：

“汪，汪，别当胆小鬼呀！汪，汪，别当胆小鬼呀！”

小白一低头，便朝发出声音的地方冲去。

跑到那里一看，出现在小白面前的，并不是什么屠夫。只是两三个穿着洋服放学回家的孩子，叽叽喳喳，拖着一只颈上套着绳子的茶色小狗。小狗拼命挣扎，不肯让他们拖走。一再喊着：“救救我呀！”可是孩子才不听那一套呢。只顾笑啊嚷的，甚至用鞋踢小狗的肚子。

小白毫不犹豫，冲着几个孩子猛叫起来。小孩子突遭袭击，这一惊可非同小可。小白气势汹汹，神情吓人，那怒火中烧的目光，利刃一般龇出的牙齿，看似当即就会咬上一口。几个孩子四散逃走。有的慌不择路，竟跳到路边的花坛里。小白追了一两丈远，然后一转身，朝着小狗责怪似的说：

“好啦，跟我一道来吧。我送你回家。”

小白旋即又朝来时的树林猛跑过去。茶色小狗也撒欢儿跑了起来，钻过长凳，踢倒玫瑰，毫不示弱。颈上犹自拖着那条长长的绳子。

两三个小时后，小白和茶色小狗立在一家寒碜蹩脚的咖啡馆门前。白天也一片昏暗的咖啡馆里，早已灯火通明。音质沙哑的留声机，正在放浪花小调一类的曲子，小狗得意地摇着尾巴，对小白说：

“我就住在这儿，在这家叫大正轩的咖啡馆里。——叔叔，你住在哪儿呀？”

“我吗？我——在老远的一条街上。”小白凄凉地叹了口气，

“行了，叔叔该回家了。”

“再待会儿吧。叔叔家的主人厉不厉害？”

“主人？干吗要打听这个呢？”

“您家主人若是不厉害，今儿晚上就住这儿吧。也好叫我妈妈谢您救命之恩哪。我们家里有很多很多好吃的，像牛奶啦，牛排啦，咖喱饭啦，等等。”

“谢谢，谢谢。不过，叔叔还有事，等下次来再吃吧。——那就问你妈妈好。”

小白瞟了一眼天空，然后静静地在石板路上走着。咖啡馆檐头的上空，一钩新月，正自清辉流泻。

“叔叔，叔叔，我说叔叔呀！”小狗伤心地用鼻音喊道。

“那就请把尊姓大名告诉我吧。我叫拿破仑，又叫小拿破，或是拿破公。——叔叔叫什么名字呢？”

“叔叔名叫小白。”

“小白？……叫小白多奇怪呀？叔叔浑身不全是黑的吗？”

小白不禁悲从中来。

“那也叫小白。”

“那我就喊您小白叔叔吧。小白叔叔，过几天请务必再来呀。”

“那么，拿破公，再见了。”

“小白叔叔，请多保重！再见，再见！”

4

小白后来怎么样了呢？报上早有许多介绍，这里无须一一赘叙：一只勇敢的黑狗，屡屡救人于危难之中；还有，一部叫《义犬》的电影也风靡一时。凡此种种，想必已是众所周知的了。那只黑狗正是小白。倘不巧，有人还不知的话，请看以下摘引的报道：

《东京日日新闻》：昨日（五月十八日）上午八时四十分，奥羽线北上特快列车，通过田端站附近一交道口时，因扳道夫之疏失，田端一二三公司职员柴山铁太郎之长子实彦（四岁），进入列车经过的线路之内，险些遭列车碾死。当此千钧一发之际，一只矫健的黑犬，闪电般奔上道口、从车轮下，成功地救出实彦。这只勇敢的黑犬，却于众人喧哗中，悄然他去，故而无法特为表彰，当局备感为难。

《东京朝日新闻》：美国富豪爱德华·巴克雷先生之夫人，现避暑于轻井泽，携有一宠爱之波斯猫。该别墅近日出现一条大蛇，长七尺余，于露台上正欲吞食夫人之爱猫，这时，突然蹿出一只从未见过之黑犬，飞速救出小猫，经过长达二十余分钟之搏斗，终将大蛇咬死。事后，此大无畏之黑犬，却不知去向。夫人悬赏美金五千，以求该犬之下落。

《国民新闻》：在翻越日本阿尔卑斯山时，曾一度失踪的三名一高学生，（八月）七日已安抵上高地温泉。他们于穗高山与枪岳之间迷路，加之日前一场暴雨，尽失帐篷与口粮，几不抱生还之念。然而，正当三人彷徨于溪谷，走投无路之际，出现一只黑犬，恰如向导一般在前引路。三人紧随其后，趱行一日多，方得以抵达上高地。据称，一俟温泉旅馆之屋顶展现于眼下，该犬便欢叫一声，随即消失于来时的山白竹之中。三人深信，该犬实乃神明所遣，度人困厄。

《时事新报》：名古屋（九月）十三日大火，烧死十余人，横关市长亦几失爱子。因家人疏忽，公子武矩（三岁）被遗忘于烈火熊熊的二楼，即将葬身于大火之中。此时，有一黑犬将其衔出。市长随即下令：凡属名古屋辖境内，今后一律禁止捕杀野犬。

《读卖新闻》：宫城巡回动物园于小田原城内公园举行动物展，连日来，观者甚众。（十月）二十五日下午二时许，该动物园一头西伯利亚产大狼，突然捣毁坚固的兽槛，咬伤门卫二人，向箱根方面逃窜。小田原署为此采取紧急行动，于全城范围内实施警戒。下午四时半左右，该狼出现于十字路口，与一只黑犬撕咬起来。黑犬奋力苦战，终将恶狼咬得匍匐在地。执行警戒之巡警旋亦赶上前去，当即开枪将狼击毙。该狼学名鲁普斯·吉干蒂克斯，属极凶猛之一种。再者，宫城动物园园主声称，以枪射狼，实属不该，扬言欲控告小田原署长，云云。

5

秋天的一个午夜。小白身心疲惫，又回到了主人家。小姐和少爷早已入睡。诚然，此刻恐怕无人不在梦乡。阒然无声的后院草坪上，唯见一轮明月悬于高高的棕榈树梢。夜露打湿了小白的身躯，它卧在昔日的狗窝前，对着寂静的月亮，自言自语起来：

“月亮啊，月亮！阿黑遇难，我见死不救，过后自家全身变黑，想必就是这个缘故吧。可是，自打离开小姐和少爷之后，我甘冒一切危险，奋力拼搏。那是因为，每逢见到自家比炭还黑的身子，就不免对早先的卑怯感到无地自容。这一身黑，让我深恶痛绝——我这黑炭，真想早早了断！为此，我往火里跳，与恶狼斗。可奇怪的是，我这条命，任凭多强的对手，都夺不走。恐怕死神一见我这模样，亦退避三舍了吧。心里痛苦得无以复加，唯求一死了之。只是，即便要死，也想先跟疼爱过我的主人见上一面。不用说，小姐和少爷明天一见到我，准会又当我是条野狗。碰巧，兴许还会给少爷的球棒打死也难说。那倒正是我求之不得的呢。月亮啊，月亮！我除了一见主人，没有旁的念头了。所以，今晚才大老远又跑回这里。等天一亮，就让我见到小姐和少爷吧！”

小白这么自言自语地说罢，将下巴伸到草坪上，不觉呼呼睡去。

“好奇怪呀，春夫弟！”

“怎么回事，姐姐？”

小白听见主人的声音，遽然惊醒。睁眼一看，是小姐和少爷站在狗窝前，满脸狐疑地面面相觑。小白抬了抬眼睛，复又垂下目光望着草坪。小白变黑的时候，小姐和少爷也是这么惊讶来着。一想起那时的悲情，自己此刻回来，不免有些后悔。正在这时，少爷突然跳了起来，大声喊着：

“爸爸！妈妈！小白又回来啦！”

小白！小白不禁也跳起来。小姐大概以为它要逃跑，便伸出两手，紧紧按住它的脖子。同时，小白也转眼凝望着小姐。小姐那双漆黑的眸子里，清晰地映着狗窝。不用说，自然是在高高的棕榈树下那间奶白色的小狗窝。可是，狗窝前却坐着一只雪白的狗，瞳孔里才有米粒那么一丁点儿大，干干净净，秀秀气气。——小白只是出神地望着这只狗的身影。

“哎呀，小白哭啦！”

小姐紧紧抱住小白，抬头看着少爷。至于少爷——你瞧，他那调皮的样子！

“咦，姐姐也哭鼻子啦！”

大正十二年（1923）七月

［全书完］

译后记

一九一六年二月，芥川龙之介在大学毕业前夕，创作伊始，于《新思潮》复刊号上发表《鼻子》这一短篇，文坛大家夏目漱石（1867—1916）读后，当即亲笔致函，称赞不已："小说十分有趣。首尾相顾，无戏谑之笔，有滑稽之妙，不失为上品。一见之下，材料非常新颖，结构相当完整，令人敬服。像这样的小说，若能写出二三十篇，必将成为文坛上无与伦比的作家。"芥川果不负所望，佳作迭出，终成日本短篇一大家。悠悠岁月，大浪淘沙，一位现代作家，能经得起时间的筛选，在文学史上占有光辉的一席，足以代表一国的文学，并为世界同行所认可，当自有其卓绝之处。

二十世纪初，日本文学经历自然主义的狂飙，从观念、内容到形式，完成了向现代的转变。但是，由于这种文学十分强调客观，追求真实，排斥虚构，有重内容轻形式之嫌，忽视了小说的技巧和艺术，进而发展成专写作家身边事的"私小说"。这类作品，虽不乏细节的真实，却缺少新鲜灵动的艺术魅力。为此，一代一代的作家，殚精竭虑，致力于艺术形式与技巧的探索。是芥川，打破了那种单一、刻板的创作模式，拨正了自然主义的"跛脚发展"。芥川龙之介同素有

"短篇小说之神"美称的白桦派作家志贺直哉（1883—1971），将明治初年由国木田独步所奠定的短篇小说这一样式发展到了极致。志贺直哉从日本民族特有的审美心理着笔，评论界出于偏爱，誉之为写心境小说的能手。而芥川龙之介，着意于吸纳西方现代小说的体制，将虚构的方式重新引入文学的创作之中，开创了一种崭新的文风。芥川不拘守日本独有的书写方式，而善用世界都能理解的手法构筑他的作品。

芥川龙之介，以其三十五年短暂的生命，写出不少精彩的短篇，为日本和世界留下多篇不朽的华章。

芥川一生，撰有短篇一四八则，今选译二十一篇，以写作先后次之，其名篇佳什，精萃于此矣。

出身的烦恼

芥川龙之介，一八九二年生于东京，生当辰年辰月辰时，故取名龙之介。父名新原敏三，经营牛奶业并拥有牧场。母亲芥川富久，于龙之介出生后八个月，精神失常。母兄芥川道章无子，龙之介遂由舅父收养。一九〇二年，生母去世。过了两年，十二岁时，生父废去其长子继承权，一个月后，销去他在"新原"家的户籍，由此，龙之介易姓，正式成为"芥川"家的养子。养父在东京府任土木科长，是家道没落的旧世家，虽小有财产，总也要撙节度日。按照芥川的自述，养父家属于"中产阶级的下层，为维持体面，不得不格外苦熬"（《大导寺信辅的半生·贫困》）。这样的家庭，家教之严格，礼法之繁缛，可想而知。作为养子的龙之介，少不得事事都要学会隐忍。养父一家颇好文艺，具有江户文人趣味，故芥川自幼受到传统文化的熏陶，很早即接触日本和中国古典文学。尽管大姨母富纪，一生未嫁，犹如生母一般养育、呵护龙之介。但是，因爱成恨，彼此伤害的事，自是难免。芥川曾对作家佐藤春夫说过："造成我一生不幸的，就是某某。说来她还是我唯一的恩人呢。"生母发狂，为人养子，个性压抑，终生背着精神负累，这是芥川龙之介与生俱来的不幸，是他的运命。他弃世前给挚友小穴隆一的遗书中写道："我是个养子。在养父家，从未说过任性的话，做过任性的事。（与其说是没说过、没做过，倒不如说是没法说、没法做更合适。）……目下，自尽在即。也许这是我此生唯一的一次任性吧。我也与所有的青年一样，有过种种梦想。可如今看来，我毕竟是疯子所生的儿子。"看得出，芥川终其一生，为生母发狂，为养子身份，而苦恼不已。

芥川自幼体质孱弱，聪敏逾常，但有些神经质。成绩一向优秀。据说他小学四年级时已写出"但将落叶焚，夜见守护神"这样的俳句，显示出早熟的文学才能。中学时代，酷嗜读书，汉文修养出类拔萃，除日本典籍外，广泛涉猎欧美文学，如易卜生、梅里美、法朗士等作品，以及尼采和柏格森的哲学著作。中学毕业时，成绩优异，受到表彰，免试入第一高等学校。同学中，有日后成为作家或诗人的久米正雄、菊池宽、山本有三、土屋文明、藤森成吉以及丰岛与志雄等。或许是命运使然，倘若他不曾结识这些朋友，兴许就不会走上作家之路。一九一二年，写有散文《大川之水》，以抒情的笔调，略带青春的感伤，描写他生于斯、长于斯的大川端一带，表达他对乡土的热爱。翌年，以第二名的成绩，由一高毕业，并于当年九月，升入东京大学英文专业。一九一四年二月，同丰岛与志雄、久米正雄、菊池宽、山本有三这些未来的作家，第三次复刊《新思潮》。芥川先后发表处女作《老年》、剧本《青年与死》等。文学史上，将他们统称之为"新思潮派"作家。一九一五年，芥川于《帝国文学》上发表《罗生门》，可惜这一后来被奉为名篇的小说当时未引起文坛重视。这一年，经同学林原耕三介绍，出席夏目漱石的“木曜会”，由此拜服并师事之。夏目漱石当年曾有幸被鲁迅推崇为“明治文坛上新江户艺术的主流，当世无与匹者”。

大学毕业前夕，即一九一六年二月，芥川龙之介又同久米正雄和菊池宽等五人第四次复刊《新思潮》，芥川于复刊号上发表本文开头提到的小说《鼻子》。芥川因见重于这位“当世无与匹者”，自我策励，相继发表《孤独地狱》《父亲》《酒虫》等作。经夏目门生铃木三重吉推荐，开始为《新小说》写稿，刊出《山药粥》，随后又于《中央公论》发表《手绢》。芥川时年二十四岁，一个不为人知的无名作家，能在《新小说》和《中央公论》这两大刊物上发表作品，崭露头角，深受好评，实属难得。芥川终于以其创作实绩，奠定其新进作家的地位，登上文坛。当年七月，芥川以第二名的成绩，由东大英文专业毕业，论文题目为《威廉·莫里斯研究》。毕业后，一度在横须贺海军机关学校教授英语，不过三年便辞去教职，进入大阪每日新闻社，开始其专业作家的生涯。

古典的发现

同许多作家比，芥川龙之介的创作时间不能说长，如果从一九一四年算起，前后不过十三年，共创作短篇小说一百四十八篇，并小品、随笔、诗歌、游记、评论多种。其小说可分为历史与现代两类。早期以历史题材居多，晚期以现代生活为主。

芥川不是那种以自己丰富的经历进行创作的作家。他一生只活了短短的三十五年，人生经历并不复杂，基本上是一介书生，在书斋里以写作为生的文人。但性喜读书，早在“十二岁念小学时，便常常夹着饭盒和笔记本，走上十二里路，去图书馆”看书。其所有知识都是从书本学来的，“为了了解人生，他常去观察街头的行人。不妨说，正是为观察街头的行人，才先去了解书中的人生……欧洲世纪末的小说和戏剧，让他发现在冰冷的寒光中所展现的人间喜剧”。走的是“从书本到现实”（《大导寺信辅的半生》）的路线。芥川不仅从书中认识人生，了解人性，同时也从书中择取题材。他毫不隐讳地说，其小说素材，“大抵得之于旧书”（《我与创作》）。他能从书中读出自己的体会和心得，触发灵机，借意发挥，巧手妙裁，构思自己的短篇华章，“在艺术上予以强有力的表现”。

为他带来声誉的《罗生门》和《鼻子》，便属于历史类，取材于一部十二世纪的短篇故事集《今昔物语》，无论在主题或是艺术上，一向被视为芥川的代表作。已经写出《狂人日记》《孔乙己》《故乡》等名篇的鲁迅，独具只眼，早在一九二三年芥川还在世时，就已译介了这两篇作品，收入《日本现代小说集》。芥川曾撰文《中国翻译的日本小说》，特别提及此事。《罗生门》以微带嘲讽的文体，写一个被主公解雇的下人，在弱肉强食的社会里，面对生死存亡的危急关头，展示内心的道德冲突：是当强盗，还是饿死？其结果是，为了一己之生存，只能不顾他人之死活，揭示出人性恶的一面。小说在短短三四千字的篇幅中，提出人的利己本性这一深刻主题。而《鼻子》，则以老僧禅智的长鼻做文章，以犀利的笔锋，挖掘“旁观者的利己主义”与幸灾乐祸，以及人对生存的不安与苦恼。作品在艺术上，较《罗生门》更为精纯工整。久米正雄说，《鼻子》既是芥川的处女作，也是他“最后”的作品，最为完美，最为成功（参见《鼻子与芥川龙之介》）。

由于芥川熟悉典籍，自然是先从历史故事或神话传说中撷取精华，写成立意新颖、精致优美的作品。他向历史探寻美的理想，发掘古今人类共同的人性和一脉相通的心理。他从《今昔物语》看出“野性之美”，深感其中跃动着艺术的生命，认为这部古书以“最野蛮、最残酷的方式，描写了古人的痛苦……是王朝时代的人间喜剧”（《关于〈今昔物语〉》）。除《罗生门》《鼻子》外，他还据此书写出《山药粥》《竹林中》《六宫公主》等名篇佳作。因他家庭颇富江户传统文化情趣，故有《大石内藏助的一天》《枯野抄》《戏作三昧》《报恩记》《丝女纪事》等作。由于汉文学的根底，能成功写出《女体》《黄粱梦》《英雄之器》《杜子春》《秋山图》《南京的基督》《湖南的扇子》等中国题材小说；讲起元代画家来，更如数家珍，令身为中国人的笔者都自感汗颜。芥川十分关心宗教，对神秘事物也有甚浓兴趣，于是有《烟草与魔鬼》《基督徒之死》《鲁西埃尔》《圣·克利斯朵夫传》《众神的微笑》等作品。不过，芥川的这类作品，都“不以再现历史为目的”，实是借他人之酒杯，浇自己之块垒；借再叙述，作新阐释，予以现代的解读。

例如，在《大石内藏助的一天》里，芥川借用四十七武士为主公复仇的著名史实，剖析主人公大石内藏助的心理——“大业告成后的幻灭感”（参见吉田精一著《芥川龙之介》），与《鼻子》《山药粥》《秋山图》等主题相近。再如，芥川自己“颇感满意”的《枯野抄》中，准确描写了俳谐大师芭蕉临终时，一干弟子的心理活动，于无限悲痛之中，隐含着从大师的人格压力下“解脱的喜悦”。一九一六年十二月九日，夏目漱石逝世，芥川为恩师守灵，这篇小说或流露出作者本人几许微妙心理。对于《袈裟和盛远》《丝女纪事》中的两个女主人公，历史上本已有定评，但在芥川的笔下，竟颠覆了她们作为“烈女”和“贞女”的形象，从另一侧面切入，具有偶像破坏的意味。

从历史中取材，也是芥川艺术表现上的需要。芥川进入文坛时，风行一时的自然主义文学开始衰落，代之以自然主义文学的变种——“私小说”。以芥川为首的新思潮派作家，既反对自然主义那种呆板滞重的纯客观描写，也不认同限于写身边琐事的“私小说”。芥川从开始创作，便拒绝“把自己当成主角，将自家一己的私事，不知羞耻地写给人看”（《澄江堂杂记》）。还说：“把‘私小说’说成是散文的正道，看来恐怕是一种谬论。”（《〈论“私小说”〉一文浅见》）所以，芥川没有走前人铺就的“私小说”这条路，而是另辟蹊径，采用虚构的方法，营造自己的艺术殿堂。芥川曾在随笔《澄江堂杂记》中，就自己为什么写“历史”小说做过解释：“我每有一主题，为了在艺术上予以强有力的表现，便需借助某一异常事件。这一异常事件倘若写成发生在今天的日本……读者会觉讶异。为此只能假托发生在过去，或发生在日本以外的现时。我之所以取材于历史，都是迫于这种需要……借助历史的舞台”，演出当今的悲剧，穿着古人的服装，赋予今人的个性。换言之，芥川从古典中发现了现代，或曰，赋予古典以现代意义。

人性的探求

读芥川的小说，常让人惊讶：他对人，对人性，怎么会有如许深刻的认识和了解！在细小琐碎、平平常常的事物中，竟能将人性的某些方面，剖析得那么尖锐而透彻！芥川曾说过：“我经常对‘人性’表示轻蔑，那是事实。但又常常对‘人性’感到喜爱，那也是事实。”轻蔑，是因为看到人性的弱点；喜爱，是借故事新编能写出新意来。芥川擅长短篇，限于篇幅，不可能对广阔的社会生活做气势磅礴的描绘。但他作品的精妙之处，却不乏对社会人生做哲理的探求和索解。世间的尔虞我诈，人性的自私自利，芥川对此有深切的了解，所以常常通过不同题材来挖掘人性中的这种利己本质。而这种索解，又导致他的悲观失望和怀疑主义。正如鲁迅所说，芥川的作品，“所用的主题最多的是希望之后的不安，或者正不安时之心情”。《罗生门》和《鼻子》都触及人性中的根本问题。可以说，芥川创作的基本主题，直到他最后的遗稿，都贯穿着这种对利己人性的剖析，对丑恶现实的鞭挞，表露出对生存的不安与苦恼。

一九一四年夏，芥川爱上一女孩，遭到养父家，尤其是大姨母的反对，他“哭了通宵”，不得已于翌年年初与女孩分手。此事对他影响甚大，平生第一次在人生大事上遭遇挫折——触及人的自私，哪怕是亲人也不例外。就此而为人性的根本问题而苦恼。所以他问：“究竟有没有无私的爱？……若没有，人生会痛苦无比。”（一九一五年二月二十八日致恒藤恭）与此同时，他也更加意识到身为养子的不幸。因心境消沉，遂寄情于创作，故有《罗生门》和《鼻子》之作。只为“想摆脱现实，故尽可能写得愉快些”（《文友旧事》），便从《今昔物语》中拈出相关素材，以此表达自己对人性的思考与认识。《罗生门》里所表现的人的利己本性，通过《蜘蛛之丝》，进而揭示利己本性之滋长足以导致人的毁灭：纤纤一根蛛丝，上通天堂，下连地狱，虽是大盗，但有一善举，即可超升天堂，而萌生恶念，便永堕苦海。小说原本是当作童话写给孩子看的，却写得珠圆玉润，清通简约，仅两千余字，篇章虽小，而所喻甚大，仿佛是一篇佛经故事。无怪乎身为作家的主编铃木三重吉看到此稿，不禁“叹为名作，实乃童话创作之最高范本”。据日本学者考证，小说取材于法国宗教学者保罗·卡吕（Paul Carus，1852—1919）所著《业》（*Karma*）一书。不过，芥川舍弃了原作中抽象的说教，能匠心独运，推陈出新，从中抉发古今人类天性中缺憾的一面，写成一篇清新可喜的哲理短章。

在表现这一类主题的作品中，如以内容的丰富，寓意的深刻，手法的别致，技巧的完美而论，当推《竹林中》一篇：竹林中发生一起凶杀案，有个年轻武士被杀，美貌的妻子遭到大盗的凌辱。可是大盗与妻子各执一词，都自供是凶手，而死者亡灵借灵媒之口却说是自杀身亡。那么究竟谁是凶手呢？小说没有结论。整篇作品由七人的口供组成，从各自的角度提供不同的说法，案情扑朔迷离，疑团重重，悬念始终未予解除。七段口供，以三个当事人的最为关键，其中必有人将真情隐去，补以谎话，或每人的话里都有真有假，真假参半。那么，何以要说谎呢？可见，每人心里都有不可告人的隐衷。作者的用意似乎想说明：人常要用谎言来文过饰非，实况常被歪曲隐没，以致事物真相不可认识。芥川在小说中，暗喻人心微妙，难以捉摸，表现出一种怀疑主义情绪，他自称“一向是个怀疑派”（《河童》十五）。小说留下的空白，耐人寻味。写的虽是一桩情杀案，却不是通俗的破案小说，而是通过这个没有结论的案子，引导读者去探求人性的弱点，深意自见。

芥川在探讨人生、考察人性的过程中，发现了人世间的丑恶。

“周围尽是丑恶。自己也丑恶……面对周围的丑恶，活着就是痛苦的事。”（一九一五年二月二十八日致恒藤恭）所以，他不能不感到失望。这种失望感，见诸《鼻子》《山药粥》等作品中。《鼻子》已如前所述，《山药粥》是写一个处处受人嘲弄的下级武士，一生的唯一愿望是能痛喝一顿在当地视为美味的山药粥。可是，武士一旦有机会实现自己的“理想”时，不知怎的，竟倒了胃口。小说喻示理想永远存在于追求之中，一经实现，随即幻灭。“神韵缥缈”的《秋山图》，也属同类主题。取材恽南田《瓯香馆画跋》中《记秋山图始末》一文，假托元朝画家黄大痴的“秋山图”，奉为画中神品，但等见到实物，在鉴赏者眼中，竟成下品。神品“秋山图”——美和理想，只存在于人的想象之中。其实，这也是作者本人心情的写照，反映了知识分子对社会现实的一种幻灭感。

芥川的小说，因探求人性，而揭露人性之恶，但并非为揭露而揭露，实则折射出他对人性善的一种向往，一种追求。他给同学恒藤恭的信中写道：“读波德莱尔的散文诗，最令人感动的，不是对恶的赞美，而是他对善的憧憬……”（一九一四年一月二十一日）这也正是芥川本人的“憧憬”。

“艺术即表现”

大凡一位有成就的艺术家，创作上都不会无视技巧的运用。芥川当然也不例外。自谦不是行动的巨人，遂把自己的艺文随感戏称为《侏儒的话》。其中有多处谈到创作，认为艺事除了人力，还要靠天分，并引赵瓯北七绝云：“少时学语苦难圆，唯道功夫半未全。到老始知非力取，三分人事七分天。”在日本，芥川一向有“鬼才”之称，而这位“鬼才”，却极为重视艺术的表现。他在《艺术及其他》一文中说，任何一种艺术活动都是艺术家“有意识”的创造。“艺术家首先力求作品臻于完美。否则，献身艺术，便毫无意义可言。”并反复强调“艺术始于表现，终于表现”，“艺术即表现。而所表现者，乃作家其人”。他认为，作家尤应具有创新精神，所以他“同情艺术上的一切叛逆精神”。在另一篇文章中，他还主张：艺术家须以求完美为要务，实现其艺术理想，“不论情愿与否，都应琢磨技巧”，“须臾不可怠惰”。因为“技巧是表现内容，创造形式的手段”（《文艺讲座：文艺概论》）。认为“轻视技巧的人，压根儿不懂艺术”。倘若在艺术表现上“不能令人陶醉，作为小说家便不算胜任”（《小说作法十则》）。毫无疑问，作为小说家，芥川可谓胜任愉快。其作品历经八九十年，至今犹保持鲜活的生命力与艺术美，究其原因，便是芥川对艺术表现的重视，对写作技巧的锤炼，对艺术理想境界孜孜不倦的追求，以及苦心孤诣的独到功夫。

芥川乍登文坛，便显得身手不凡。每作都锐意精进，再三锤炼，不断创新，不论是现代题材，抑或是历史题材，都可以说几近完美，臻于艺术精品。除上面提到的几篇外，像《戏作三昧》《地狱变》《基督徒之死》《圣·克利斯朵夫传》《舞会》《山鹬》《一块地》以及《玄鹤山房》等，都写得相当精致，立意警拔，文字简洁，富于节奏感，极有表现力。芥川的小说，一般不大渲染社会环境，主要从人物的心理变化，展开情节，揭示矛盾，刻画性格。描写人物时，用超然的态度，冷峻的笔调，至多对他同情的人物给予一点善意的揶揄，对否定的人物加以一点微讽。谋篇布局，可以说是极尽巧思，具有一种形式美和结构美，达到相当高的艺术成就。

芥川虽然“不赞成为艺术而艺术”，但在艺术上始终做不懈的追求，“视创作为生命”（《齿轮》）。甚至说，为了写出“非凡的作品，有时难免要把灵魂出卖给魔鬼”（《艺术及其他》）。这种对美的追求，为凸显内容而对形式的苦心经营，不难看出芥川创作上的唯美倾向。他本有一颗纤细而敏感的心，严格的家教，束缚了他个性的发展；现实的丑恶鄙俗使他厌恶；波德莱尔、魏尔伦、法朗士、易卜生、斯特林堡等对他的思想和创作也不无影响。他孤独，苦闷，潜心于写作，倾毕生精力去追求艺术的理想境界。《戏作三昧》《地狱变》《沼泽地》等作品，都可看出他的这种倾向。

《戏作三昧》以江户时代作家马琴为主人公，这位著名戏作小说家，时时为艺术与道德的冲突而感到无所适从。“身为道德家”的马琴，对“先王之道”从未怀疑过。可是，“先王之道”赋予艺术的价值，同作为艺术家的他想赋予艺术的价值，却相去甚远。他否定戏作的价值，称之为“劝善惩恶的工具”，“可一旦碰上奔涌而来的艺术灵感，心里立即会感到不安”，对这一艺术价值存有疑问。但是，作家马琴一旦入得创作三昧，艺术便成为至高无上。“他那有如帝王般威严的眼睛里，既不是利害得失，也非爱恨情仇。更看不到一丝一毫为毁誉所苦的心怀。而是充满不可思议的喜悦。或者说，那是一种感激之情，悲壮得令人神往。不懂得这种感激之情，怎能咂摸到戏作三昧的甘美呢？又怎能理解戏作家庄严的灵魂呢？这不正是‘人生’吗？洗尽了一切残渣污秽之后，仿佛一块崭新的矿石，光彩夺目地呈现在作者面前……”这是小说的最后一段，既写马琴，也是芥川本人的抒怀：“我写马琴，仅为表述自己心情而假托其人。”（一九二二年一月十九日致渡边库辅）借刻画马琴创作的甘苦，以抒发自己的感想。

芥川不是有神论者，但由于他道德上的“洁癖”，对人的精神世界极为重视。在芥川看来，虔诚的信仰和内心的清明，可以形成一种崇高的道德情操。弃世前半个月，他完成一篇描写耶稣生平的《西方之人》，开头即表明：“我大约在十年前，开始从艺术的角度喜欢基督教，尤其是天主教。”就是说，从一九一七年前后，芥川开始关注基督教。他绝笔之作，是弃世前日脱稿的《西方之人》续篇。临终时，枕边摆放的，是一本打开的《圣经》。不过，虽有信教的朋友一再劝说，他终究未入教，始终是个冷静的旁观者，“要他相信上帝，相信上帝的爱，他毕竟做不到”（《傻瓜的一生》）。诚如芥川所说，他之喜欢基督教，是从“艺术的角度”，是创作的需要。尤对殉教者深表崇敬。所以，芥川的小说中，有相当一部分是基督教题材，如《烟草与魔鬼》《尾形了斋备忘录》《浪迹天涯的犹太人》《基督徒之死》《鲁西埃尔》《圣·克利斯朵夫传》《南京的基督》《众神的微笑》《报恩记》《阿吟》《丝女纪事》等。芥川从不讽刺宗教的欺诳，唯是赞美那种坚执的信仰对精神的提升。其中最著名的，当属《基督徒之死》与《圣·克利斯朵夫传》，芥川自己对这两篇小说也很中意。

《基督徒之死》尤其是这类作品中的“杰作”，也是“他整个创作生涯中的佳品”（吉田精一）。按芥川自己的说法，他是刻意“模仿文录庆长年间（1592—1615），天草、长崎出版的日本耶稣会布道书的文体”，取其“简素古朴”的语句，描写“日本圣教徒的逸事”。小说叙述的是罗连卓女扮男装，因受诬陷而被逐出教门，但主人公信仰坚执，以德报怨，最终殉教。这里，芥川看重的不是悲剧的本身，而是那种为信仰奉献一切的牺牲精神，并由此带来生命的升华。小说末尾有这样一段：“却说这女子的生平，除其结局，别无所知。究竟是何道理？概而言之，人生刹那间的感铭，实难能可贵，至尊至贵。好有一比，人之烦恼心，如茫茫夜海，当一波兴起，值明月初升，揽清辉于波上，得悟生命之真意。如此说来，知罗连卓之最终，亦足以知其一生耳。”这一段应是这篇小说的点题之笔。作者所追求的便是这“难能可贵”的“人生刹那间的感铭”，是《戏作三昧》中“悲壮得让人神往”的“感激之情”，是生命中最充实、最光辉的瞬间！

芥川致友人函中不止一次说，他喜欢罗曼·罗兰的《约翰·克利斯朵夫》。固然，这部巨著在中国也影响了几代人，但在芥川来说，想必尤属意于小说的结尾：圣·克利斯朵夫背负基督过河的描写。芥川的这篇《圣·克利斯朵夫传》，即是根据西方圣人传而拟就的。小说中最为感人的部分，也正是“过河”这段描写：

> 约莫一个多时辰，克利斯朵夫历尽艰辛，终于像斗得筋疲力尽的狮王，气喘吁吁，摇摇晃晃，爬上了对岸。他将粗大的柳木拐杖插入沙中，从肩上将童子抱下来，长吁一口气道：“哎呀，孩子，连高山大海都没你沉哪！”
>
> 童子微微一笑，暴风雨中，头上的金光愈加灿烂辉煌，仰起头望着巨汉的面孔，仁慈地答道：
>
> “不错。今晚，正是今晚，你背负的是一身承受着全世界苦难的耶稣基督！”那声音如铃铛一般美妙动听……

对未来的“恍惚不安”

芥川前期创作中也有一些现实题材的作品，如批判军队中士兵受非人待遇、人不如猴的《猴子》，描写小人物的《毛利先生》，叙述劳动人民淳朴真挚感情的《橘子》，表现人生无常、纵如焰火般辉煌却转瞬即逝的《舞会》，刻画现代男女青年微妙心理的《秋》，嘲讽军神乃木希典的《将军》，描写少年失意与落寞心情的《斗车》，表彰见义勇为的童话《小白》，以及表现乡间沉重劳作与贫困生活造成婆媳间利己打算的《一块地》……这些现代小说，也都写得颇有特色。但到后期，即一九二五年底，芥川以人生回忆的形式，写出带有自传性质的《大导寺信辅的半生》之后，其创作完全转向了现实，风格与方法也有所改变。由揭露他人的利己主义，进而剖析自己的灵魂深处，客观，冷静，流露出悲凉、沉郁的色调。

芥川体质素弱，一九二二年后，神经衰弱、胃痉挛、肠炎、心悸等多种疾病接踵而来。到了一九二六年，神经衰弱等症愈发严重，不得不时时去汤河原疗养，“过着半卧床的生活”，“想写作，因病弱而不能；痛苦，亦因病弱而益甚”。他需要的是“动物的精力”！当年九月，芥川写了一篇描写母亲、姐姐与父亲之死的小说《点鬼簿》，“补写几页，竟耗去数日时间，小生前途颇暗淡矣”（致佐佐木茂索函），对自己的创作似乎失去了信心。在致作家稻垣足穗的信中也说：“Fancy（想象力）早已弃我而去。”他尤其担心母亲的精神病会遗传给他。其时，已萌发自杀的念头。还在四月里，携妻小去鹄沼疗养之前，便向挚友画家小穴隆一透露此意。尤其他当时常出现幻觉，“困扰不已”。神经脆弱得“总觉得有什么东西在算计我，让我每走一步都感到忐忑不安”。甚至“门边一片朦胧中，有人欠伸也心惊”，遗稿《齿轮》和最后两年的《书简》中都有所述及。此后的作品，几乎都是在“多病、多事、多忧”之中写成的。

一九二七年初，二姐家失火，房屋全毁。此前姐夫曾投巨额保险，故怀疑其为纵火。两天后，姐夫卧轨自杀。姐姐一家，无处容身，投靠芥川；加上姐夫所欠高利贷，火灾保险，生命保险，等等，一切善后，全部落在芥川头上。芥川本是泥菩萨过江，现状又雪上加霜，疲于奔命，弄得焦头烂额。这一时期致亲友函中，屡屡提到此事。致斋藤茂吉的信中写道：“小生来世但愿托生为一粒沙石，不然，来世但为水，或做檐头冰。此愿若成就，喜乐满心中。”他本有辞世之念，新的变故更加速其奔向死亡的步伐。然而，芥川虽心力交痒，却不废创作，依旧写出《玄鹤山房》《海市蜃楼》《河童》《齿轮》《暗中问答》《傻瓜的一生》《西方之人》等重要作品。尽管身心疲惫，仍然不改其“争强好胜”之性格，与谷崎润一郎进行文艺论争。写完《文艺的，过于文艺的》长篇评论，想必在他心底，已知来日无多，要给此生画上一圆满的句号。

《玄鹤山房》发表于年初，芥川颇看重这篇作品，与友人书简中一再提及：“此次拟写一篇力作。”但同时，也一再强调说，是篇“极其阴郁的力作”。确如作家所说，这篇小说写得颇阴郁，通过缠绵病榻的老画家之死，表现家庭的纠葛，人生的惨淡与“痛苦的存在”。这一家庭的悲剧，宛如人生的缩影。小说的结尾，芥川有意安排一个新人：正在阅读李卜克内西的大学生。在致青野季吉的信中，作者表明其创作意图：“主人公玄鹤山房的悲剧，是最后要接触山房以外的世界。（除最后一章，全部场景均在山房之内。）我还想暗示：外面的世界，正孕育着一个新时代。”芥川已感知“新时代”的脚步，而将迈入的世纪不属于他们。他在《书简》中说：“《玄鹤山房》虽为力作，却有种脚力尽处看庐山之感。”

寓言体小说《河童》，系采用一个疯人的自白，叙述他臆想中在河童国的经历，借以揭露社会的种种黑暗，谴责垄断资本对工人的压榨，权力对艺术的扼杀，以及帝国主义战争之可憎。芥川对这篇小说比较满意，他说：“《河童》将是在下的Reineke Fuchs（狐狸故事）。”“以近年来所没有的速度写成”，“聊解郁闷之心怀”。作者虽说，“《河童》是对一切事物——也包括对自我的厌恶，而创作的”。但小说不像《玄鹤山房》《点鬼簿》等作那么阴暗，沉重，写得较为明快。

《齿轮》和《傻瓜的一生》是两篇遗稿，日本评论界普遍视为芥川最后的杰作。《齿轮》逼真描绘主人公行将崩溃的精神，被害妄想，幻觉世界，因恐惧引起神经的战栗等。在《傻瓜的一生》中，芥川以“一双冷峻的临终之眼”，通观其一生，“将其三十几年的生涯，浓缩成一个个印象式的优美片段”（吉田精一《芥川龙之介》），充满了对现实的否定和对人生的绝望，描述了芥川生前对未来的“恍惚不安”。作品表现了一颗高尚的灵魂由希望、探索而至幻灭的痛苦挣扎，是他灵魂的记录。笔者在阅读译稿时，注意到文末的写作年代，一九二五年、一九二六年、一九二七年，不免要计算离他弃世还有两年，一年，几个月……也禁不住要想：他是以怎样的心境在写这些作品？可以想象得出，这些作品，无一不是他面对死神的频频招手，饱含他的全部精魂，以其最后屈指可数的时日，内心滴着血，奋力完成的。每一篇作品，都是从他“笔端流淌出来的生命”（《齿轮》四）。阅时，使人心中不禁为之战栗！

芥川龙之介的一生，正像《地狱变》里的良秀一样，是一个悲剧结局。他虽然才气横溢，极具浪漫气质，对现实的态度却是严肃的。他体察社会，探讨人生，结果“看到的是资本主义产生的罪恶”（《傻瓜的一生》），也曾不断追求过理想，得到的却总是幻灭的悲哀。虽然他看到无产阶级力量的兴起，对他们“抱有相当的希望”，认为只有无产阶级文学才能“如煤炭一般发出黑油油的光芒，具有诗的庄严”，达到“艺术的极致”。但又认为自己的“灵魂上打着阶级的烙印”，“不能超越时代”，也“不能超越阶级”（《文艺的，过于文艺的》）。他“不像契诃夫那样，对新时代发出绝望的笑声，但也缺乏拥抱新时代的热情”（《致青野季吉函》）。他极感矛盾，深为痛苦，觉得“人生比地狱还要地狱”（《侏儒的话》）。他虽然也想“奋力挣扎”，“重新做起”（《遗稿，暗中问答》），然而，他已“精疲力竭”，“拄着一把缺了刃的细剑”（《傻瓜的一生》），终于在现实面前“败北”。

一九二七年七月二十四日，正当人生旅途之半，尚在大有作为之际，芥川龙之介怀着对未来的“恍惚不安”，服安眠药，进入人生的终站。

芥川之死，令日本举国震惊，《东京日日新闻》等各大媒体，都以整版篇幅报道他弃世的消息。文坛更是不胜痛惜，认为他的死，标志一个文学时代的结束。“他的文学，是逐渐上升到自我否定的具体表现。他的虚无精神，在阶级社会发展时期，具有一定程度的进步意义。”（宫本显治《败北的文学》）“他代表了从大正到昭和初年，日本知识分子最优秀的一面。”（荒正人《现代日本文学史概论》）——盖棺论定，以最高的评价，抒发世人心中最深的惋惜。

余响

我有时会想，二十年后，五十年后，甚或一百年后的事。那时节，已不会知道曾经有过我这样一个人。我的作品集，想必积满灰尘，摆在神田一带旧书店的角落里，徒然等着读者的光顾吧？不，说不定某个图书馆，只剩下孤本一册，封面已给虫蛀得残缺不全，字迹也模糊不清。可是……

我转念又想。

我的集子，难道就不会有人偶然发现，读上某个短篇，或某几行字吗？说起来，心里甚至还存个奢望：那一篇作品或那几行文字，难道不能为我所不认识的未来读者，约略展现一个美丽的梦境吗？

我并不指望，百年之后仍有知音。我承认，自己的想法和信念之间，有多么矛盾。

可是，我依然要想。寂寞百年身，哪怕只有一位读者，能手捧我的书，在他心扉前，尽管依稀微茫，呈现出一片海市蜃楼……

上面一段文字，引自芥川的随笔《澄江堂杂记》“后世”一节。文中，芥川龙之介想象“寂寞”身后事，感慨良多。天才的芥川，何须那样悲观！有生花妙笔，更无须“奢望”现实已非像他当年所臆想的。他去世后七年，即设立以他名字命名的“芥川龙之介文学奖”，七十年来，已成为奖掖优秀青年作家的最高奖。“百年之后”的今天，他在本国虽不像夏目漱石那样被看作是“国民作家”，但是，一直到近几年，从日本读书调查看，芥川的小说，一直排在前四五位，超过两位诺贝尔文学奖得主，更遥遥领先于当红作家村上春树。即便在全世界，也有许多“知音”。尤其在他的邻国，他曾经游历过，表示“除了东京，最愿寓居在北京”的中国，岂止“有一位读者”，又岂止读他的“某个短篇”或“某几行文字”！近三十年来，从《芥川龙之介小说十一篇》《芥川龙之介小说选》《罗生门》《地狱变》等，直到近三百万言的芥川全集——迄今为止，还没有哪位日本作家，能在中国享此殊荣。芥川的小说不断翻译出版，不仅一般读者喜欢，他的中国同行作家也颇为称道。芥川的生命固然短暂，但作为作家的艺术生命却长存于天地间。其作品，凝结着他的博学与才情，显示出一种东方的特色，东方的智慧，早已超越国界，成为人类精神文明宝库中的财富。即便与屈指可数的世界短篇名家相较，也毫不逊色！

芥川倘地下有知，定会深感欣慰吧……

高慧勤

二〇〇六年秋

- 外国文学名著名译化境文库 -

“化境”说的理论与实践

人类的翻译活动由来已久。可以说语言产生之后，同族或异族间有交际往来，就开始有了翻译。古书云：“尝考三代即讲译学，《周书》有舌人，《周礼》有象胥[译官]”。早在夏商周三代，就已有口译和笔译。千百年来，有交际，就有翻译；有翻译，就有翻译思考。历史上产生诸如支谦、鸠摩罗什、玄奘、不空等大翻译家，也提出过“五失本三不易”“五种不翻”“译事三难”等重要论说。

早期译人在译经时就开始探究翻译之道。三国魏晋时主张“因循本旨，不加文饰”，认为“案本而传”，照原本原原本本翻译，巨细无遗，最为稳当。但原文有原文的表达法，译文有译文的表达法，两种语言，并不完全贴合。

隋达摩笈多（印度僧人，590年来华）译《金刚经》句：“大比丘众。共半十三比丘百。”按梵文计数法，“十三比丘百”，意一千三百比丘，而“半”十三百，谓第十三之一百为半，应减去五十。

故而，唐玄奘将此句，按中文计数，谨译作“大苾刍众千二百五十人俱”。全都“案本”，因两国语言文化有异同，时有不符中文表达之处，须略加变通，以“求信”为上。达译、奘译之不同，乃案本、求信之别也。

严复言：“求其信，已大难矣！信达而外，求其尔雅。”（1898）信达雅，成为诸多学人在二十世纪上半叶热衷探讨的课题。梁启超主递进说（1920）：“先信然后求达，先达然后求雅。”林语堂持并列说（1933），认为“翻译的标准，第一是忠实标准，第二是通顺标准，第三是美的标准。这翻译的三层标准，与严氏的‘译事三难’大体上是正相比符的”。艾思奇则尚主次说（1937）：“‘信’为最根本的基础，‘达’和‘雅’的对于‘信’，是就像属性对于本质的关系一样。”

朱光潜则把翻译归根到底落实在“信”上（1944）：“原文‘达’而‘雅’，译文不‘达’不‘雅’，那是不信；如果原文不‘达’不‘雅’，译文‘达’而‘雅’，过犹不及，那也是不‘信’。”“绝对的‘信’只是一个理想。”“大部分文学作品虽可翻译，译文也只能得原文的近似。”艾思奇着重于“信”，朱光潜唯取一“信”。

即使力主“求信”，根据翻译实际考察下来，只能得原文的“近似”。信从原文，浅表的字面逐译不难，字面背后的思想、感情，心理、习俗，声音、节奏，就不易传递。绝对的“信”简直不可能，只能退而求其次，趋近于“似”。

即以“似”而论，傅雷（1908—1966）提出：“翻译应当像临画一样，所求的不在形似而在神似。”

如 Voltaire 句：J'ai vu trop de choses , je suis devenu philosophe. 此句直译：我见得太多了，我成了哲学家。——成了康德、黑格尔

那样的哲学家？显然不是伏尔泰的本意。

傅雷的译事主张，重神似不重形似，神贵于形，译作：我见得太多了，把一切都看得很淡。直译、傅译之不同，乃形似、神似之别也。

这样，翻译从“求信”，深化到“神似”。

事理事理，即事求理。就译事，求译理译道，亦顺理成章。原初的译作，都是照着原本翻，“案本而传”。原本里都是人言（信），他人之言。而他人之言，在原文里通顺，转成译文则未必。故应在人言里取足资取信的部分，唯求其“信”，而百分之百的“信”为不可能，只好退而求“似”。细分之下，“似”又有“形似”“神似”之别。翻译思考，伴随翻译逐步推进，从浅入深，由表及里。翻译会永无止境，翻译思考亦不可限量。

当代的智者，钱锺书先生（1910—1998）在清华求学时代，就开始艺文思考，亦不忘翻译探索。早在1934年就撰有《论不隔》一文。谓“在翻译学里，‘不隔’的正面就是‘达’”。文中“讲艺术化的翻译（translation as an art）”。“好的翻译，我们读了如读原文”，“指跟原文的风度不隔”。“在原作与译文之间，不得障隔着烟雾”，译者“艺术的高下，全看他有无本领来拨云雾而见青天”。

钱先生在写《论不隔》的开头处，“便记起王国维《人间词话》所谓‘不隔’了”。“王氏所谓‘语语都在目前，便是不隔’。”而“不隔”，就是“达”。钱氏此说，仿佛另起一题，总亦归旨于传统译论文论的范畴。

三十年后，钱先生在《林纾的翻译》（1963）里谈林纾及翻译，仍一以贯之，秉持自己的翻译理念，只是更加深入，别出新意。

早年说：“好的翻译，我们读了如读原文。”《林纾的翻译》里则说：“译本对原作应该忠实得以至于读起来不像译本，因为作品在原文里决不会读起来像经过翻译似的。”

早年说，好的翻译“跟原文的风度不隔”。《林纾的翻译》则以“三个距离”申说“不隔”：“一国文字和另一国文字之间必然有距离，译者的理解和文风跟原作品的内容和形式之间也不会没有距离，而且译者的体会和他自己的表达能力之间还时常有距离。”

早年讲，“艺术化的翻译”，《管锥编》称“译艺”。在论及刘勰《文心雕龙》“论说”“谐隐”篇时，谓：齐梁之间，“小说渐以附庸蔚为大国，译艺亦复傍户而自有专门”。意指鸠摩罗什（344—413）时代，译艺已独立门户。

钱先生早年的“不隔”说，到后期发展为“化境”说；“不隔”是一种状态，“化境”则是一种境界。《林纾的翻译》提出：“文学翻译的最高标准是‘化’。把作品从一国文字转变成另一国文字，既能不因语文习惯的差异而露出生硬牵强的痕迹，又能完全保存原有的风味，那就算得入于‘化境’。”钱先生同时指出：“彻底和全部的‘化’是不可实现的理想。”

《荀子·正名》篇言：“状变而实无别而为异者，谓之化。”——即状虽变，而实不别为异，则谓之化。化者，改旧形之名也。钱先生说法试简括为：作品从一国文字变成另一国文字，既不生硬牵强，又能保存原有风味，就算入于“化境”；这种翻译是原作的投胎转世，躯壳换了一个，精神姿致依然故我。

钱先生在《管锥编》（1979）一书中，广涉西方翻译理论，尤其对我国传统译论的考辨中，论及译艺能发前人之所未发。比如东晋道安（314—385）认为“梵语尽倒，而使从秦”，便是“失[原]本”；要求译经“案梵文书，惟有言倒时从顺耳”。按“梵语尽倒”，指梵文语序与汉语不同。梵文动词置宾语后，例如“经唸”，汉语则须言倒从顺，正之为“唸经”。“梵语尽倒”最著名的译例，大家都知道，可能没想到。就是佛经的第一句话，“如是我闻”；按中文语序，应为“我闻如是”，我闻如来佛如是说。早期译经照原文直译，后世约定俗成，这句子沿袭了下来。钱先生据以辩驳归正：“故知‘本’有非‘失’不可者，此‘本’不‘失’，便不成翻译。”从“改倒”这一具体译例，推衍出普遍性的结论，化“术”为“道”，可谓点铁成金。各种语言各有无法替代的特点，一经翻译，语音、句式、修辞，都失其原有形式，硬要拘守勿失，便只能原地踏步，滞留于出发语言。“不失本，便不成翻译”，是钱先生的一句名言。

又，钱先生读支谦《法句经序》(229)，独具慧眼，从信言不美，实宜径达，其辞不雅，点明：“严复译《天演论》弁例所标，‘译事三难：信、达、雅’，三字皆已见此。”指出：“译事之信，当包达、雅。”继而论及三者关系：“译文达而不信者有之矣，未有不达而能信者也。”“信之必得意忘言，则解人难索。”

试举一例，见《谈艺录》五四一页，拜伦(Byron)致其情妇(Teresa Guiccioli)书，曰：

Everything is the same, but you are not here, and I still am. In separation the one who goes away suffers less than the one who stays behind.

钱译：此间百凡如故，我仍留而君已去耳。行行生别离，去者不如留者神伤之甚也。

此译可谓“得意而忘言”，得原文之意，而罔顾原文语言之形者也：实师其意而造其语。钱先生在《管锥编》一二页里说：“到岸舍筏、见月忽指、获鱼兔而弃筌蹄，胥得意忘言之谓也。”“到岸舍筏”，典出《筏喻经》；佛有筏喻，言达岸则舍筏。有人“从此岸到彼岸，结筏乘之而度，至岸讫。作此念：此筏益我，不可舍此，当担戴去。于意云何？为筏有何益？比丘曰：无益。”

“信之必得意忘言”，为钱公一重要翻译主张，也是臻于化境之一法。“化境”说或会觉得玄虚不可捉摸，而得意忘言，则易于把握，便于衡量，极具实践意义。

信从原本，必当得意忘言，即以得原文之意为主，而忘其语言形式。《庄子·外物》篇有言：“言者所以在意，得意而忘言。”故“化境”说，本质上不离中华美学精神，甚至可视案本——求信——神似——化境为由低向高、一脉相承的演进轨迹，而“化境”说则构成传统译论发展的逻辑终点。

“外国文学名著名译化境文库”，第一辑拟推出译自法、德、英、俄等语的十种译本，不失为傅雷辈及其之后两代翻译家在探索译道途中所取得的厚实业绩，凸显出中国译林的勃勃生机。这些译作无疑具有一定的示范性，对推动中国文学翻译事业会产生积极作用。

罗新璋

2018年初

罗生门

产品经理 | 曹　曼　　装帧设计 | 王　易
特约编辑 | 介晓莉　　技术编辑 | 陈　杰
责任印制 | 刘　淼　　出 品 人 | 路金波

图书在版编目（CIP）数据

罗生门 /（日）芥川龙之介著 ；高慧勤译. -- 天津：天津人民出版社，2018.5
（外国文学名著名译化境文库）
ISBN 978-7-201-13459-8

Ⅰ. ①罗… Ⅱ. ①芥… ②高… Ⅲ. ①短篇小说—小说集—日本—现代 Ⅳ. ①I313.45

中国版本图书馆CIP数据核字（2018）第100454号

罗生门
LUO SHENG MEN

出　　版　天津人民出版社
出 版 人　黄　沛
地　　址　天津市和平区西康路35号康岳大厦
邮政编码　300051
邮购电话　022-23332469
网　　址　http://www.tjrmcbs.com
电子信箱　tjrmcbs@126.com

责任编辑　温欣欣
产品经理　曹　曼
特约编辑　介晓莉
装帧设计　王　易

制版印刷　北京旭丰源印刷技术有限公司
经　　销　新华书店
发　　行　果麦文化传媒股份有限公司
开　　本　710×960毫米　1/16
印　　张　15.5
印　　数　1—8,000
字　　数　155千字
版次印次　2018年5月第1版　2018年5月第1次印刷
定　　价　68.00元